LIV THOMAS

Solange wir lieben

Weitere Titel der Autorin:

Das Geschenk eines Sommers
Ein Augenblick für immer
Alles, was wir nie gesagt haben
Für immer heißt ein Leben lang

Über die Autorin:

Liv Thomas ist das Pseudonym der Autorin Gabriele von Braun. Sie lebt in Berlin und zählt trotz ihres eher sonnigen Gemüts zu der raren und durchaus kritisch beäugten Spezies, die die feuchtkalten und vermeintlich tristen Tage in der Hauptstadt ganz besonders schätzt. Je grauer es ist, desto lieber schreibt sie. Schon früh interessierte sie sich für die unterschiedlichen Facetten der Menschen. Mit ihrem „sensiblen, investigativen Einfühlungsgedöns“, wie es ihr einst ein im Gefühlschaos steckender, leicht alkoholisierter Kommilitone fundiert ins Ohr lallte, blickt sie gern hinter die Fassaden. Was sie fasziniert: So gnadenlos das Schicksal auch manchmal zuschlagen mag, es kann einen Weg geben, daran zu wachsen.

LIV THOMAS

SOLANGE WIR LIEBEN

lübbe

Dieser Titel ist auch als E-Book erschienen

Vollständige Taschenbuchausgabe
der bei Bastei Lübbe erschienenen E-Book-Ausgabe

Umschlaggestaltung: Christin Wilhelm, www.grafic4u.de
Unter Verwendung von Motiven von © shutterstock: Oleggg | Alexander Cher | flight of imaginatio
Satz: 3w+p GmbH, Rimpar (www.3wplusp.de)
Gesetzt aus der Minion
Druck und Verarbeitung: GGP Media GmbH, Pößneck
Printed in Germany
ISBN 978-3-404-18349-4

2 4 5 3 1

Sie finden uns im Internet unter www.luebbe.de
Bitte beachten Sie auch: www.lesejury.de

Wenn du am Morgen erwachst, denke daran, was für ein köstlicher Schatz es ist, zu leben, zu atmen und sich freuen zu können.

Marc Aurel

1

Loslassen zu können gehört nicht unbedingt zu meinen Stärken. Besonders dann nicht, wenn es an einem nassen, nieseligen Sonntagabend um Konstantins Hand geht. Ich drücke sie ganz fest und signalisiere ihm mit meinem Blick, dass ich lieber von Vogelspinnen umzingelt wäre, als ihn jetzt gehen zu lassen.

Konstantin seufzt und gibt mir einen langen Kuss. »Ach Julia, mach es mir nicht noch schwerer! Glaub mir, ich würde auch viel lieber bleiben, aber ich muss morgen früh kurz nach vier los und noch packen.«

Ich nicke, immerhin weiß ich, worauf ich mich vor drei Jahren eingelassen habe: auf einen Mann, mit dem ich keinen Alltag leben kann, weil er beruflich ständig in der Welt unterwegs ist. Noch dazu haben wir getrennte Wohnungen, und bisher haben wir diese Konstellation nicht infrage gestellt. Ich hänge an meiner, aber für uns beide wäre sie auf Dauer zu klein.

»London oder New York? Ich komme da schon wieder durcheinander.«

Konstantin streicht mir zärtlich eine Haarsträhne aus dem Gesicht. »Bis Mittwoch bin ich in London. Dann muss ich nach Frankfurt, und am Freitag bin ich zurück in Berlin.«

»Du fehlst mir schon jetzt.« Voller Pathos fasse ich mir an die Brust und blicke Konstantin hingebungsvoll an.

Er breitet mit großer Geste seine Arme aus. »Mein Herz, ich gebe alles. Auch ich verzehre mich schon jetzt nach dir.«

Im Laufe der Zeit haben wir ein kitschiges Ritual aus unserem Abschied gemacht. Jeder sagt mindestens einen triefenden Satz. Wobei ich das, was ich da von mir gebe, durchaus ernst meine. Es ist schon eine Kunst, die Gefühle in solche Sätze zu packen. Manchmal wollen wir einander toppen, nicht selten lachen wir uns dann dabei kaputt.

Konstantin schlüpft in seinen dunkelgrauen Wollmantel. Ohne den Blick von mir zu nehmen, öffnet er die Wohnungstür.

»Julia, deine Liebe ist wie das Salz in der Suppe, die Würze meines Lebens, der Käse, mit dem ich meinen Toast überbacke …«

»Psst, das reicht, du hast gewonnen.«

Wir küssen uns noch einmal innig. Tief inhaliere ich den leicht holzigen Duft seines Eau de Toilette, das ich so gern mag. Dann muss ich ihn für die nächsten Tage endgültig loslassen. Konstantin verschwindet im Treppenhaus, und ich winke ihm hinterher, bis er im düsteren Märzabend verschwunden ist.

Ich mache mir einen Tee und setze mich auf die gemütliche Chaiselongue vor dem Wohnzimmerfenster. Mein Blick bleibt an dem gerahmten Foto auf dem kleinen Messingtisch neben mir hängen. Es zeigt Konstantin und mich strahlend während unseres ersten Kurzurlaubs in Barcelona. Wie sehr ich ihn schon jetzt wieder vermisse! Ich lehne mich in die altrosa Polster zurück und lasse mich von meinen Gedanken zum Tanz auffordern. Nach einer viel zu kurzen Nacht wird sich Konstantin gleich wieder auf den Weg zur nächsten Transaktion machen. Er ist als Jurist für einen internationalen Finanzinvestor tätig. Da er es überhaupt nicht schätzt, wenn ich seinen Job auf Nachfrage anderer schlicht mit »Heuschrecke« umschreibe, versuche ich es etwas differenzierter zu erklären. Konstantins Firma ist auf die Übernahme von Unternehmen spezialisiert, die ein günstiges Rendite/Risiko-Verhältnis versprechen. Bevor wir uns kennengelernt haben, hätte ich mir nicht vorstellen können, jemals mit so einem

Mann zusammen zu sein. Zu tief war das Klischee in mir verankert, dass es sich bei dieser Spezies um nichts anderes als gewissenlose Firmenplünderer und Plattmacher handelt. Doch inzwischen hat Konstantin mich gelehrt, dass private Investment-Gesellschaften schon so manches Traditionsunternehmen vor dem Aus bewahrt und damit auch Arbeitsplätze gerettet haben. Es kommt also durchaus vor, dass sie ein Interesse daran haben, den Firmen eine langfristige Existenz zu sichern.

Unsere beruflichen Welten liegen weiter auseinander als Swasiland und Norwegen. Gegen den Job von Konstantin ist meiner als konservativ zu bezeichnen. Ich bin Apothekerin und seit fünf Jahren selbstständig. Wären wir nicht einander vorgestellt worden, hätten wir uns sicher nie füreinander interessiert. Der Initiator dieser als Abendessen deklarierten Verkupplungsaktion war Sebastian, mit dem mich seit dem ersten Semester in Pharmazie eine tiefe Freundschaft verbindet. Sebastian ist Konstantins Cousin, und er war fest davon überzeugt, dass wir ausnehmend gut zueinander passen würden. Angeblich hatte sein Vetter bisher nur Affären mit attraktiven, aber oberflächlichen Blondinen, IQ unter Tiefkühltemperatur, analysierte Sebastian damals etwas gewagt.

»Ach so, na klar, da komme ich als ungestylte Brünette, die sich dazu noch nicht einmal die Nägel lackiert, gerade recht, ja? Das geht nicht zusammen. Das ist albern!«

»Ist es nicht! Du bist sowohl geistig als auch körperlich groß, und du bist schön, begreif das endlich!«

Ich werde nie vergessen, wie Sebastian mich musterte und immer wieder den Kopf schüttelte, bevor er fortfuhr: »Du bist schon ein Phänomen, Julia Weisse. Egal wie hell oder dunkel es ist, deine wunderschönen, wasserblauen Augen leuchten, dein Teint ist so frisch wie Quellwasser, und deine Lippen sind auch ohne Injektion sinnlich voll. Noch dazu strahlst du eine unglaublich positive Energie aus. Glaub mir, du siehst tausendmal hübscher aus als all diese anderen Frauen zusammen.«

Ich kicherte. »Wow! Wie kann es dann sein, dass du nie etwas von mir wolltest?«

»Mir war von Anfang an klar, dass du für etwas Höheres bestimmt bist.«

Ich warf meinem lieben Freund eine Kusshand zu. »Okay, rede einfach immer weiter, und du kriegst von mir alles, was du haben möchtest.«

»Geht doch! Fürs Erste ist es nur ein Date mit meinem Cousin. Der hat einfach zu wenig Zeit und Muße, die passende Frau kennenzulernen.«

So ließ ich mich auf das Abendessen ein, das Sebastian und seine Freundin Lea arrangiert hatten. Tatsächlich habe ich mich sofort in den Klang von Konstantins hypnotischer, tiefer Stimme verliebt. Als ich zu ihm sagte, dass er James Bond synchronisieren könne, war das Eis gebrochen. Dass er den Agenten aufgrund seines Aussehens auch spielen könnte, behielt ich jedoch am ersten Abend für mich. Die Liste mit den Dingen, die ich auf Anhieb an Konstantin mochte, war länger als die Deklaration der Inhaltsstoffe bei einem Multi-Vitamin-Präparat. Seine sportliche Figur begeisterte mich ebenso wie seine Körpergröße von einem Meter neunzig und die gepflegten, großen Hände. Seine klaren hellgrauen Augen, das leicht gewellte, volle dunkle Haar, die kleine Narbe an der linken Schläfe, seine wohlgeformten Lippen und dieses hinreißende, offene Lachen, das nicht nur ein makelloses Gebiss freigibt, sondern überdies sein ganzes Gesicht zum Strahlen bringt, gaben ihr Übriges. Aber dabei blieb es nicht, denn auch mit seinen inneren Werten traf er bei mir voll ins Schwarze. Wir führten bereits am ersten Abend tiefe Gespräche über das Leben, und wir lachten über dieselben Dinge. Kurzum, was ich nicht für möglich gehalten hatte, passierte: Sebastian hatte die richtige Eingebung gehabt. Es dauerte nicht lange, bis Konstantin und ich ein Paar wurden, so verschieden unsere Lebenswelten auch waren. Sebastian scherzte, dass er sich noch überlegen werde, wie hoch seine Provision ausfallen werde. Aber letztlich gab er sich mit der Huldigung seiner meisterhaften Menschenkenntnis zufrieden. Ich bin mir sicher, dass er selber überrascht davon war, wie gut das mit Konstantin und mir passte.

Draußen stürmt es. Eine Windböe lässt die Fensterscheiben erzittern. Ich löse mich aus meinen Gedanken und trinke den nur noch lauwarmen Tee aus, bevor ich die Nachtruhe einläute.

Wie immer betrete ich am Montagmorgen kurz vor acht die Apotheke. In einer guten halben Stunde werde ich sie öffnen. Ich genieße es, noch ein paar Minuten in der morgendlichen Ruhe zu haben, bevor das Tagesgeschäft startet. Mit einem Becher Kaffee in der Hand fahre ich den Computer hoch und das Kassensystem. Dann nehme ich das Geld aus dem Tresor und sortiere es ein. In der Nachtschleuse liegt frische Ware, ich verbuche sie und ordne sie den Rezepten zu.

Es macht mich auch heute noch stolz, dass ich diese über fünfzig Jahre alte Kiez-Apotheke mit ihrem Retro-Charme übernehmen konnte. Das Interieur ist weitestgehend original und stammt aus den Sechzigerjahren. In die Einrichtung aus dunklem Palisander habe ich mich sofort verliebt.

Viele meiner Kunden kommen schon seit Jahrzehnten in diese Apotheke. Sie sind mit ihr gealtert. Als ich das Geschäft übernommen habe, gab es zunächst Berührungsängste. Die Kunden waren einen wesentlich älteren und mit dem Kiez verwachsenen Apotheker gewöhnt, der all ihre Sorgen und Nöte kannte. Doch der hatte sich nun zur Ruhe gesetzt. Es spielte mir in die Hände, dass mein Vorgänger mich mochte und anpries. So bekam ich die Chance, mich zu bewähren – und ich nutzte sie. Inzwischen fühle ich mich selbst als Teil des Kiezes. Vor meiner Selbstständigkeit habe ich in einer großen, anonymen Center-Apotheke gearbeitet. Niemals wieder möchte ich tauschen.

Es ist halb neun, pünktlich schließe ich auf. Es dauert keine fünf Sekunden, bis die erste Kundin in den Laden drängt. Begleitet wird sie von ihrem ungefähr drei Jahre alten Sohn.

Die Wollmütze tragende Mutter mit den glänzenden, aufgespritzten Lippen und der Mimik einer Küchenfliese steckt in einem dunkelbraunen Fellmantel, bei dem ich nicht davon ausgehen kann, dass er unecht ist. Dazu trägt sie einen mit Logos übersäten Designer-Schal. Jedes Mal, wenn ich sie sehe, frage ich mich, wie man sich freiwillig so anziehen kann, wenn man nicht wenigstens Oligarchen-Gattin ist. Doch diese Frau ist Schwäbin.

»Du muschd die Dante scho selber fraga, ob sie a Draubenzuggerbonbo für di hedd oder was zom schbiela.«

Es hat sich herumgesprochen, dass ich eine kleine Schublade für Kinder habe, aus der sie sich eine Kleinigkeit aussuchen dürfen. Vielleicht sollte ich ein *Betteln verboten*-Schild aufstellen, damit eindeutig klar ist, dass wir es den Kindern anbieten und nicht umgekehrt.

»Nun frag du die Dante!«

Die Dante. Du meine Güte. Der Junge mit den braunen Locken blickt so liebenswert drein wie Chucky, die Mörderpuppe.

Ich lächele professionell, zeige auf die Auslage neben der Kasse und sage: »Hier, schauen Sie, wir haben eine große Auswahl an Traubenzucker-Bonbons und zahnfreundlichen Lutschern.«

»Aber sonscht kriega mir hier do immer was gschengt!«, kräht die Mutter.

In Gedanken schreibe ich ein Memo an meine Angestellten: Die Frau kriegt nie wieder etwas gratis.

»Ich will einen Lolli«, schreit der Junge nun und fegt ein paar Tuben Handcreme aus dem Regal.

»Florendino Maximilian Luis, so ebbes dud man ned«, mahnt die Erziehungsberechtigte in einem Ton, der so scharf ist wie mein Kopfkissen. Natürlich interessiert das den Jungen nicht. Er stapft herum und krakeelt. Mein Puls rast.

»Haben Sie sonst noch einen Wunsch?«

Die hart antiautoritär durchgreifende Mutter schiebt mir ein Privatrezept über den Ladentisch. Bisher kam sie meist, um Schmerztabletten zu kaufen, oder wenn sie ein Schnupfen halb umbrachte. Bei jedem ihrer Besuche machte sie einen dermaßen gequälten Eindruck, dass danach auf der Leidensskala erst mal lange nichts kam. So zumindest hat es Ursula einmal nach einem ihrer Auftritte formuliert. Diesmal werde ich mir ihren Namen merken. Mareike Weber, lese ich. Wie unspektakulär. Das musste sie beim Namen ihres Sohnes unbedingt wettmachen, denke ich. Zumindest scheint sie diesmal unter einer Hauterkrankung im Intimbereich zu leiden. Meine Zunft bringt es mit sich, nach nur einem Blick aufs Rezept mehr zu wissen als Freunde und Familie zusammen.

Ich reiche ihr die verordnete Salbe. »Die müssen Sie drei Mal täglich anwenden, aber bitte nur ganz dünn auftragen.«

»Jo, des woiß i älles scho.«

»Umso besser. Dann bekomme ich einunddreißig Euro und achtzig Cent von Ihnen.«

»Wird au immer deirr.«

»Ja, leider, wie alles.« Ich beiße mir auf die Zunge, damit mir kein schlechter Schwabenwitz über die Lippen kommt.

Frau Weber entnimmt ihrer schwarzen Designerhandtasche ein riesiges Portemonnaie und zückt eine goldene Kreditkarte.

»Tut mir leid, hier können Sie nur mit EC-Karte zahlen.«

Sie stöhnt genervt auf und zahlt bar.

Dann steckt sie die Tube in ihre Tasche und denkt nicht

daran, sich für den Schaden, den ihr reizender Sohn angerichtet hat, zu entschuldigen. Ohne ein weiteres Wort zu sagen, schnappt Mareike Weber sich ihren Jungen und rauscht nach draußen.

»Auf Wiedersehen«, rufe ich ihr noch hinterher, doch da ist sie schon auf der Straße. »Genau für Menschen wie dich bin ich Apothekerin geworden.«

»Na, na, na, wer wird denn zu dieser frühen Stunde schon sarkastisch?«

Ich fahre herum. »Mensch, Karin, hast du mich erschreckt. Guten Morgen!«

»Zumindest trägt sie ein sehr intensives Parfüm. Das reicht noch für die nächsten zwei Stunden. Guten Morgen, Julia!«

Sie ist durch den Hintereingang hereingekommen und macht sich prompt daran, die Spuren des Handcreme-Massakers zu beseitigen. Karin ist eine von drei Apothekenhelferinnen, die ich von meinem Vorgänger übernommen habe.

»Danke! Besser könnte die Woche nicht starten, oder? Meine Güte, der Duft ist schwerer als eine Raumfähre. Schütte einen Eimer Wasser über mich, wenn ich jemals so etwas tragen sollte.«

»Mach ich. Hast du ein schönes Wochenende gehabt?«

»Ja, es war nur leider wieder viel zu kurz.«

Karin schüttelt ihren einundsechzig Jahre alten Kopf, den ein grauer Pixie Cut schmückt, der sie jünger wirken lässt.

»Das kann doch so nicht weitergehen. Du arbeitest zu viel, Julia.«

»Hui, das ist ja eine ganz neue Erkenntnis.«

Ein Kunde betritt den Laden. Während Karin ihn bedient, gehe ich nach hinten ins Büro.

Zwar bin ich die Chefin, aber meine Angestellten sind wesentlich älter als ich. Sie tendieren dazu, in mir keine Autoritätsperson zu sehen, sondern das Mädchen, das unbedingt bemuttert werden muss. Das kann natürlich auch daran liegen, dass ich schlicht keine Autoritätsperson bin, denn wie könnte ich das sonst hinnehmen? Mein Team hat es leicht mit mir. Ich finde es wichtig, dass Harmonie herrscht, und kümmere mich um so gut wie alles selber, was dazu führt, dass ich unfähig bin, Verantwortung abzugeben. So fasst es zumindest mein lieber Freund Sebastian zusammen, und – ehrlich – ich kann dem nichts entgegensetzen.

Inzwischen ist auch Edith gekommen. Mit ihren vierundfünfzig Jahren ist sie meine jüngste Mitarbeiterin.

»Hallo, Julia. Heute gibt es Kohlroulade.«

Sie stellt einen großen Topf auf den kleinen Herd mit zwei Platten in unserem Aufenthaltsraum, der zugleich das Büro ist.

»Köstlich, das ist das Highlight des Tages.«

»So schlimm?«

»Nein, nein, nur Montag. Schau mal, hier, es gibt einiges im Labor zu tun.« Ich reiche Edith einen kleinen Stapel mit sogenannten Individualrezepturen, die wir heute noch herstellen müssen. Meist kommen solche genau auf den Patienten abgestimmten Rezepte von Hautärzten. Wir mischen die verordnete Creme selbst an.

»Gut, dann gehe ich gleich runter in die Katakombe und mache mich an die Arbeit.« Edith streift sich ihren weißen Kittel über. Ich nicke ihr zu. »Bis nachher.«

Das Labor liegt im Keller. Als ich es zum ersten Mal betrat, fand ich es unheimlich. Es roch muffig, die Wände waren schmutzig grau, und die Einrichtung wirkte wie aus der Zeit gefallen, hatte dabei aber keinerlei Charme, im Gegenteil. Es wäre der perfekte Ort für zwielichtige Partys gewesen, oder um eine Geisel zu halten. Ich ließ den Raum renovieren und erneuerte die gesamte Einrichtung. Dadurch verbesserte sich die Arbeitsatmosphäre beträchtlich.

Während ich mit dem Vertreter einer Pharma-Firma telefoniere, wandert mein Blick zu der vergilbten Autogrammkarte von Thomas Gottschalk. Ich weiß nicht, wie viele Jahre sie schon ihren Platz an der Pinnwand hat. Ursula, die dritte Helferin im Bunde, ist nach eigener Aussage der größte Fan der Welt, und so habe ich diese Karte genau wie sie, Karin und Edith von meinem Vorgänger übernommen. Die drei arbeiten schon länger in einer Apotheke, als ich mit meinen siebenunddreißig Jahren auf der Welt bin.

Jeden Mittag essen wir zusammen. Entweder, eine von uns – meist von den anderen – hat vorgekocht, oder ich gebe etwas vom Feinkostladen nebenan aus.

Außer den Helferinnen habe ich noch eine Apothekerin angestellt, allerdings nur für zwanzig Stunden. Frau Wenzel ist eine feine, zierliche Frau und die Einzige hier, mit der ich mich sieze. Wenn ich die Endfünfzigerin nicht hätte, dürfte ich übrigens niemals auch nur für eine Stunde am Tag die Apotheke verlassen. Die Apothekenbetriebsordnung schreibt vor, dass immer ein Apotheker anwesend zu sein hat, wenn pharmazeutisch gearbeitet wird. Aber das nur am Rande.

Ich arbeite das Wichtigste ab, bevor ich wieder nach vorne in den Verkaufsraum gehe.

Herr Schröder kommt in den Laden. Der Neunundsiebzigjährige lebt seit Jahren mit seiner Prostatakrebs-Erkrankung. Wie immer halten wir einen kleinen Plausch, bevor ich ihm seine Medikamente aushändige.

Bevor ich mich selbstständig gemacht habe, hätte ich nicht gedacht, dass ich jemals so eine enge Bindung zu meinen Kunden aufbauen würde. Inzwischen kenne ich viele Geschichten, leider haben die meisten davon kein Happy End. Sie handeln von Krankheit und Einsamkeit im Alter. Die Senioren hier im Kiez sind mir besonders ans Herz gewachsen. Oft liefere ich persönlich nach Feierabend noch Medikamente aus, weil ich weiß, wie mühsam es für einige ist, persönlich vorbeizukommen.

Gefühlt leidet heute jeder Zweite an einer schlimmen Erkältung. Der nasskalte Winter gibt auf seine letzten Tage noch einmal alles. Nasensprays und Halsschmerztabletten gehen im Akkord über den Tresen.

Bei einem schnellen Schluck Kaffee zwischendurch schaue ich auf mein Telefon. Keine Nachricht von Konstantin. Aber das ist nicht verwunderlich. Unter der Woche hat jeder von uns sein eigenes Leben. Ich weiß ja, wie er in seinem Job jonglieren muss. Da bleibt bei all dem Stress tagsüber keine Zeit und Muße für ein Zeichen. Meist telefonieren wir kurz am Abend, und dann schicken wir uns vor dem Zubettgehen noch eine Liebesbotschaft.

Das Geschäftstelefon klingelt. Ein Patient möchte wissen, ob ich einen bestimmten Betablocker vorrätig habe. Leider muss ich ihn enttäuschen.

Beinah ununterbrochen ertönt der Gong der Eingangstür, wird geniest und geschnaubt. Nur noch zehn Minuten bis Ladenschluss, im Endspurt haben wir noch alle Hände voll zu tun.

Da betritt Sebastian die Apotheke. Weil ich gerade mitten im Gespräch mit einer Kundin bin, teile ich ihm nur mimisch meine Freude über seinen spontanen Besuch mit. Er lacht, wahrscheinlich über meine Grimasse, und nimmt den Weg hinter der Ladentheke an mir vorbei ins Büro. Sebastian kennt sich hier aus.

»Bitte achten Sie darauf, dass Sie das nicht gleichzeitig damit einnehmen, denn es hemmt die Wirkung. Warten Sie damit mindestens zwei Stunden«, sage ich.

Die Kundin nickt, und ich händige ihr die Tabletten gegen Herzrhythmusstörungen aus.

»Danke, Frau Weisse. Haben Sie einen schönen Feierabend.«

»Sie auch, auf Wiedersehen, Frau Möller.«

Als sie sich umdreht und geht, denke ich, dass es sicher besser wäre, einer Rentnerin statt eines schönen Feierabends einfach nur einen schönen Abend zu wünschen, aber dafür ist es nun zu spät.

Feierabend! Bis auf ein junges Paar, das von Edith bedient wird, hat sich die Apotheke geleert. Gleich können wir zuschließen. Da kommt auf den letzten Drücker die alte Frau Schulz herein. Ich gebe ihr die verschriebene Kortisonsalbe, höre ihr zu und schenke ihr aufbauende Worte. Vor Kurzem ist ihr Mann gestorben, Kinder hat sie keine, nur einen zotteligen, blinden Hund. Jedes Mal, wenn ich die beiden zusammen sehe, berührt mich das. Niemals könnte ich die Frau abwimmeln, da kann es noch so spät sein. Das junge Paar verlässt die Apotheke, und Edith schließt schon einmal ab.

»Schönen Feierabend«, rufe ich ihr zu. Auch Karin und Ursula verabschieden sich.

Nachdem ich zehn Minuten mit Frau Schulz geplaudert habe, entlasse ich sie in den Abend. Nun bin ich allein mit Sebastian.

2

»Geschafft!« Ich sinke neben Sebastian auf das Sofa gegenüber dem Schreibtisch und lege die Beine hoch. Sie schwellen manchmal an, wenn ich zu viel stehe.

Sebastian legt die Apotheken Umschau zur Seite und rückt seine neue Brille mit dem feinen Metallrahmen zurecht. Sie hat die Nerdbrille abgelöst, die jahrelang sein Markenzeichen war.

»Das hat aber auch gedauert. Ich habe schon mal den kalten Kaffee ausgetrunken.«

»Nur zu. Ich kann dir auch frischen anbieten, Tee, Orangensaft oder Leitungswasser. Kekse, Salzstangen und Schokolade sind auch vorrätig, nur Alkohol ist aus.«

Wenn Sebastian spontan vorbeikommt, dann hat er meist Appetit oder braucht ein rezeptpflichtiges Medikament.

»Nein, danke, ich bin ausnahmsweise mal nicht hier, um zu konsumieren, und Drogen brauche ich auch keine.«

»Oh, ich freue mich trotzdem, dich zu sehen. Aber was verschafft mir dann so spontan die Ehre? Ärger mit Lea?«

»Nein. Am Samstag ist doch Leas Geburtstag, und ich habe mir überlegt, eine Überraschungsparty für sie zu organisieren. Das möchte ich gern mit dir besprechen.«

»Ernsthaft? Sie hat sich doch unter Androhung der Todesstrafe verbeten, diesen Geburtstag in irgendeiner Weise in den Mittelpunkt zu stellen. Ich dachte, ihr wolltet wegfahren.«

»Stimmt, aber daraus wird leider nichts. Ich muss wegen der neuen Forschungsreihe am Sonntag früh im Labor sein.«

»Das ist nicht dein Ernst! Das kann niemand anderes übernehmen?«

Sebastian schüttelt den Kopf. »Das ist mein Projekt, für Lea ist das okay. Aber sie freut sich sicher, wenn ich mir trotzdem etwas einfallen lasse, auch wenn sie sich das nicht eingestehen würde. Hast du doch ein paar Salzstangen für mich?«

»Sie sind da drüben im Schrank, bitte bediene dich. Du bist wirklich mutig, mein Lieber.«

»Nein, ich möchte nur, dass der Tag etwas Besonderes für sie wird.«

Sebastian holt die Salzstangen und fängt an zu knabbern.

Lea wird fünfzig. Damit ist sie zwölf Jahre älter als Sebastian. Aber der Altersunterschied hat bei den beiden nie eine Rolle gespielt. Es waren immer die anderen, die sie darauf ansprachen. Sehr eindrucksvoll fand ich die Frage eines Kollegen von Sebastian: »Stört es dich nicht, dass sie mehr als ein Jahrzehnt älter ist als du?« Sebastian lachte nur kurz auf und verwies ihn auf seine einundzwanzig Jahre jüngere Freundin. Dazu fällt einem wirklich nichts mehr ein.

Lea hat eine dreiundzwanzigjährige Tochter, die in Marburg studiert und ungefähr einmal im Quartal zu Besuch kommt. Als Lea und Sebastian zusammenkamen, war sie achtzehn und konnte bereits souverän mit der Konstellation umgehen. Anfangs wollte Sebastian Lea dazu überreden, ein Kind mit ihm zu bekommen.

»Ich bin durch mit dem Thema und außerdem Zahnärztin, kein Celebrity«, hat sie nur gesagt und Sebastian hat es irgendwann akzeptiert. Ich hatte nie einen Zweifel an ihrer Liebe.

»Und was ist, wenn sie dich doch umbringt?«

»Leben heißt Risiko. Es soll keine große Sache werden. Nur du und Konstantin und noch zwanzig enge Freunde.«

»Doch so intim?«, scherze ich und knabbere nun ebenfalls an einer Salzstange, macht leider süchtig. »Wie stellst du dir das vor?«

»Lea und ich machen einen Ausflug, und dann lotse ich sie

am frühen Abend nach Hause. Den Schlüssel zur Wohnung gebe ich dir. Ihr versteckt euch dann hinter dem Vorsprung im Wohnzimmer und springt jubelnd hervor, wenn sie das Zimmer betritt. Vielleicht gestaltet ihr ein lustiges Transparent? Und wie wäre es mit Luftballons und Konfetti? Beim Lieferservice bestelle ich Pizza. Einen Alkoholvorrat habe ich bereits angelegt.«

Ich schiebe Salzstangen nach. »Den wirst du auch brauchen. Puh! Also ehrlich, schlimmer geht's nicht. Wenn das dein Ernst ist, dann zweifle ich erstmals an unserer Freundschaft.«

Sebastian lacht. »Wofür hältst du mich? Dafür würde ich mich auch erschießen.«

»Was bin ich froh, dass wir uns da einig sind.« Wir lachen. Doch Sebastian wird schnell wieder ernst. »Julia, es geht nicht nur um Leas Geburtstag ...« Er macht eine bedeutungsschwere Pause und reibt sich das Kinn.

»Sondern?«

»Also ... Ich möchte ihr einen Antrag machen.«

Ruckartig nehme ich meine Beine vom Tisch. »Du möchtest *was?*«

»Findest du das so erschreckend?«

»Nein, entschuldige bitte. Ich bin nur verwundert, weil das nie ein Thema zwischen euch war.« Ich nehme eine Handvoll Salzstangen und nage daran wie ein Biber an einem Baumstamm.

»Worauf sollen wir denn warten? Wir sind seit über fünf Jahren zusammen. Ich liebe Lea und denke nicht daran, mich von ihr zu trennen. Das sind doch die besten Voraussetzungen für eine Ehe, oder?« Sebastian kräuselt die Stirn und sieht mich unsicher an.

»Absolut, aber damit hätte ich trotzdem nicht gerechnet.«

»Hey, Jule, ich werde Lea fragen, nicht dich.«

Nun muss ich lachen. »Da bin ich aber froh.«

»Wenn ich es nicht mache, werde ich nie erfahren, ob sie meine Frau werden möchte.«

»Da ist was dran.«

»Es stimmt schon, Lea hat es nie thematisiert. Aber ich bin mir einfach sicher. Und vielleicht stehen die Chancen gut, immerhin war sie noch nicht verheiratet. Wenn sie *Ja* sagt, dann möchte ich sie am 12. Oktober heiraten, das ist der Tag, an dem wir uns zum ersten Mal geküsst haben. Genau sechs Jahre ist es dann her.«

»Das weißt du noch so genau?«

»Ja, diesen Tag werde ich nie vergessen. Wir feiern ihn jedes Jahr. Es soll nur eine ganz kleine Hochzeit werden und dann ab in die Flitterwochen auf die Seychellen, da wollen wir schon lange mal hin.«

Sebastians Augen glänzen, all seine Liebe zu Lea liegt in seinem Blick. Ich nehme ihn in die Arme.

»Mach langsam, mein Lieber! Aber sie kann sich wirklich glücklich schätzen, dass sie einen Mann wie dich hat. Ihr beiden seid für mich der Inbegriff einer erfüllten Liebe. Ach du meine Güte, jetzt werde ich noch ganz sentimental.« Ich merke, wie sich meine Augen mit Tränen füllen, löse mich aus der Umarmung und klatsche mir mit der flachen Hand ins Gesicht.

»Du bist wirklich süß, Julchen. Aber Lea muss erst mal *Ja* sagen. Wobei, wenn sie ablehnt, wäre das auch ein Grund zum Weinen.« Sebastian tätschelt etwas unbeholfen meinen Arm.

»Es geht schon wieder. Jetzt brauche ich aber was zum Trinken. Du auch?«

»Ja, einen Doppelten bitte.«

Ich mixe uns eine Orangensaftschorle.

»Auf die Liebe«, sage ich.

Sebastian strahlt. »Da kann man nicht oft genug drauf trinken.«

»Um noch mal auf deine Idee mit der Überraschungsparty zurückzukommen, das war wirklich nur ein Scherz, ja?«

»Nicht ganz. Ich möchte euch gern an diesem großen Tag, bei dieser großen Frage dabeihaben.«

»Aber der Antrag ist doch ein intimer Moment. Dabei haben Konstantin und ich nichts zu suchen.«

»Stimmt nicht. Das ist eine Lebensentscheidung, und ihr beiden zählt zu den wichtigsten Menschen in meinem Leben. Mein Cousin ist wie ein Bruder für mich, und du bist wie eine Schwester!«

Ich verziehe das Gesicht. »Aber wer will denn schon seine Geschwister dabeihaben?«

»Bitte!« Sebastian faltet seine Hände und sieht mich so flehend an, dass ich lachen muss.

»Also gut. Aber wir stehen weder für einen Flashmob noch für eine Choreographie zu *Marry you* zur Verfügung. Und überhaupt, dieser Song kommt mir nicht in die Ohren!«

Sebastian grinst. »Versprochen.«

»Viel Zeit bleibt nicht mehr. Hast du schon mit deinem Lieblingscousin darüber gesprochen? Er hat mir zumindest noch nichts davon erzählt.«

»Nein, noch nicht. Als ich ihn vorhin angerufen habe, hatte er mal wieder keine Zeit. Manchmal frage ich mich schon, wie lange er dieses Leben noch führen kann. Das ist doch auf Dauer ein Albtraum für eure Beziehung.«

»Also, meine Albträume sehen schlimmer aus, ehrlich. Da fließt viel Blut, und ab und zu fallen mir die Zähne aus.«

»Oje, das möchte ich besser nicht deuten.«

»Danke, sehr rücksichtsvoll, Dr. Freud. Was soll's? Es ist eben so. Konstantin und ich managen unser Leben doch ganz gut, oder? Außerdem wusste ich ja von Anfang an, worauf ich mich einlasse.«

Sebastian verzieht den Mund. »Ja, ja, bis er vierzig ist, wird er richtig reinhauen, unser Karrierist, ich weiß. Aber trotzdem, eine Beziehung *managen*, das klingt nicht sehr ansprechend. Das wäre nichts für mich.«

»Okay, du musst unser Modell nicht zwangsläufig kopieren. Aber auch wir lieben uns!«

Sebastian beugt sich über sein Glas. »Hoffentlich reicht das auf Dauer.«

»Was willst du damit sagen?«

Er zuckt mit den Schultern. »Entschuldige! Ihr müsst selber wissen, wie ihr miteinander leben wollt.«

Da wird mein Herz von einer Sekunde zur anderen schwer. Die Sehnsucht, bis eben noch wie immer an geschäftigen Tagen im Hintergrund, ist geballter denn je zurück. Ich senke den Kopf.

Sebastian streichelt mir über den Rücken. »Hey! Ich wollte dich nicht verunsichern.«

Einatmen. Ausatmen. Ich lehne mich an Sebastians Schulter.

»Er fehlt dir, ich weiß. Mir kannst du nichts vormachen, Miss Toughi Tough.«

»Miss *Toughi Tough?*«

»Ja, du tust immer so, als würde dir das alles nichts ausmachen.«

»Jammern hilft ja nicht, habe ich schon ausprobiert, wenn ich allein zu Hause bin. Du glaubst gar nicht, wie gut ich darin sein kann.« Ich schlage mir sanft gegen die Stirn, so wie ich es immer tue, wenn ein Blues naht.

»Weiß Konstantin überhaupt, wie sehr du ihn vermisst?«

Ich schüttele den Kopf. »Nein! Was würde das ändern? Er hat unter der Woche weiß Gott genug zu tun. Eine jammernde Frau ist das Letzte, was er braucht. Außerdem habe ich selber ein straffes Programm und eigentlich überhaupt keinen Grund zum Jammern. Wie ich schon gesagt habe, ich wusste, worauf ich mich mit ihm einlasse. Wir kommen wirklich klar. Eine Wochenendbeziehung hält die Liebe frisch.«

»Tse, da ist sie ja wieder, meine Miss Toughi Tough.«

Ich strecke Sebastian die Zunge raus. »Jetzt hast du schön abgelenkt. Ich weiß noch immer nicht, wie du dir Leas Geburtstag mit uns vorstellst.«

»Stimmt.« Sebastian kratzt sich am Kopf. »Also, Lea liebt gutes Essen und hasst bemühten Witz.«

»Ja, da gehe ich mit. Und was kommt jetzt?«

»Ich führe sie schick zum Essen aus. Wir gehen ins *Shade*, das ist dieses gefeierte neue Restaurant in Mitte. Ihr kommt dann später als Überraschungsgäste dazu.«

»Gut, meinetwegen. Deswegen wird sie dich vermutlich nicht umbringen. Und wann kommt der Antrag?«

»Beim Dessert. Die Frage aller Fragen wird mit flüssiger Schokolade auf den Dessertteller geschrieben, quasi la Dolce Vita im wahrsten Sinne des Wortes.«

»Du kleiner Philosoph. Aber das ist sicher besser, als den Ring irgendwo einbacken zu lassen oder im Champagnerglas zu versenken. Ich bin wirklich gespannt auf ihre Reaktion.«

Sebastian fasst sich an die Brust. »Frag mich mal.«

Trotz meines Salzstangenkonsums meldet sich mein Magen mit einem lauten Knurren zu Wort. Ich schlage sanft drauf.

»Der sehnt sich nach etwas Vernünftigem. Gehen wir noch eine Kleinigkeit essen?«

Sebastian wirft einen Blick auf die Uhr. »Was, so spät schon? Nein, das wird leider nichts. Lea kommt kurz nach acht und bringt Sushi mit. Magst du mit zu uns kommen?«

»Danke, das ist lieb, aber mir ist nicht nach Fisch. Ich gehe lieber nach Hause und hole mir auf dem Weg etwas beim Thailänder.«

Gemeinsam verlassen wir die Apotheke.

»Wir sehen uns am Samstag«, sagt Sebastian und nimmt mich zum Abschied herzlich in den Arm.

Es ist Freitagabend. Ich stehe am Flughafen und warte auf Konstantin. Mein Herz schlägt schneller, als sich die Automatiktür öffnet und er in seinem dunkelblauen Anzug heraustritt, den Mantel lässig über den Arm geworfen. Er zieht seinen schwarzen Rollkoffer hinter sich her und lacht mir entgegen. Ich stürme auf ihn zu und umarme ihn innig.

»Dass du hier bist, meine wunderschöne Julia! Es tut so gut, dich zu sehen.« Konstantin gibt mir einen langen Kuss.

»Ich hätte es nicht ausgehalten, dich erst in einer halben Stunde zu sehen.«

Erst jetzt sehe ich, wie fertig Konstantin aussieht. Zugegeben, er sieht am Ende der Woche immer abgekämpft aus, aber heute fällt es mir besonders auf. Er ist blass, seine Augen sind gerötet und tiefe, dunkle Ringe liegen darunter. Er versucht, ein Gähnen zu unterdrücken, als er sich den Mantel überzieht.

»Du bist hundemüde, was?«

»Nein, es geht schon.«

»Gehen wir zu dir oder zu mir?«, frage ich und hake mich bei Konstantin unter. Es hat ja durchaus seinen Reiz, dass wir uns diese Frage nach all den Jahren noch stellen können. Wir laufen ein paar Meter durch den klaren, kalten Abend zu meinem Wagen.

»Zu mir, ich möchte erst mal mein Gepäck loswerden. Da können wir dann auch gern bleiben.«

Konstantin verstaut das Gepäck im Kofferraum. Wir fahren los.

»Na, ganz so begeistert scheinst du nicht zu sein …«

»In deiner Wohnung ist es sicher kalt, bei mir ist es warm.«

Konstantin legt seine Hand in meinen Nacken und massiert meinen Haaransatz.

»Für dich geht doch nichts über deine kleine, kuschelige Wohnung, was?«

»Du willst das Potenzial deiner vier Wände ja nicht voll

ausschöpfen. Ha! Das machst du mit Absicht, damit ich nicht auf die Idee komme, bei dir einzuziehen. Du bist durchschaut!«, scherze ich.

»Ist das so offensichtlich?«

»Ja, irgendwie schon.«

Mehr als einmal habe ich Konstantin schon gesagt, dass seine Wohnung in Einrichtungsfragen eine weibliche Hand vertragen könnte. Er lebt in einer hundertfünfzig Quadratmeter großen Eigentumswohnung, Dachgeschoss-Maisonette. Eine große Terrasse mit einem grandiosen Blick über Berlin gehört dazu, ebenso wie eine Sauna. Die Wohnung ist viel zu groß für ihn, aber es war damals ein gutes Investment, wie er mir erklärte. Der Wert habe sich bereits mehr als verdoppelt. Vor allem aber hat die Wohnung keine Seele, wie ich finde. Dabei hat Konstantin nach dem Kauf einen bekannten Innenarchitekten engagiert. Leider passierte das vor meiner Zeit, ist aber immer wieder ein Argument von ihm, wenn ich mit meinen Verbesserungsvorschlägen gegen eine Wand laufe. Der Einrichtungsstil ist allzu minimalistisch und clean.

Die Ampel springt auf rot, ich trete auf die Bremse. Konstantin hat sich über sein Smartphone gebeugt. Er seufzt und reibt sich die Schläfe.

»Was die Briten da ausgelöst haben, ist mehr als eine Katastrophe«, murmelt er und tippt eifrig.

»Was machst du da?«

»Nur noch eine E-Mail.«

Die Ampel springt auf grün, ich gehe aufs Gas.

»Hey, es ist Wochenende!«

Über meinen Einwurf kann aber selbst ich nur müde lächeln. Denn Konstantin schaltet so gut wie nie ab, und irgendwas ist immer. Er legt das Telefon zur Seite und seufzt.

»Ja! Es ist Wochenende … Eine richtige Mistwoche liegt hinter mir. Es gibt so viele neue Baustellen, ich weiß noch nicht, wie ich da hinterherkommen soll, ob das alles zu schaffen ist.«

Es ist selten, dass Konstantin Schwäche zeigt.

»Du brauchst jetzt erst mal eine warme Badewanne.«

Er gähnt. »Das wäre tatsächlich genau das Richtige. Hältst du noch schnell bei McDonalds an? Ich habe einen Riesenhunger.«

Ich werfe ihm einen raschen Seitenblick zu. »Du Gourmet! Wenn du gleich mit zu mir kommst, zaubere ich dir Spaghetti aglio e olio, die magst du doch so gern. Na, wie wär's?«

Mein Talent in der Küche ist überschaubar, aber zumindest ein paar einfache Gerichte kriege ich hin.

»Na gut, mein Magen hat entschieden, lass uns direkt zu dir fahren.«

»Das ist eine gute Entscheidung.« Lächelnd setze ich den Blinker und nehme den Weg zu mir.

Mit einem voll beladenen Tablett komme ich ins Bad. Bedeckt von weißem Schaum liegt Konstantin mit geschlossenen Augen in der Badewanne. Kerzen flackern, Chopins *Ballade Nr. 1* kommt aus der Bluetooth-Box auf der Ablage. Aber was ist das? Er kann es selbst hier nicht lassen! Mit leuchtendem Display liegt sein Telefon auf dem Badewannenrand, er muss es gerade benutzt haben.

Ich räuspere mich. »Entschuldigen Sie die Störung, wer kriegt die Spaghetti aglio e olio?«

Ein breites Lächeln legt sich auf Konstantins Gesicht, bevor er eine Hand hebt. »Für mich bitte. Es geht doch nichts über den hervorragenden Service in Ihrem Haus!«

»Empfehlen Sie uns bloß nicht weiter. Die Lieferung wird übrigens extra berechnet«, witzele ich, lege das Telefon an einen sicheren Ort und schiebe Shampoo, Conditioner und Badezusätze beiseite. Dann stelle ich das Tablett mit den beiden

Tellern und Weißweingläsern ab und setze mich auf den Wannenrand.

»Die Extrakosten zahle ich gern. Jetzt gleich?«

Ich grinse und gebe Konstantin einen Kuss auf seine feuchtheiße Stirn. »Besser später, lass uns erst mal essen.«

»Wie gemütlich wir es hier haben. Ich liebe es, dass du spontan so unkonventionell sein kannst und es schaffst, dein kleines Bad zum schönsten Lokal der Welt zu machen.« Konstantins warme, nasse Hand streichelt meinen Arm. Ich bin selig. Dann inhaliert er die Spaghetti, anders kann ich es nicht nennen, so ausgehungert muss er gewesen sein.

Nach dem Essen stoßen wir auf unser Wochenende an.

»Jetzt geht es mir wieder richtig gut«, sagt Konstantin.

Ich nehme ihm das Glas aus der Hand und stelle es zusammen mit meinem auf den Fliesen ab, dann küssen wir uns. Er umschlingt mich wie ein Krake, und bevor ich's mich versehe, lande ich in der Wanne. Ich stoße einen spitzen Schrei aus, aber es nutzt nichts, ich bin nass und kichere wie ein Teenager. Währenddessen befreie ich mich mit Konstantins Hilfe von meinen Anziehsachen. Pullover, Hose und Unterwäsche landen mit einem Platsch auf den Fliesen.

»Na, was lernst du daraus?«

»Dass ich in solchen Situationen niemals einen Ski-Overall tragen sollte?«

»Genau!«

Mit einem leidenschaftlichen Kuss erstickt Konstantin mein Gekicher. Die Wanne ist eindeutig zu klein für uns beide. Das inzwischen nur noch lauwarme Wasser schwappt über, als wir uns hin und her bewegen, aber das ist mir in diesem Moment egal. Irgendwann ist Konstantin über mir, ich lege ein Bein über den Wannenrand und stemme das andere gegen den Wasserhahn, um einen festeren Halt zu haben. Hoffentlich reiße ich ihn nicht heraus. Dazu kralle ich mich an Konstantins Rücken fest. Es tut so gut, ihn zu spüren, auch wenn meine Position alles andere als bequem ist. Im Hintergrund begleitet uns noch immer Chopin.

Irgendwann lösen wir uns voneinander, das Wasser ist kalt geworden, ich friere.

Wir steigen aus der Wanne und hüllen uns in große weiße Handtücher.

Im Bett erzähle ich Konstantin von Sebastians Plänen. Die beiden haben es die ganze Woche nicht geschafft, miteinander zu sprechen. Immerhin ist schon morgen Leas großer Tag.

»Mein lieber Sebastian will es aber wirklich wissen! So kenne ich ihn gar nicht.«

»Ich finde es wundervoll. Dass er sie heiraten möchte, ist doch das größte Liebesbekenntnis.«

Konstantin löscht das Licht. »Na, ich weiß nicht. Meiner Meinung nach braucht auch die größte Liebe keinen Trauschein. Die Ehe wird schlicht überbewertet. Sie ist doch nur ein Akt der Bürokatie. Wenn man sich liebt, liebt man sich, so oder so. Womöglich ist es sogar spannender, nicht zu heiraten, weil dadurch nichts selbstverständlich ist.«

»Die Liebe sollte niemals selbstverständlich sein.«

»Da hast ja so … recht …«, säuselt Konstantin, und dann ist er auch schon eingeschlafen.

Die Fähigkeit der Männer, innerhalb von Sekunden wegzutreten, wird für mich auf ewig ein Phänomen bleiben. Ich schmiege mich eng an ihn und spüre seinen Herzschlag. Irgendwann sinke ich ebenfalls in den Schlaf. Mit Konstantin an meiner Seite gelingt mir das viel besser als allein.

3

Samstag muss ich früh raus, denn auch an diesem Tag arbeite ich. Aber zumindest schließt die Apotheke da bereits um eins. Es gelingt mir, mich so leise aus dem Bett zu stehlen, dass ich Konstantin nicht aufwecke.

Die ersten Kunden warten schon vor der Tür, als ich aufschließe. Auch heute plagen sich viele mit Erkältungssymptomen herum, aber auch Magen-Darm ist ein Thema. Ursula arbeitet mit mir. Wir haben kaum eine ruhige Minute.

Eine Schwangere möchte Folsäure kaufen, doch plötzlich hat sie mit Kreislaufproblemen zu kämpfen.

»Helft mir doch!«, klagt sie und klammert sich an ihrem rastagelockten Freund fest.

»Machen Sie doch was!«, ruft der unsicher.

Ich schiebe ihr einen Stuhl unter und messe ihr den Blutdruck, er ist etwas niedrig.

»Mit einem Traubenzucker und einem Glas Wasser haben wir das schnell wieder im Griff, das ist kein Grund zur Sorge«, sage ich und biete ihr beides an. Doch sie lässt sich nicht beschwichtigen.

»Das ist alles? Was, wenn es etwas Schlimmes ist? Ich bin im sechsten Monat!«, kreischt sie völlig unangemessen. »Gunnar, sag doch auch mal was!«

Rasta-Gunnar hat anscheinend nur auf eine solche Ansage gewartet. »Ich hole Hilfe!«, sagt er und nimmt sein Telefon aus der fleckigen Jeans.

Mir bricht der Schweiß aus. »Bitte! Gehen Sie am Montag zu Ihrer Frauenärztin, wenn Sie sich Sorgen machen, aber denken Sie an echte Notfälle und wählen Sie nicht den Notruf.«

Doch mein Appell wird ignoriert, Gunnar ruft einen Krankenwagen.

»Bis Montag können wir nicht warten«, ruft seine Freundin.

Als ich höre, wie der offensichtliche Kindsvater am Telefon die Lage dramatisiert, kann ich nur die Hände über dem Kopf zusammenschlagen.

Der Krankenwagen lässt nicht lange auf sich warten. Was für eine Aufregung um Nichts! Der Frau geht es längst besser, ihr Blutdruck ist im Normalbereich. Die Sanitäter verabschieden sich schnell wieder. Aber die Schwangere gibt noch immer keine Ruhe. Sie lässt sich von Gunnar in die nächste Notaufnahme fahren.

»Tja, Sie sehen, hier kann man immer wieder etwas erleben«, sage ich zu einer Stammkundin, die das Drama live verfolgt hat.

»O ja, ganz sicher! Aber darum beneide ich Sie nicht.«

Ich nehme ihr Rezept entgegen und händige ihr die Fertigspritzen gegen ihre Beckenvenenthrombose aus. Weitere Aufregung bleibt mir bis zum Feierabend erspart.

Konstantin ist mittlerweile in seine Wohnung umgesiedelt. Ich fahre gleich nach der Arbeit zu ihm. Kaum fällt die Tür hinter mir ins Schloss, lieben wir uns über den weitläufigen Flur bis auf die große Couch im Wohnbereich. Von dort ziehen wir um aufs Bett und lieben uns noch einmal, bevor wir aneinandergeschmiegt einschlummern.

Ich schrecke hoch, als Konstantins Telefon klingelt. Warum wundere ich mich nicht darüber, dass es direkt neben dem Bett liegt? Ein Kollege ist dran. Obwohl noch schlaftrunken, scheint mein Freund sofort im Thema zu sein, noch dazu auf Englisch. Ich reibe mir die Augen und schwinge mich aus dem Bett. Mit meinem Blick signalisiere ich Konstantin, dass wir uns beeilen müssen. Er nickt, redet aber dennoch mindestens zwanzig Minuten über Dinge wie Equity Research, Mergers and Acquisitions und Pitch books. Langsam werde ich unruhig. Es dauert weitere zehn Minuten, bis er endlich auflegt.

»Wir müssen in einer Stunde im Restaurant sein!«, mahne ich.

»Was? Schon? Warum?«

»Leas Geburtstag! Und der Antrag!«

»Oh! Bin gleich dabei.« Er schreibt eine Nachricht.

Ich stemme meine Hände in die Hüften. »Kannst du das jetzt bitte mal lassen? Sonst werfe ich das Ding aus dem Fenster!«

»Und gesendet! Okay, jetzt bin ich wieder ganz bei dir.« Konstantin legt das Telefon ab.

»Na hoffentlich. Wie lange brauchst du? Ich muss noch zu mir, mich umziehen und das Geschenk holen.«

»In zehn Minuten bin ich fertig.«

Konstantin verschwindet im Bad, ich höre die Dusche rauschen. Nach nur drei Minuten ist er wieder bei mir, nackt und frisch. Sein Anblick stimmt mich milder.

»Schade, dass wir keine Zeit mehr haben«, säusele ich.

Konstantin kontert mit einem bemüht verführerischen Blick. »Wollen wir absagen?«

Da muss ich lachen. »Nein! Das können wir nicht machen. Ich beherrsche mich.«

»Schade. Was schenken wir Lea?«

Konstantin steht vor seinem weißen Einbaukleiderschrank, in dem akkurat seine Anzüge und Hemden hängen. Er nimmt einen graumelierten Anzug vom Bügel, dazu ein weißes Hemd.

»Sie kriegt einen Erlebnisgutschein für einen Tandemsprung. Sebastian meinte, sie wolle unbedingt einmal Fallschirmspringen.«

»Komm bitte niemals auf die Idee, mir so einen Gutschein zu schenken. Der Sinn seines Lebens bei mir würde einzig darin bestehen, zu verfallen.«

Er steckt das Hemd in die Hose und schließt den Gürtel. »Darauf läuft es doch bei uns allen hinaus, oder?«

»Na, na, was sind das denn plötzlich für Töne? Ab in meine Arme mit dir! So viel Zeit muss sein.«

Konstantin kommt mit weit geöffneten Armen auf mich zu, und ich sinke hinein. Er ist meine Ladestation. Nur habe ich sie oft nicht zur Hand, wenn mein Akku mal wieder leer ist. Er massiert meine Schultern. Nur schwer kann ich mich von ihm lösen, aber es geht nicht anders, wir müssen los.

Bei mir angekommen, schlüpfe ich in mein knielanges, blau gemustertes Lieblingskleid. Konstantin findet, dass das Blau auf zauberhafte Weise meine Augenfarbe spiegelt.

»Weißt du, was ich schon immer an dir liebe?«, fragt er, als er mich dabei beobachtet, wie ich mir eilig die Wimpern tusche.

»Nein. Jetzt bin ich aber gespannt.«

»Dass du es schaffst, innerhalb von ein paar Minuten ausgehfertig zu sein.«

Ich halte inne und mache im Zeitlupentempo weiter. »Stimmt ja, da warst du früher sicher anderes gewöhnt. Äh, was sollte das sein? Ein Kompliment?«

Konstantin stellt sich hinter mich und haucht mir einen Kuss in den Nacken. Er muss dazu den Kopf trotz seiner Körpergröße nicht allzu weit nach unten neigen, denn mit einem Meter achtzig bin ich nur zehn Zentimeter kleiner als er. »Absolut, das schafft nicht jede. Aber das Schönste ist, dass du auch ungeschminkt eine Augenweide bist.«

Ich kichere und werde in meinen Bewegungen wieder schneller. »Gut, das nenne ich ein Kompliment.«

Rasch noch etwas Lippenstift und meine schulterlangen Haare zu einem lockeren Dutt gezwirbelt, dann können wir auch schon starten.

Das *Shade* ist gut besucht. Social Media hat bei dieser »spannendsten Neueröffnung« ganze Arbeit geleistet. Ohne Reservierung würde hier heute nicht einmal der Papst einen Tisch bekommen.

»Ein Restaurant kann sich zwar nicht hochschlafen, aber immerhin dank hungriger Influencer hochschreiben lassen«, raune ich Konstantin zu, als der Kellner uns den Weg zum Tisch von Lea und Sebastian weist.

Er grinst mich an. »Hut ab! Der Spruch war richtig schlecht, der hätte von mir sein können. Aber gut, jetzt muss der Laden nur noch überzeugen.«

Mein Blick schweift durch den hohen Raum. »Hübsch ist es hier. Ich mag die Atmosphäre.«

Die Einrichtung ist geprägt von einem Mix aus Holz und Stein, Retro trifft Moderne. Vorhänge aus Samt in taupe verleihen dem Raum eine luxuriös anmutende Gemütlichkeit. Bei gedimmtem Licht sitzen die Gäste in Separees oder an langen Tafeln mitten im Raum. Offensichtlich werden hier angeregte Gespräche geführt. In einer dieser Nischen, vor einer roten Backsteinwand, sitzen Sebastian und Lea, wobei sie uns den Rücken zuwendet. Sebastians ernster Blick ist streng auf seine Freundin gerichtet. Leas Arme schwingen wild gestikulierend durch die Luft, und ich bremse unseren Schritt.

»Ich glaube, wir kommen ungelegen«, raune ich Konstantin zu. Er nickt. »Sieht ganz so aus.«

Nun hat Sebastian uns gesehen, zumindest haben sich unsere Blicke gekreuzt. Doch er macht keinerlei Anstalten, uns willkommen zu heißen. Ich zucke mit den Schultern und versuche ihn per Zeichensprache zu fragen, ob wir besser verschwinden sollten. Doch Sebastian stützt nur den Kopf auf und sieht so aus, als würde er am liebsten einen Fluchttunnel graben.

»An dir ist wirklich eine große Pantomimin verloren gegangen«, flüstert Konstantin mir ins Ohr.

»Nutzt aber anscheinend nichts!«

Noch immer wissen wir nicht, ob wir besser gehen sollten. Was für eine eigentümliche Situation. Da dreht sich Lea mit der Miene einer Profi-Killerin zu uns um. Sie trägt ein schwarzes, hochgeschlossenes Oberteil mit Ledereinsätzen, ihre Lippen sind dunkelrot geschminkt. Die mittelblonden Haare hat sie streng zurückgekämmt und mit Gel fixiert, so dass sie viel dunkler wirken. Sie sieht aus wie eine Frau auf der Suche nach einem unterwürfigen Freund, nicht wie eine, die Geburtstag feiert und der heute ein Heiratsantrag gemacht wird, vorausgesetzt, der Plan steht überhaupt noch.

»Was macht ihr denn hier?«

»Habe ich mich je willkommener gefühlt?«, fragt Konstantin.

Lea denkt nicht daran, aufzustehen und sich von uns umarmen zu lassen. Irritiert wandert mein Blick zu Sebastian. *Sag doch was!*

»Äh, also, wo wir schon mal hier sind: Herzlichen Glückwunsch zum Geburtstag, liebe Lea!«, sage ich.

»Happy birthday to you, happy birthday to you …«, stimmt Konstantin an.

Doch Lea verzieht nur genervt das Gesicht. »Danke, das reicht!«

»Das hat mir bei meiner sinatragleichen Stimme noch niemand gesagt«, meint Konstantin trocken.

Was ist das für eine abstruse Situation hier? Sebastian presst die Lippen aufeinander und weicht meinem Blick aus. Ich fasse Konstantin bei der Hand. »Was soll das? Warum stehen wir jetzt hier wie zwei bettelnde Stehgeiger vor euch? Wir können auch wieder gehen, sagt es uns einfach!«

Lea zischt etwas in Sebastians Richtung.

»Wir gehen! Es war schön, euch gesehen zu haben«, sagt Konstantin.

»Ja, feiert noch schön.«

In diesem Moment läuft ein Kellner mit zwei Tellern an uns vorbei, und der Duft von gegrilltem Fleisch und exotischen Gewürzen zieht in meine Nase. Mir läuft das Wasser im Mund zusammen. Der Tisch von Lea und Sebastian ist für vier Personen eingedeckt.

Beleidigt, nein, verletzt trifft es besser, halte ich noch immer Konstantins Hand und lasse mich von ihm wegziehen.

»Was ist nur in Sebastian gefahren? Hat der überhaupt keinen Mumm in den Knochen?«, fragt Konstantin, doch ich habe keine Antwort.

Da durchbricht Leas kraftvolle Stimme unseren Rückzug. Sie ist uns gefolgt.

»Nein, nein, entschuldigt, bleibt nur und setzt euch zu uns, das hatte Sebastian doch so geplant.«

»Das heißt aber nichts. Es sieht so aus, als hättet ihr einiges zu klären«, sage ich.

»Vielleicht ist es sogar ganz gut, dass ihr jetzt hier seid. Bitte! Kommt mit zurück!«

Wir lassen uns tatsächlich umstimmen und gehen mit zum Tisch.

»Sebastian, ist das alles so schlimm, dass es dir die Stimme verschlagen hat?«, fragt Konstantin.

Er räuspert sich. »Nein, es geht schon wieder. Wirklich, es ist schön, dass ihr da seid. Entschuldigt bitte den holprigen Start, gehen wir noch mal zurück auf Anfang.« Sebastian steht auf und begrüßt uns mit einer Umarmung.

»Wenn ihr mögt, dürft ihr mir sogar noch einmal gratulieren.« Lea lächelt uns aufmunternd an.

»Welche Ehre! Aber nein, schon gut, wir wollen nicht übertreiben«, sagt Konstantin.

Wir setzen uns.

»Jetzt lasst uns bitte nicht die nächsten Tage grübeln. Was war los?«, frage ich.

Lea streicht sich über ihre strenge Frisur. »Wir hatten nur eine leidige Diskussion, sie hat mir die gute Laune verdorben. Entschuldige noch mal, du kannst wirklich gut singen, Konstantin, sogar besser als Sinatra.«

»Na gut, dann hätten wir das wenigstens geklärt«, scherzt Konstantin. Doch noch immer ist eine eigentümliche Spannung zwischen Lea und Sebastian zu spüren. Sie würdigen sich keines Blickes.

»Kommen wir doch gleich zu den wichtigen Dingen«, sage ich und nehme den bunten Umschlag mit dem Gutschein aus meiner Tasche. »Hier, der ist für dich.«

Lea reißt ihn sofort auf. »Wow! Ein Fallschirmsprung, danke!« Sie wirft uns Luftküsschen zu. Sonderlich begeistert wirkt sie allerdings nicht. Ein Kellner tritt an unseren Tisch und erkundigt sich nach unseren Wünschen.

»Wir nehmen noch eine Flasche Champagner«, sagt Lea bestimmt. Ich bestelle eine große Flasche stilles Wasser dazu und genau wie Konstantin einen Hauptgang von der übersichtlichen Karte.

»Wir haben schon geordert«, sagt Sebastian beinah entschuldigend.

»Wie war denn dein Tag bisher, Lea?«, fragt Konstantin.

»Bis wir hierherkamen sehr harmonisch. Sebastian hat mich nach allen Regeln der Kunst verwöhnt.«

»Ja, wir hatten wirklich einen schönen Tag …«

»Gott sei Dank, da kommt der Champagner!«, ruft Lea.

Der Kellner schenkt uns ein und stellt die Flasche in den mit Eiswürfeln gefüllten Kühler. Lea nimmt ihr Glas in die Hand.

»Wisst ihr, jetzt, mit fünfzig, da komme ich in meine zweite Pubertät, das muss doch ordentlich begossen werden! Ich werde noch einmal voll durchstarten. Darauf müssen wir trinken!«

Leas Stimme klingt fast hysterisch – und irgendwie verzweifelt. Sie muss uns bereits um einige Gläser voraus sein. Vielleicht erklärt das auch ihr merkwürdiges Verhalten.

»Das hat sie mir vorhin auch schon erzählt«, sagt Sebastian spitz.

Wir erheben unsere Gläser.

»Auf dich, Lea! Willst du uns schon verraten, womit du durchstarten wirst?«, fragt Konstantin.

Sebastian verzieht den Mund und schaut sich um.

»Aber gerne doch«, setzt Lea mit Blick auf ihren Freund an. Doch da kommt das Essen für die beiden. Was für ein Abend!

»Lasst es euch schmecken«, sage ich und ärgere mich darüber, dass wir nun hier sitzen und den beiden beim Essen zuschauen müssen, weil sie mit der Bestellung nicht auf uns warten konnten.

Ich trinke den Champagner aus und spüle mit Wasser nach. Sebastian wirkt, als wäre er froh, dass Lea durch das Essen vom Thema abgelenkt wurde. Doch sie findet schnell dorthin zurück.

»Der liebe Sebastian ist wegen meiner Pläne noch immer etwas aufgebracht. Oder, Liebster?« Lea sieht von ihrem Salat mit Ziegenkäse und Granatapfelkernen auf.

Sebastian lässt das Besteck sinken. »Ja, so kann man das nennen. Der Liebste ist etwas *aufgebracht*, weil seine Liebste ihm hier vorhin mitgeteilt hat, dass sie sich einen Lebenstraum erfüllen wird … von dem er bisher nichts wusste und in dem er keine Rolle spielt. Warum habe ich mich nur in eine ältere Frau verliebt? Die zweite Pubertät, das kann heiter werden!« Er nimmt einen großen Schluck Champagner.

Lea atmet geräuschvoll aus. »Mein Gott, was ist schon dabei? Ich habe es ihm heute Abend gesagt. Bin ich deswegen egoistisch? Selbstsüchtig? Muss man sich deswegen so anstellen?«

»Es ist anstrengend mit euch. Würdet ihr uns jetzt bitte endlich mal ins Bild setzen?«, fragt Konstantin unwirsch, und ich pflichte ihm bei. Lea zeigt sich heute Abend von einer Seite, die mich irritiert, weil ich sie so unangenehm schroff nicht kenne.

Der Kellner kommt und füllt unsere Gläser nach. Die Flasche Champagner ist leer.

»Wir nehmen noch eine«, sagt Lea.

»Du willst es aber wirklich wissen«, murmele ich.

»Stimmt. Ich möchte im Herbst an einer Transatlantik-Rallye teilnehmen. Wir segeln von Lanzarote nach Barbados. Das wird nur einen knappen Monat dauern, deswegen hat Sebastian so schlechte Laune. Eine Katastrophe, was ich da vorhabe, oder?«

Sebastian schüttelt den Kopf. »Werde bitte nicht sarkastisch, Lea!«

»Wie kommst du denn auf so eine Idee? Ich wusste gar nicht, dass du segeln kannst«, sagt Konstantin.

»Wisst ihr was? Ich werde mich nicht rechtfertigen, ich werde es einfach durchziehen. Und davor mache ich meinen Segelschein.«

»Wie gesagt, bis heute wusste ich noch nichts von diesem Traum. Dabei habe ich gedacht, dass wir alles miteinander teilen.«

»Du bist so süß, Sebi. Aber in welchem Film lebst du? Wo bleibt der neue Schampus?« Ungeduldig dreht sich Lea um.

Da kommt auch schon der Nachschub. »Der Service ist top hier, da kann man nichts sagen«, kommentiert sie nur und trinkt.

Nun kommt auch das Essen für Konstantin und mich. Ich beuge mich über meinen Teller und schneide in das zarte Fleisch.

Ich fühle mich unwohl. So wie heute habe ich Lea und Sebastian tatsächlich noch nie erlebt.

»Lea, ich möchte dich so gern verstehen!«

»Sebastian, es reicht nun wirklich. Hör auf, ein Drama daraus zu machen! Ich habe dir nur erzählt, dass ich in sieben Monaten für fünf Wochen eine Reise machen werde, nicht, dass morgen die Welt explodiert. Verdammt noch mal, wo ist das Problem? Wenn ich könnte, würde ich es schon morgen durchziehen, aber das geht ja leider nicht.« Lea wendet den Blick ab und presst ihre Finger an den Stiel ihres Glases. Das Blut weicht aus den Fingerkuppen. »Wer weiß, vielleicht bin ich ja im Herbst schon tot«, murmelt sie, aber außer mir scheint das niemand gehört zu haben. Deswegen verkneife ich mir eine Reaktion auf ihre Worte und schiebe sie auf die alkoholgeschwängerte Sentimentalität anlässlich der Fünfzig.

»Lea möchte es im Oktober machen.«

»Ja, und?«, fragt sie.

Jetzt wird mir klar, warum der Abend so aus dem Ruder lief. Sebastian hat mir doch erzählt, dass er Lea im Oktober heiraten möchte, sechs Jahre nach ihrem ersten Kuss. Aber das weiß sie natürlich noch nicht. Sie weiß ja nicht einmal, dass er sie überhaupt zur Frau nehmen möchte. Sebastian hat sich so sehr auf dieses Datum fokussiert, dieser unverbesserliche Romantiker.

Schweigen. Ich lege mein Besteck ab.

»Das war wirklich köstlich«, sage ich.

»Ja. Ein Hoch auf überschaubare Portionen in schwierigen Zeiten«, sagt Konstantin und schiebt seinen Teller zur Seite. »Gut, ihr beiden, ich denke, es wird höchste Zeit für einen oder zwei Mediatoren. Da habt ihr wirklich Glück, uns am Tisch zu haben.«

»Genau. Folgt einfach Konstantins Anweisungen«, sage ich.

»Bitte seht euch in die Augen und fasst euch jetzt bei den Händen.«

»Was soll das bringen?«, fragt Lea.

»Widerstand zwecklos! Macht einfach«, sagt Konstantin.

Lea und Sebastian stellen sich so ungelenk an, dass ich schließlich nachhelfe und ihre Hände zusammenbringe. Nun müssen die beiden bereits lachen, der erste Schritt ist getan.

»Und während ihr euch nun in die Augen seht, macht euch noch einmal klar, weswegen ihr in dieser miesen Stimmung seid. Und? Ist es das wert?«

Konstantin macht das großartig. Ich kann meine Augen nicht von ihm nehmen.

»Es tut mir leid, ich habe wohl etwas übertrieben mit meiner Reaktion«, sagt Sebastian.

Lea lächelt ihn milde an. »Irgendwie ist es ja auch rührend, dass du dir nicht vorstellen kannst, vier oder fünf Wochen ohne mich zu sein.«

»Und nun dürft ihr euch einen Versöhnungskuss geben«, sage ich. Die beiden tun wie befohlen.

Dann schüttelt Lea ungläubig ihren Kopf. »Was war das gerade? Geht das immer so einfach? Hast du übersinnliche Fähigkeiten, Konstantin?«

»Das frage ich mich auch gerade. Und wenn, warum liegt das nicht in der Familie?«, fragt Sebastian.

Konstantin grinst. »Klär das mit deinen Eltern! Aber nein, manchmal sind die Dinge eben sehr klar. Alles ist abhängig vom Problem, und wo ich keins sehe, da vermittle ich gern.«

»Das ist mein Cousin!«

Konstantin streichelt meine Hand. Ein wohliger Schauer huscht über meinen Rücken.

»Entschuldigt mich bitte, das war etwas viel, ich gehe mir rasch die Nase pudern«, sagt Lea da und verlässt den Tisch.

»Und? Bleibt es dabei? Kommt das Dessert mit Antrag?«,

frage ich, als sie außer Hörweite ist. *Ist eure Liebe wirklich stark genug?*

»Bis vor drei Minuten wollte ich es abbestellen. Aber nun bleibt es dabei. O Gott, jetzt bin ich doch schon ganz schön aufgeregt.«

»Du bist dir tatsächlich sicher, dass du ihr diese Frage stellen willst?« Konstantin spricht meinen Gedanken aus.

»Ja!«

»Und wir sollen wirklich mit dabei sein?«

»Mein lieber Cousin, du glaubst bitte nicht, dass ich euch jetzt gehen lasse. Wer weiß, wie oft ich dich heute Abend noch brauche.«

»Da stelle ich mich doch gleich auf einen entspannten Restabend ein«, sagt Konstantin augenzwinkernd.

»Wollt ihr auch ein Dessert?«, fragt Sebastian.

»Nein, für mich nicht«, sage ich. Auch Konstantin lehnt ab. »Wir haben ja keine Überraschung zu erwarten«, sagt er.

»Wie kannst du dir da so sicher sein?«, witzelt Sebastian.

»Das macht es mir noch einfacher, Nein zu sagen. Deine Überraschungen kenne ich!«

Wir schmunzeln. Als wir zuletzt gemeinsam beim Asiaten waren, fand es Sebastian lustig, seinem Cousin etwas von seinem Lachs-Nigiri anzubieten. Er hatte unter dem Fisch die gesamte Portion Wasabi versteckt, was Konstantin erst bemerkte, als er wegen der Schärfe beinah kollabierte.

4

Lea ist mit frisch geschminkten Lippen zurück und bahnt sich ihren Weg zu Sebastian. Mit großer Geste umarmt sie ihn. »Ich weiß, dass es nicht einfacher wird mit mir. Aber wenn wir uns unsere Freiheiten lassen, dann bleiben wir ein Dream-Team, ja?« Es klingt beinah flehend.

Sebastian nickt, und ich kann ihm ansehen, dass es nicht unbedingt der Satz war, den er vor seinem Antrag hören wollte.

»Was glaubst du denn? Wir haben doch noch so viel miteinander vor«, raunt er und küsst seine Freundin.

Seine Liebe ist so deutlich zu spüren. Doch mir fällt auf, dass Leas Blick ins Leere gleitet. Keine Freude spiegelt sich darin, nur eine eigentümliche Schwermut, die überhaupt nicht zu diesem Moment passt.

»So, das reicht. Es wird mir jetzt doch eine Spur zu rührselig, zumal es nicht um mich geht«, sagt Konstantin.

Wir schmunzeln. Lea setzt sich wieder auf ihren Platz.

»Bist du bereit für das Dessert, ein Schokotörtchen mit flüssigem Kern?«

»Du kennst mich einfach zu gut. Rate, warum ich nur einen Salat gegessen habe!«

»Weil das Beste heute zum Schluss kommt.«

»Ganz genau.«

»Entschuldigt mich bitte einen Moment«, sagt Sebastian.

»Was hat er vor? Da läuft doch was«, konstatiert Lea und blickt sich nervös um. »Wenn er mir jetzt hier mit einem Orchester kommt, dann kann er was erleben.«

»Entspann dich, Lea. Das würde er nie riskieren«, sagt

Konstantin und lenkt sie geschickt ab, indem er das Thema auf antibakterielle Mundspülungen lenkt. Lea erklärt ihm, dass so etwas kein Mensch brauchen würde. Bevor wir jedoch tiefer in die Materie einsteigen können, kehrt Sebastian zurück. Er wirkt in etwa so entspannt wie ein Abiturient vor der mündlichen Prüfung. Jetzt werde ich ebenfalls nervös. Wie wird Lea wohl reagieren? Ausgerechnet jetzt kommt der Kellner und fragt, ob wir ein Dessert oder einen Espresso wünschen.

»Danke, wir haben bereits bestellt. Oder wollt ihr doch noch etwas?«, fragt Sebastian. Seine Stimme zittert leicht. Er tut mir fast leid. Wann wird er nur endlich erlöst werden? Ich sehe die Fragezeichen in Leas Augen. »Stimmt doch gar nicht! Ich nehme den Schokokuchen mit flüssigem Kern.«

»Nein, den habe ich schon bestellt!«

»Wann denn?«

»Vorhin.«

Lea zuckt mit den Schultern. »Dann habe ich wohl einen Blackout.«

Ich leide mit Sebastian.

»Für mich bitte einen Espresso«, sagt Konstantin. Der Kellner nickt und geht wieder.

»Kinder, Kinder, das ist schon ein merkwürdiger Abend.« Lea nimmt die Champagnerflasche aus dem Kühler und verteilt die letzten Tropfen in unsere Gläser. »Wollen wir noch eine nehmen?«, fragt sie und winkt ohne unsere Antwort abzuwarten nach der Bedienung.

»Warte doch noch einen Moment!«, sagt Sebastian.

»Worauf?«

Da naht endlich die Erlösung, das Dessert kommt.

»Das ist für die Dame«, sagt Sebastian und deutet auf Lea. Der Kellner stellt den überdimensionierten blassblauen Teller vor ihr ab. Der Duft des mit Puderzucker und Himbeeren dekorierten Schokotörtchens kitzelt meine Nase. Eine Kugel Vanilleeis, mit grobem Meersalz bestreut, rundet die Kreation ab. Wenn auch etwas klein, ist auf dem Tellerrand in einer geschwungenen Schrift aus flüssiger dunkler Schokolade, zu lesen: *Willst du meine Frau werden?* Nun lässt sich natürlich darüber streiten, ob die Frage nicht etwas poetischer hätte formuliert werden können, aber letztlich ist der Kuchen bereits süß genug. Ich halte den Atem an.

»Bin ich etwa die Einzige, die hier sündigt?«, fragt Lea und beginnt zu essen.

Die nun folgende Stille am Tisch ist kaum auszuhalten. Sebastian räuspert sich. »Schmeckt es dir?«

Wir tauschen vielsagende Blicke.

»Es ist köstlich. Hier, probier mal.« Lea schiebt ihm einen Löffel in den Mund. »Hm, ja, himmlisch.«

»Ich verstehe nicht, warum du dir nichts bestellt hast.«

Sebastian streicht sich über seinen Bauch. »Mir war nicht danach.«

Der Arme! Was kann ich nur tun? Es ist nicht mehr viel da vom Törtchen, das Eis ist zur Hälfte geschmolzen. Lea vermischt die Reste auf dem Teller zu einem hellbraunen Brei, der wenig appetitlich aussieht. Nur der Schriftzug ist noch unangerührt. Sebastian schließt für einen Moment die Augen. So kann das nicht weitergehen.

»Schau doch Lea, wie kunstvoll der Teller verziert ist«, platzt es aus mir heraus. So hat Sebastian sich das sicher ganz und gar nicht vorgestellt.

»Ja, ganz interessant. Nur wozu die Mühe? Möchtest du es ablecken?«

»Wie bitte? Lea! Nein!«

»Wie viele Finger zeige ich dir?«, fragt Konstantin da und streckt fünf in die Höhe.

»Sehr witzig. Das erkenne selbst ich noch ohne Kontaktlinsen«, sagt Lea.

»Du hast deine Linsen heute nicht drin?«, fragt Sebastian eine Spur zu scharf.

»Na und? Ich bin ja nicht blind.«

»Doch, das bist du!«

»Sag mal, was soll das hier werden?«

»Hast du deine Lesebrille dabei?«

»Ja, ich glaube schon.«

»Bitte setze sie auf, nur für einen Moment«, sage ich.

Lea wühlt in ihrer Tasche. »Ihr geht mir ganz schön auf die Nerven.«

Sie hat ihre Brille gefunden und setzt sie auf.

»Was … Was hat das zu bedeuten? Versteht man darunter eine kreative Küche? Hier, das ist doch eine Frage: Willst du meine Frau werden?«

»Na endlich!«, ruft Sebastian.

»War das der Koch? Ich kenne ihn nicht mal!«

Ich unterdrücke ein Lachen. Konstantin geht es anscheinend ebenso. Grinsend beißt er sich auf die Unterlippe. Nur nichts mehr sagen, wir sind hier nur die Randfiguren.

»Sebastian! Meinst du das ernst?«

Leas Blick wandert immer wieder vom Teller zu ihrem Freund und zurück. »Passiert das hier gerade wirklich? Machst du mir einen Heiratsantrag?«

»Endlich! Lea, ich liebe dich. Ich kann mir nicht vorstellen, jemals mit einer anderen Frau zusammen zu sein.« Sebastian steht auf und geht vor Lea in die Knie, was aufgrund der Platzverhältnisse schwierig ist und etwas grotesk aussieht. Hoffentlich verspielt er damit nicht alles, ich kann nicht hinsehen.

»Ich möchte mit dir alt werden, steinalt, und in guten und in schlechten Tagen an deiner Seite sein«, höre ich ihn sagen. Nichts ist peinlich. Mein erster Fremdschäm-Impuls ist schneller verflogen als das billigste Parfüm. Und dann fängt er plötzlich an, leise *Stand by me* zu singen, nein, es ist mehr ein

Hauchen, stark, maskulin und rau. Diese Stimme habe ich bei Sebastian noch nie gehört. Damit hätte er schon vor Jahren die Charts stürmen können. Es ist interessant, wie viel Talent in einem Menschen stecken kann, ohne dass andere davon wissen.

Ben E. King hat es nicht besser gemacht. Sebastian singt und Lea scheint wie paralysiert zu sein. Mich berührt diese Szene zutiefst. »Das ist so schön, so schön«, flüstere ich.

Konstantin blickt dagegen etwas skeptischer drein. Er schwenkt sein Glas hin und her, was ein Indiz dafür ist, dass es ihm reicht. Was geht wohl in ihm vor? Findet er das alles albern? Es ist doch eigenartig, ich liebe ihn, und er mich doch angeblich auch. Aber was in seinem tiefsten Inneren vor sich geht, wie er unsere Zukunft sieht, das weiß ich nicht.

Lea sitzt noch immer da, als wäre sie betäubt. Plötzlich löst sie sich aus der Starre und beginnt laut zu lachen. *Bitte mach nicht alles kaputt. Bitte!*

»Aber ich bin doch seit heute alt … und wer weiß, was … Ach, vergiss es!«, sagt sie, springt auf und zieht Sebastian in ihre Arme.

»Das war die schönste Liebeserklärung, die mir je ein Mann gemacht hat. Danke! Und ich liebe dich auch!« Sie küsst ihn wieder und wieder.

Gott sei Dank! Erleichtert rücke ich näher an Konstantin heran. »Das ist ja noch mal gut gegangen«, raune ich.

Er streicht mir über den Rücken und küsst mich aufs Haar.

»Und?«, fragt Sebastian. »Willst du mich heiraten?«

Lea sinkt auf ihren Stuhl zurück und lässt den Kopf nach hinten fallen. Wieder lacht sie auf.

»Ich kann noch nicht glauben, dass du mich das wirklich gefragt hast. Dass du dich das getraut hast.«

»Das ist keine Antwort!«

Plötzlich beginnt Lea zu weinen. Sie scheint in einem Wechselspiel der Gefühle gefangen zu sein.

»Ich habe doch immer signalisiert, dass ich all das nicht brauche, und du fragst mich trotzdem. Du bist verrückt! Ich liebe dich. Aber ich fürchte mich davor, dass du mich eines Tages verlassen wirst, weil du, ach … Ich habe Angst vor der Zukunft, weil ich Angst davor habe, dich zu verlieren.« Sie vergräbt das Gesicht in ihren Händen.

Sebastian schüttelt den Kopf. »Davon habe ich nichts gewusst. Das hast du mich nie spüren lassen.«

»Natürlich nicht! Entschuldige … Ich weiß nicht, ob ich dich heiraten kann.«

Völlig überrumpelt von dieser neu gezündeten emotionalen Stufe halte ich mich an Konstantin fest. Nie zuvor habe ich Lea so verzweifelt gesehen.

»Hast du nicht gehört, was ich gesagt habe? Ich liebe dich. So wie du bist. Auch wenn du neunzig bist, wird es nicht anders sein!«

»Hör auf damit, mir so etwas zu versprechen! Niemand weiß das.« Nun sieht Lea mich an. »Ich hätte dafür kein Publikum gebraucht.«

»Wir sind deine Freunde! Nichts muss dir vor uns unangenehm sein«, sage ich.

Sebastian nimmt die Brille ab und setzt sie gleich wieder auf. »Würdest du jetzt bitte einfach nur *Ja* sagen?«

»Aber was ist, wenn …«

»Vergiss das *Aber!*«

»Du lässt mir keine Wahl, was? Na gut, meinetwegen.«

»Endlich!« Sebastian schließt Lea fest in seine Arme.

»Heute Abend habe ich so viel mehr über dich erfahren als in den letzten Jahren, und ich dachte, das sei gar nicht möglich«, sagt er.

Konstantin und ich klatschen, auch wenn bei mir ein mulmiges Gefühl bleibt. »Nun seid ihr offiziell verlobt. Herzlichen Glückwunsch!«, sage ich.

»Halt, noch nicht ganz.« Sebastian greift in seine Hosentasche und zaubert einen Ring hervor, aus Weißgold ist er, geschmückt mit einem kleinen Diamanten.

»Weißt du, auch ich hatte Angst. Angst davor, dass du mir einen Korb gibst. Aber den Ring habe ich trotzdem mitgenommen, weil ich fest daran glauben wollte, dass du *Ja* sagst.«

»Sie hat nur *meinetwegen* gesagt«, murmelt Konstantin. Ich bin froh, dass ihn außer mir niemand gehört hat.

Lea streckt ihm ihre Hand entgegen. Ihr Make-up ist zerlaufen, sie sieht zart und zerbrechlich aus, ganz und gar nicht mehr wie eine Frau, die einen unterwürfigen Freund sucht, eher wie eine, die behütet und beschützt werden will. Der Ring passt perfekt. »Er ist wunderschön«, sagt sie, und ich kann nur zustimmen.

»Jetzt dürft ihr uns noch einmal gratulieren.«

Konstantin und ich herzen nacheinander das frisch verlobte Paar.

»Wie sieht es aus? Ziehen wir zur Feier des Tages noch weiter?«, fragt Lea.

»Was ist denn mit dir los?«, frage ich mit einem Blick auf die Uhr. Egal, was wir feiern, normalerweise zieht sich Lea spätestens Mitternacht zurück. Da bliebe ihr jetzt nur noch eine knappe Stunde Zeit.

»Heute hat mich das Leben mehr als überrascht. Da möchte ich noch nicht nach Hause, sondern tanzen, als gäbe es kein Morgen. Sebi, schaffst du das? Kannst du morgen einfach später ins Labor gehen?«

»Stimmt, du musst ja morgen arbeiten!«, sage ich.

»Deswegen konnten wir nicht wegfahren, deswegen musstet ihr alles mit ansehen«, sagt Lea.

Sebastian wirkt gelöst und sieht unsagbar glücklich aus.

»Für dich schlage ich mir gern eine Nacht um die Ohren. Ich bin dabei. Und ihr?«

Konstantin sieht mich fragend an. Ich nicke. »Das lassen wir uns nicht entgehen.«

»Ich gehe vorher besser noch einmal in die Maske«, sagt Lea, nachdem sie per App ein Taxi bestellt hat.

Als sie kurz darauf perfekt gestylt zurückkommt, ist nichts mehr zu sehen von ihrer verletzlichen Seite, sie wurde wieder komplett überschminkt.

»Ihr seid selbstverständlich eingeladen«, sagt sie, als die Rechnung kommt.

Beschwingt verlassen wir das Restaurant.

Draußen peitschen uns Graupelschauer ins Gesicht. Das Taxi ist bereits vorgefahren. Hastig steigen wir ein, obwohl wir noch nicht wissen, wohin es gehen soll.

Der Taxifahrer ist ein junger, aufgeschlossener Typ mit holprigem Deutsch.

»Wohin soll fahren? Zu früh, ihr nicht nach Hause wollt, was?« Er grinst uns wissend an.

»Sie sind ein sehr guter Menschenkenner. Wo können wir jetzt tanzen gehen?«, fragt Lea.

Er überlegt einen Moment und empfiehlt einen Club in Kreuzberg, in dem auch schon vor zwei Uhr die Party in vollem Gange sein soll.

»Da viele wie ihr wollen hin.«

Aus Mangel an einschlägigen Szenekenntnissen vertrauen wir ihm und lassen uns in besagten Club fahren. Wir reihen uns in eine etwa zehn Meter lange Schlange vor einem hässlichen Achtzigerjahre-Betonklotz ein. Überrascht stelle ich fest, dass die Menschen vor und hinter uns nicht meine Kinder sein könnten, sondern durchaus schon etwas lebensälter sind. Im Licht einer Straßenlaterne tanzen die Graupelflocken. Die Nässe frisst sich unter meine Kleider. Ich fröstele und schmiege mich eng an Konstantin. Auch Lea vergräbt sich in Sebastian. Wir albern herum und plaudern über Belanglosigkeiten. Der Einlass rückt schnell näher. Da sehen wir, worauf wir uns einlassen wollen: auf eine Ü-Vierzig Party.

»Der Fahrer hat wirklich eine gute Menschenkenntnis bewiesen«, witzelt Konstantin.

»Typisch Mann, er hatte eben nur Augen für mich«, scherzt Lea zurück. Wir lachen.

»Kommen wir da überhaupt schon rein?«, frage ich.

»Keine Sorge, Kinder, Mutti organisiert das. Dass ich tatsächlich an meinem Geburtstag auf so einer Party lande! Wo ich doch gar nicht feiern wollte!«

»Frag uns mal«, sagt Sebastian und liebkost seine Verlobte innig.

Wir zahlen zehn Euro Eintritt, geben unsere Garderobe ab und lassen uns schlucken von diesem feuchtwarmen Tanzlokal. Fasziniert schaue ich mich um. »Das ist ja wie eine Zeitreise hier!«

Die Wände sind mit Spiegel-Fliesen verkleidet. Yuccapalmen stehen in Nischen. Das weiße, glänzende Interieur dieses Etablissement samt Pflanzen dürfte ebenso alt sein wie das ganze Haus.

»Zumindest sparen wir uns durch das Klima hier drinnen eine Reise in die Tropen«, sagt Konstantin und fächert sich Luft zu. Discokugeln drehen sich und werfen ihre Lichtpunkte auf die Tanzfläche.

»Geben Sie sich hin zu den größten Hits der Siebziger, Achtziger und Neunziger«, brüllt Sebastian gegen die Beats von Snap und *Rhythm is a dancer* an.

»Folgt mir, Kinder. Das ist so trashig hier, dass es schon wieder Klasse hat«, schreit Lea und kämpft sich mit wiegenden Hüften vor zur Bar. Dort angekommen bestellt sie für uns alle einen Swimmingpool, einen Cocktail aus Wodka, Rum, Sahne, Ananassaft, Blue Curaçao und Batida de Côco.

»Na, wenn der nicht perfekt in dieses Ambiente passt«,

ruft Lea. Noch einmal stoßen wir auf ihren Geburtstag und die Verlobung an. Sebastian zieht Lea in seine Arme.

»Könnt ihr euch das vorstellen? Diese großartige Frau hat Ja zu mir gesagt! Ja! Ja! Ja!«

Konstantin und ich reißen die Arme in die Höhe und jubeln. Nach dem Cocktail bin ich endgültig beschwipst. Als nun Pulp mit *Disco 2000* aus den Boxen dröhnt, kennen wir vier kein Halten mehr und stürmen auf die Tanzfläche. Ich weiß nicht, wie lange wir uns dort bewegen, ich bin wie aufgezogen. Erst als Whitney Houston *I wanna dance with somebody* singt, fällt mir auf, dass ich erstens das Lied nicht mag und zweitens klitschnass geschwitzt bin. Ich fasse Konstantin bei der Hand und wanke mit ihm von der Tanzfläche.

»Ich bin so durstig«, sage ich.

»Ich kann auch etwas vertragen.«

Konstantin sieht aus, als hätte er die Eigernordwand bezwungen. Lea und Sebastian haben den Takt längst verlassen und liegen sich in den Armen, als würde Kelly Clarkson *Because of you* schmettern. Ich hebe meine Hand, um zu signalisieren, dass wir an die Bar gehen, aber die beiden sind in ihrer eigenen Welt und sehen mich nicht.

Konstantin lotst mich zum Tresen und bestellt zwei Mojito.

»Wie erfrischend!«

Wir trinken den Cocktail, als wäre es Wasser.

Ich schaue auf die Uhr. Es ist gleich zwei. Konstantin pustet mir ins Gesicht. Das tut gut.

»Ich weiß nicht, wann ich das letzte Mal so lange aus war. Gehen wir kurz an die frische Luft?«, frage ich.

»Gute Idee. Jule, du warst eine große Tänzerin.«

»Und du erst! Wir haben heute einen Rekord aufgestellt. Das dürfte der längste Tanz unserer Beziehung gewesen sein.«

»Vorerst«, raunt Konstantin und legt seinen Arm um meine Taille. Kaum sind wir draußen, erfasst mich eine bleierne

Müdigkeit. Ich atme tief die feuchte Luft ein. Die Graupelschauer wurden von einem sehr feinen Nieselregen abgelöst. Wir stellen uns unter ein Vordach. Konstantin legt seine Arme um mich, als würden wir Klammerblues tanzen. Da fühle ich mich plötzlich, als wäre ich sechzehn, als ginge es gerade los mit dem Ausgehen. Damals konnte ich mir nichts Aufregenderes vorstellen, als mir die Nächte um die Ohren zu schlagen. Das ist lange vorbei, aber in diesem Moment lodert der Geist von einst wieder auf. Ich erinnere mich an dieses Prickeln, wenn es mit lautem Herzklopfen und dem großen Schwarm vor die Tür ging für einen ersten, unsicheren Kuss. Zugegeben, das passierte mir nur einmal, aber zumindest erinnere ich mich gut daran.

»Was für ein Abend«, murmele ich. Dann küssen wir uns leidenschaftlich und umschlingen uns, als gäbe es keinen anderen Ort, an den wir gemeinsam gehen könnten. Ja, genau wie damals. Nach drei Jahren bin ich noch immer verliebt in Konstantin. Ich seufze laut.

»Ist dir nicht gut?«

»Doch, doch, ich … na ja, ich … bin so dankbar für das, was ich mit dir habe.«

Konstantin nimmt mein Gesicht in seine großen Hände. »Hey, wir verabschieden uns doch noch gar nicht voneinander.«

»Ich empfinde es aber gerade genau so. Da muss ich auch mal zwischendurch damit anfangen.«

Meinem leicht vernebelten Geist wurde anscheinend die Sentimentalitätskeule übergezogen. Denn ich merke, wie plötzlich Tränen in mir aufsteigen. »Alkohol ist definitiv nicht der Durstlöscher erster Wahl für mich«, murmle ich.

Konstantin grinst. »Du bist unglaublich süß, weißt du das?«

»Nicht mehr lange, mir wird etwas übel … und schwindlig. Hui!« Ich krümme mich und halte mir den Bauch.

»Geht's?« Konstantin stützt mich. »Komm, wir gehen jetzt besser nach Hause. Es ist ja auch früh genug.«

»Na gut, wenn du unbedingt willst. Argh, ist mir schlecht. Entschuldige mich kurz …«

Jemand muss den Mojito vergiftet haben. Ich schaffe es noch bis auf die Toilette, dann muss ich mich übergeben. Auch das dürfte mir zuletzt vor meinem zwanzigsten Lebensjahr passiert sein. Ich gebe nur ungern die Kontrolle ab.

Als ich aus der Toilette komme, wartet Konstantin bereits davor, unsere Mäntel über dem Arm.

»Gerade wollte ich nach dir sehen. Ich habe mir Sorgen gemacht, du warst so lange weg.«

»Es war zu gemütlich auf dem Klo. Jetzt geht es mir zumindest wieder etwas besser. Hast du die Verlobten gesehen? Wir müssen uns noch verabschieden.«

»Ich habe sie an der Garderobe getroffen. Sie sind schon gegangen, viele Grüße. Gegen Lea bist du das blühende Leben.«

»Sicherlich. Wo ist mein Bett?«

Konstantin nimmt meinen Arm und legt ihn um sich. Sicher führt er mich auf die Straße. Wir nehmen ein Taxi und fahren zu mir. Endlich schlafen!

5

Am nächsten Tag bin ich zu nichts zu gebrauchen. Komatös liege ich im Bett, bis Konstantin mich kurz nach elf mit einer Tasse Kaffee aus der Waagerechten lockt. Mit schweren Gliedern richte ich mich auf.

»Kannst du bitte die Hundert-Kilo-Hanteln von meinem Schädel nehmen?«, brumme ich.

Konstantin stellt den Kaffee auf dem Nachttisch ab und streichelt mir über das Haar. »So schlimm?«

Ich nicke matt. Zu den Kopfschmerzen gesellt sich eine latente Übelkeit. »Wie kann man nur freiwillig seinen Körper vergiften? Da ist so ein Monsterkater sicher die richtige Antwort«, sinniere ich und taste nach Konstantins Hand. »Aber warum bist du so fit?«

Er zuckt mit den Schultern. »Wie du mir befohlen hast, habe ich eine Tablette genommen. Nur du selber hast dich gesträubt, und als ich dir den Arznei-Drink einflößen wollte, warst du bereits eingeschlafen.«

»Prima! Dann lass uns mal den Tag genießen. Musst du wirklich heute schon weg?«

»Du weißt doch, dass ich kommende Woche in Tokio bin. Mein Flieger nach Frankfurt geht heute Abend um acht. Um elf fliege ich weiter nach Japan.«

Mit einem Grummeln sinke ich wieder in das Kissen. »Das macht den Tag nicht besser!«

»Hey, noch sind wir zusammen. Ich mache uns Eier mit Speck, die sollten auch deinem Kater schmecken.«

»Hm.«

»Es geht leider nicht anders.«

»Ja, ich weiß, ständig diese Großprojekte. Asien, Amerika … irgendwas ist doch immer. Aber gut, du hast mir nie etwas vorgemacht, ich habe ja gewusst, worauf ich mich einlasse. Selber schuld!«

Konstantin setzt sich auf die Bettkante. »Jule, es tut mir leid, dass du heute etwas dünnhäutig bist. Ich werde das nicht bis zur Rente machen, versprochen.«

Ich verziehe den Mund. »Nicht? Da müsste ich mich ja komplett umgewöhnen. Keine Ahnung, ob ich das könnte.«

»Ja, gib es mir nur!«, sagt Konstantin und zieht sich in die Küche zurück.

Nach dem köstlichen Frühstück liegen wir auf dem Sofa und schauen uns eine neue Serie bei Netflix an, zumindest tue ich das, Konstantin ist abgelenkt, weil er nebenbei arbeitet. Aber dennoch vergisst er nicht, sich um mich zu kümmern. Er macht mir Tee und erkundigt sich immer wieder danach, was er mir Gutes tun kann.

»Bleib einfach hier, mehr brauche ich nicht«, sage ich dann jedes Mal, und er küsst mich.

Sebastian ruft aus dem Labor an, er bedankt sich für den schönen Abend mit uns. Ich stelle das Gespräch laut.

»Wisst ihr, dass ich mich erst jetzt fühle wie ein erwachsener Mann? Ich bin verlobt, ist das zu fassen?«

»Danke, dass du das uns Kindern erzählst«, witzelt Konstantin, der ebenso wie ich noch nie verlobt war. Ob ich es wohl jemals sein werde? Während die beiden Männer weiter miteinander sprechen, drifte ich gedanklich ab.

Bevor ich mit Konstantin zusammenkam, war ich lange Single. Um genau zu sein, seit meinem dreißigsten Geburtstag. An diesem prägenden Tag war ich mit meinem Freund in Barcelona. Eine Nachricht poppte auf seinem Telefon auf. Er stand gerade unter der Dusche und ich warf einen Blick auf das Display. Höhnisch blinkte mir eine Frage entgegen: *Wann sagst du es ihr endlich?*«

Wir waren fünf Jahre ein Paar. Ich war so naiv zu glauben, dass er mich nach Spanien eingeladen hatte, um mir einen Antrag zu machen. *Wann sagst du es ihr endlich?* Er tat es. Es tue ihm wahnsinnig leid, aber er habe sich in eine Kollegin verliebt, und er wolle mit ihr zusammenleben. Wie er dabei ausgesehen hat! Ganz klein und blass war er, stammelte herum wie ein ertappter Ladendieb. Fremd war er mir da, und angewidert hat er mich. Dennoch geriet meine Welt aus den Fugen, ihre Spur verlor sich eine Zeit lang in den Tiefen des Alls, bevor ich meine Umlaufbahn wiederfand. Monate später komponierte mein Exfreund einen Song für mich und bat um einen Neuanfang. Aber da hatte ich mich längst entliebt und konnte problemlos an meinem Grundsatz festhalten: Wer mich einmal dermaßen mies hintergeht, wer mich verlässt, der kriegt keine zweite Chance.

»Jule? Was ist los?«

Konstantins Stimme holt mich zurück zu ihm.

»Entschuldige, ich war in Gedanken. Ist Sebastian noch am Telefon?«

»Da warst du aber sehr weit weg. Nein, ist er nicht mehr. In zwei Stunden muss ich los. Kann ich dich doch noch zu einem kleinen Spaziergang überreden? Ich denke, dein Kopf würde es dir danken.«

»Na, Kopf, schaffen wir das? Eine Runde durch den Park?« Ich nicke.

Zehn Minuten später spazieren wir die Straße hinunter, überqueren die Hauptstraße und sind auch schon im Volkspark. Beinahe wäre mir entgangen, dass der Frühling bereits seine zarten Bande knüpft. Es ist längst nicht mehr so grau wie gestern. Ab und zu blitzt die Sonne hinter den Wolken hervor. Die Vögel zwitschern eifrig, damit auch ja jeder mitkriegt, dass die Stunden der dunklen Jahreszeit längst gezählt sind.

»Danke, dass du mich dazu überredet hast. Es ist herrlich

hier draußen. Sieh doch nur, wie die Natur zu neuem Leben erwacht. Ich liebe den Wechsel der Jahreszeiten.«

Im Park wimmelt es von Spaziergängern. Viele junge Familien sind unterwegs, ich kann all die Kinderwagen gar nicht zählen.

»Jetzt kommen alle wieder aus ihren Löchern hervorgekrochen«, sagt Konstantin.

Wir steigen hinauf zum höchsten Punkt des Volksparks Friedrichshain und genießen von hier oben die Aussicht auf die Stadt. Ich fühle mich tatsächlich wieder klarer im Kopf. Hand in Hand bummeln wir zurück.

»Julchen?« Konstantins Stimme verheißt nichts Gutes.

»Oje, was kommt denn jetzt? Mir ging es doch gerade wieder besser!«

»Ich werde diesmal zwei Wochen weg sein. Du weißt ja, dass ich kommende Woche in Japan bin, ich muss aber auch noch nach Singapur. Wir sehen uns also erst übernächstes Wochenende wieder.«

Abrupt bleibe ich stehen. »Was?«

Konstantins Blick ist starr geradeaus gerichtet. Nein, auch für ihn ist es sicher nicht immer leicht.

»Warum sagst du mir das jetzt erst?«

»Weil ich uns das Wochenende nicht verderben wollte.«

Ich lasse Konstantins Hand los und schüttele den Kopf.

»Das ist doch albern. Bitte spar dir in Zukunft solche Aktionen, ja? Ich bin froh, wenn ich immer weiß, woran ich bin.« Meine Stimme klingt schärfer, als ich sie kenne. Wir laufen weiter.

»Ja. Entschuldige. Weißt du, die Transaktion mit den Asiaten droht zu platzen, wenn ich nicht …«

Ich falle Konstantin ins Wort. »Du brauchst dich nicht zu rechtfertigen. Ich weiß, was du in deinem Job leistest. Der *Deal-Retter from Germany* muss eben mal wieder die Wogen glätten.«

Konstantin ist ein brillanter Verhandlungsführer und hat schon öfter in letzter Sekunde so manches Geschäft vor dem Scheitern bewahrt.

»Ach komm schon, Jule, sei nicht sauer.« Er greift nach meiner Hand. Ich lasse es zu.

»Aber lass das in Zukunft!«

Konstantin hebt seine freie Hand zum Schwur. »Kommt nicht wieder vor.«

Unser Wochenende war so intensiv und schön. Der Gedanke daran, ihn erst in zwei Wochen wiederzusehen, setzt mir zu.

Schweigend laufen wir nebeneinander her. Doch das halte ich nicht lange aus, zu kostbar ist mir die Zeit mit ihm. So plaudern wir uns wieder warm und kaufen Pizza zum Mitnehmen, die wir bei mir essen.

Heute bringe ich es nicht übers Herz, Konstantin in der Wohnung zu verabschieden. Solange wie möglich möchte ich an seiner Seite sein.

»Ich fahre dich zum Flughafen. Keine Widerrede!«

Konstantin möchte das normalerweise nicht, weil es ihm den Abschied schwerer mache, wenn ich ihm am Flughafen hinterherwinke, hat er mir erklärt. Deswegen ziehen wir unsere Sonntagabendabschiedszeremonie meist bei mir zu Hause durch.

»Na gut, aber nur ausnahmsweise.« Konstantin beugt sich zu mir über den Tisch, auf dem der nur noch mit mickrigen Randresten gefüllte Pizzakarton steht. Ganz nah kommt er an mein Ohr. »Ich liebe dich. Das würde ich dir gern auch noch einmal beweisen.«

Er lehnt sich wieder zurück und zwinkert mir derart übertrieben zu, dass ich laut lachen muss.

»Wie würdest du mir das denn gern beweisen?«

Er steht auf, fasst mich bei der Hand und zieht mich zum Sofa. »Ganz einfach und plump, so, wie ich es am besten kann.« Er küsst mich mit seinen weichen Lippen, während mich seine Hände überall zu berühren scheinen. Ich weiß nicht, wie er das macht. Wohlige Wärme durchflutet mich – und das Verlangen nach mehr.

»Gut, be… beweise es mir, ich bin dabei.« Normal sprechen kann ich kaum mehr, geschweige denn weiter herumalbern. Konstantin ist ein fantastischer Liebhaber, der sich wie ein Virtuose auf meinen Körper eingestimmt hat. Ich gebe mich voller Liebe unserer Leidenschaft hin.

Nachdem wir wieder zurück in die Realität gefunden haben, wird die Zeit knapp. Ich fahre Konstantin in seine Wohnung und sehe ihm beim Packen zu.

Weiter geht es zum Flughafen. Ich bleibe im Halteverbot stehen und hetze mit Konstantin zum Gepäckschalter, dann weiter bis zum Eingang des Security Checks. Wir haben kaum mehr Zeit, um in unseren obligatorischen Schmonzettenmodus zu verfallen. Konstantin stellt seine Tasche ab und fasst sich mit großer Geste ans Herz.

»Hier müssen sich unsere Wege nun trennen.«

»O mein Geliebter, es zerreißt mir das Herz, dich nun gehen lassen zu müssen.«

»Was gäbe ich dafür, diese Nacht mit dir verbringen zu dürfen!« Konstantin sieht mich so inbrünstig an, dass ich schon wieder lachen muss.

Ich räuspere mich und versuche, verrucht zu klingen.

»An mir soll es nicht liegen.«

»Mit diesem Wissen gehe ich leichter.«

Für einen kurzen Moment nimmt mir unser Spiel den Trennungsschmerz, bevor er mich wieder gänzlich einholt.

»Es nutzt ja nichts. Lass es uns jetzt besser kurz und kitschlos hinter uns bringen. Mach's gut«, sage ich.

Noch eine Umarmung, noch ein Kuss. Wir sind wieder einmal schwerer löslich als schwach entölter Kakao in kalter Milch. Doch dann muss ich ihn endgültig ziehen lassen. Ich bleibe noch einen Moment stehen und blicke ihm nach. Er dreht sich um und winkt mir zu. Ich winke zurück, während mein Magen krampft. Konstantin hat recht, der Abschied am Flughafen ist eine noch schlimmere Tortur.

»Zukünftig wirst du dir wieder ein Taxi nehmen müssen«, murmele ich und mache mich auf den Heimweg.

In der neuen Woche fordert mich die Arbeit in der Apotheke besonders. Karin ist krank und Ursula im Urlaub, es gibt tausend Dinge aufzufangen. Dazu sitzt mir eine Betriebsprüfung im Nacken. Widerwillig suche ich unendlich viele Daten und Unterlagen zusammen. Wenigstens steht mir bei dem Prozess mein Steuerberater zur Seite, ohne ihn würde ich verzweifeln. Außerdem darf ich die neuen Rabattverträge der Krankenkassen studieren. Was ich an meinem Beruf am meisten mag, den direkten Kontakt zu den Kunden, kommt durch diesen Rattenschwanz an Bürokratie oft zu kurz.

Von Dienstag auf Mittwoch habe ich Notdienst, was bedeutet, dass ich nach Ladenschluss die ganze Nacht in der Apotheke verbringe und für all diejenigen da bin, die dringend ein Medikament oder eine Person zum Beschimpfen brauchen. Ich breite meine Decke auf dem Sofa im Büro aus, esse zwei Klappstullen mit Käse und setze mich dann an den Schreibtisch, um liegen gebliebene Dinge abzuarbeiten. Doch ständig werde ich gestört. Da kommen wieder viele Kunden mit der höchsten Dringlichkeitsstufe. Sie brauchen unbedingt einen Schwangerschaftstest, eine Mundspülung, Taschentücher oder Nasentropfen. Einer löst mitten in der Nacht ein wochenaltes Rezept für antibiotische Augentropfen ein. Alles Dinge, die nicht bis morgen warten können und wofür man gern die fällige Notdienstgebühr in Höhe von 2,50 Euro zahlt. Manchmal kann ich das nur mit einer gehörigen Portion Sarkasmus ertragen. Notdienst, ja, das ist treffend. Zwischendurch telefoniere ich mit Konstantin. In Tokio ist er mir sieben Stunden voraus, da ist es bereits früher Morgen. Er erzählt mir von seinem straffen Tagesplan, und dass er gestern Abend das erste Mal in seinem Leben Fugu gegessen hat, eine japanische Spezialität aus dem Muskelfleisch des ansonsten hochgiftigen Kugelfisches. Wieder klingelt es an der Tür. Ich öffne die Luke und höre mir an, was der Mittdreißiger dringend braucht. Kondome! Ist das zu fassen? Ich verkneife es mir, ihn darauf hinzuweisen, dass das hier ein Notdienst ist und dass man Kondome an jeder Tankstelle kaufen kann. Es folgt eine Frau, die dringend Fiebersaft für ihr zweijähriges Kind benötigt.

»Wie hoch ist das Fieber?«

»Etwas über achtunddreißig.«

»Aha. Sie wissen doch aber sicher, dass Fieber per se nichts Beängstigendes ist, es ist eine sehr wichtige Waffe des Organismus im Kampf gegen Krankheitserreger. Sie sollten das Fieber erst senken, wenn ihr Kind stark darunter leidet. Beobachten Sie es, und gehen Sie morgen zum Kinderarzt, wenn es nicht besser wird.«

»Ich bin nicht blöd, danke. Aber geben Sie mir jetzt verdammt noch mal den Fiebersaft! Ich hab keine Nerven mehr!«

»Ich auch nicht«, murmele ich.

Was ist nur los in dieser Stadt? Ich bin zu müde, um mich noch länger dieser negativen Energie auszusetzen, und verkaufe ihr eine Flasche.

Gleich zwei Mal in dieser Nacht gebe ich die Pille danach aus. Ich kann es mir nicht verkneifen und reiche den Kundinnen neben dem Präparat einen Flyer zum Thema Verhütung durch die Luke. Während ein Teenager-Mädchen ihn verlegen einsteckt, ernte ich von einer vom Leben gezeichneten Frau mit glasigen Augen nur einen verächtlichen Blick. Ich werde nichts weiter über ihr Schicksal erfahren. Als ich dann endlich gegen zwei Uhr am Einnicken bin, klingelt es wieder.

Ich reibe mir den Schlaf aus den Augen und tapse vor zur Tür. Ein zerknitterter Mann mit Glatze verlangt nach Viagra. Ich händige ihm die Pillen nicht aus, er hat kein Rezept. Da kann er noch so oft beteuern, dass er es verloren hat.

»Prüde Fotze«, zischt er und hetzt davon. *Ganz ruhig! Nur nicht aufregen!* Gelassenheit ist ein großes Wort. Zu oft scheitere ich leider noch daran. Letztlich bringe ich es aber doch noch auf ungefähr zwei Stunden Schlaf.

Entsprechend ausgeruht starte ich in den neuen Arbeitstag. Um meine Kunden mit meinem faden Antlitz nicht zu vergraulen, tupfe ich mir etwas Farbe ins Gesicht und schaffe es, noch zehn Stunden zu funktionieren. Dann endlich mache ich mich voller Vorfreude auf mein Bett auf den Heimweg. Nur noch schnell den Briefkasten im Hausflur leeren. Als ich das Türchen öffne, kommen mir diverse Zettel und Flyer entgegen. Das Schild *Keine Werbung bitte* entpuppt sich immer wieder als so effektiv wie ein Workout ohne Sport. Genervt werfe ich den Papiermüll in den großen Korb unterhalb der Briefkästen. Doch was ist das? Ich halte tatsächlich einen echten Brief in den Händen. Oder? Zumindest wirkt es so, schwer und edel ist das Papier. Meine Adresse ist mit blauer Tinte handgeschrieben, wenn auch sehr krakelig. Mein Blick fällt auf den Absender: Tom Balthus. Es rattert in mir. Und dann ist das Gesicht zu dem Namen plötzlich da. »Tom? Du? Wie komme ich denn dazu?«, murmele ich vor mich hin, als ich die Treppen zu meiner Wohnung nehme. Neugierig reiße ich im Gehen den Umschlag auf und schließe ungelenk die Wohnungstür auf. Geschafft! Tür zu, Brief lesen.

6

Die Welt um mich herum ist verschwommen, und ich schmecke das Salz meiner Tränen, die mir warm über das Gesicht laufen. Ich nehme ein Blatt von der Küchenrolle und tupfe sie ab. Dann lese ich den Brief noch einmal. Nur die Anrede ist handgeschrieben, mit der gleichen krakeligen Schrift wie die Adresse auf dem Umschlag.

Liebe Julia,

voller Hoffnung, dass Du diesen Brief liest und nicht mit dem alltäglichen Papiermüll entsorgst, weil Du mit dem Absender nichts anfangen kannst, schreibe ich Dir diese Zeilen. Sicher wirst Du Dich wundern, warum sich der Junge aus der Vergangenheit nach all den Jahren bei Dir meldet. Aber dazu später mehr.
Da Du noch immer Deinen Mädchennamen trägst, war es nicht schwer, Dich zu finden. Als ich das Foto von Dir auf der Website der Apotheke sah, konnte ich kaum glauben, dass unsere letzte Begegnung zweiundzwanzig Jahre zurückliegt. Du siehst immer noch aus wie die Julia von damals. Nimm das als Kompliment! Dabei kennen wir uns überhaupt nicht mehr, wissen nichts voneinander, dennoch bist Du mir vertraut. Manchmal frage ich mich, ob wir Freunde fürs Leben geworden wären, wenn sich unsere Wege damals nicht abrupt getrennt hätten.
Ich weiß noch ganz genau, wann ich mich in Dich verliebt habe. Es war ein schwüler, heißer Tag im Juli 1997.

Du bist mit Deiner Großmutter die Dorfstraße entlanggelaufen. Plötzlich riss die riesige Einkaufstasche, die ihr beide geschleppt habt. Ich hielt mit meinem Mofa an und habe euch geholfen, alles wieder einzusammeln. Du hast wunderschön ausgesehen in Deinem kurzen, geblümten Sommerkleid, das jede Menge Spritzer von dem zerborstenen Joghurtbecher abgekriegt hatte. Es war Dir peinlich, das habe ich gemerkt. Dabei kannten wir uns doch schon seit unserer frühen Kindheit. Unser Grundstück lag ja direkt neben dem Deiner Großeltern. Es war immer etwas Besonderes, wenn Du zu Besuch kamst, du warst das Mädchen aus der großen Stadt, das seine Ferien in unserem kleinen Dorf verbrachte. Aber in diesem Moment, auf der Straße, da war es um mich geschehen. Du warst fünfzehn und ich sechzehn. Wie leicht und unbeschwert diese Zeit damals war. Wir fuhren mit dem Mofa herum, küssten uns im Freiluftkino und jagten durchs Kornfeld, ohne uns Gedanken über Zecken, Hirnhautentzündung oder Borreliose zu machen.

Du warst meine erste Liebe, Julia. Das habe ich Dir damals so nicht sagen können, aber in der Rückschau ist es eindeutig. Umso schmerzlicher ist es, wenn ich mich an unsere letzte Begegnung bei der Beerdigung Deiner Großmutter erinnere. Ich weiß, wie sehr Du sie geliebt hast. Ihr plötzlicher Tod hat uns alle mehr als geschockt. Du konntest nicht aufhören zu weinen. Ich wollte dich trösten und stützen, aber ich konnte es nicht. Dein Großvater kam ins Heim, irgendwann wohnten Fremde auf dem alten Hof.

Entschuldige, Julia, ich spanne Dich nicht länger auf die Folter und komme zum eigentlichen Anliegen meines Briefes. Das Gute vorweg: Ich bin kein Stalker. Und ich schreibe Dir nicht nur aus purer Sentimentalität. Wobei,

das stimmt nicht ganz, aber es gibt noch einen anderen Grund. Mir bleibt nicht mehr viel Zeit, ich werde bald sterben.
Entschuldige, dass ich Dich womöglich völlig überfordere mit meinem Brief. Ich leide an ALS. Diese drei harmlosen Buchstaben stehen für Amyotrophe Lateralsklerose. ALS zerstört die Nerven und führt zu fortschreitender Muskellähmung. Irgendwann ist mein Atem dran, dann werde ich ersticken. Es gibt bisher keine wirksame Therapie dagegen. Ich lebe nun bereits seit fünf Jahren mit der Krankheit. Die durchschnittliche Lebenserwartung beträgt drei bis fünf Jahre, da habe ich gut was geschafft. Doch nun hat die Krankheit den Turbo gezündet. Ich weiß nicht, wie lange ich mir zumindest noch einen Hauch von Selbstständigkeit bewahren kann. Nun wünsche ich mir, so schnell wie möglich noch einmal all die Menschen zu treffen, die mich geprägt haben, die ich stets bei mir trage, auch wenn mir das nicht immer bewusst war. Liebe Julia, Du bist einer dieser Menschen.
Ich kann verstehen, wenn Dich die Situation überfordert. Bestimmt hast Du eine Familie und genug andere Verpflichtungen – oder Du möchtest Dich damit nicht belasten. Wenn es so sein sollte, dann bin ich Dir dennoch für ein kurzes Lebenszeichen dankbar, nur damit ich weiß, dass es Dir gut geht. Falls Du aber bereit sein solltest, Dich mit mir zu treffen, dann freue ich mich neben einem Exkurs in die Vergangenheit auf einen Austausch zu aktuellen Themen. Ich bin neugierig, wie Du Dich entwickelt hast, also geistig, ich bin kein oberflächlicher Typ.
Übrigens lebe ich seit zwei Jahren auch in Berlin, bei meiner Schwester. Verrückt, oder? Du kennst sie ja von früher und weißt, dass wir wie Feuer und Wasser waren.

Ich freue mich so sehr, von Dir zu hören oder zu lesen.

Für heute ganz herzliche Grüße
Tom

PS: Der Mann auf dem Foto bin ich. Ganz ehrlich, hättest Du mich erkannt? Inzwischen sind es ein paar Muskeln weniger. Zumindest habe ich eine gute Ausrede, warum ich nicht mehr ins Fitnessstudio gehe.

PPS: Falls Du mich anrufen solltest, erschrecke bitte nicht über meine Stimme. Das Sprechen fällt mir schwer, ich lalle. Aber ich kann Dir versichern, dass ich bei klarem Geist bin, auch wenn ich lieber betrunken wäre.

Darunter stehen seine E-Mail-Adresse und seine Telefonnummer. Meine Tränen wollen nicht versiegen. Tom! Ich lasse meine Hand mit dem Brief sinken, trete ans Fenster und blicke hinaus in die Dunkelheit. Es dauert nicht mehr lange, bis die Uhren umgestellt werden, dann ist es um diese Zeit noch hell. Meine Augen brennen. Eine Frau geht mit ihrem großen, wuscheligen Hund Gassi. Neben einem Baum im spärlichen Licht einer Straßenlaterne verrichtet er sein Geschäft, doch sie lässt den Haufen einfach liegen und zieht den Hund eilig weiter. Damit trägt auch sie dazu bei, dass Berlin seinen Ruf als Hauptstadt des Hundekots nicht verliert. Auf was für Gedanken komme ich hier nur? In der Wohnung gegenüber flimmert der Fernseher, ein Mann läuft durch das Zimmer. Und irgendwo da draußen wartet Tom bei seiner Schwester auf ein Zeichen von mir. Die zwei Jahre ältere Helke und er waren früher tatsächlich wie Feuer und Wasser. Während sie mir suspekt war und ich keinerlei Sympathie für sie hegte, beachtete sie mich erst gar nicht. Helke war ein Gothic-Girl, sie trug ausschließlich schwarz, zumindest immer, wenn ich sie sah. Ich kann mich nicht erinnern, sie auch nur einmal lachen gesehen zu haben. Im Dorf war sie eine Außenseiterin, die gegen alles rebellierte und ihre Eltern zur Verzweiflung brachte, zumindest erzählte mir das meine Großmutter. Was wohl aus ihr geworden ist? Eine neue Tränensalve schießt aus mir heraus. Tom! Das kann doch nicht sein! Er war so lebensfroh, er hatte so viel vor.

Tom liebte es, mir auf seine Weise die Welt zu erklären und mir so vieles zu zeigen, was ich ohne ihn niemals gesehen hätte. Dabei war er so witzig. Was haben wir zusammen gelacht! Tom hat mich in jede Kirche der umliegenden Dörfer geführt. Dort haben wir dann zusammen Wandmalereien und Kirchengemälde interpretiert. Er liebte das, und ich auch. Noch heute komme ich auf Reisen an keiner Kirche vorbei. Nur habe ich irgendwann nicht mehr darüber nachgedacht, wem ich die Begeisterung dafür verdanke. Er träumte davon, in einem Flower-Power-Bulli, wie er es nannte, auf den Spuren von alter Kunst und Kultur durch Italien zu fahren. Ob er sich diesen Traum erfüllt hat? Wie präsent er mir plötzlich ist, obwohl ich jahrelang nicht an ihn gedacht habe. Tom und ich, mit uns war es so unbeschwert damals – und wir waren schrecklich albern. Er hatte die Fähigkeit, Melodien zu rülpsen, und ich habe geraten, um welche es sich dabei handelte. Manchmal ist mir das sogar gelungen. Damals hatte ich auch Tränen in den Augen, aber vor Lachen. Wir dachten, das würde immer so weitergehen.

Doch dann verstarb meine Großmutter, und alles veränderte sich. Abgesehen davon ist es interessant, wie sich unsere Wahrnehmung im Laufe der Jahre verändert. Heute wäre es unvorstellbar für mich, dass mich eine Rülps-Arie amüsieren würde. Aber als ob das jetzt wichtig wäre! Ich ziehe die schweren Vorhänge zu und falle auf meine Chaiselongue. Die bleierne Müdigkeit, die schon den ganzen Tag auf mir lastete, übermannt mich nun mit aller Kraft. Ich wünschte, ich würde einschlafen, aufwachen und Toms Schicksal wäre ungeschehen. Aber ich schlafe nicht ein, und es ist kein Traum. Was soll ich Tom antworten?

Da fangen meine Augen schon wieder an zu brennen. Dabei habe ich als Apothekerin doch schon so viel gesehen, den jungen Mann, der mit seiner Frau und den beiden Kindern oft kam und im letzten Jahr an einem Gehirntumor verstorben ist, die Lehrerin, bei der mit gerade einmal fünfzig Demenz diagnostiziert wurde und deren Verfall sich wie in einem Zeitraffer abspielte, bis ihr jegliche Selbstständigkeit genommen war und sie in ein Heim kam. Ja, es gibt so viele Schicksale, die mir nahegehen, aber ich lasse sie nicht zu tief in mein Leben. Und all diese Menschen sind nicht Tom, sie standen mir nie nah. Ich weine schon wieder. Wie lange sitze ich hier schon? Erstaunt stelle ich fest, dass es gleich halb zwölf ist. Seit über vier Stunden habe ich kein Zeitgefühl mehr, seit über vier Stunden ist Tom mit mir hier. Benommen erhebe ich mich aus dem Sessel und wanke in Zeitlupentempo ins Bad, um mich fertig zu machen. Ich möchte nur noch ins Bett.

Bevor ich das Licht lösche, werfe ich noch einen Blick auf mein Handy. Mit einer Armada an Emojis hat Konstantin seinen neuen Tag karikiert. Das macht er öfter. Zack, das geht schnell. Meist zaubert er mir damit ein Lächeln ins Gesicht. Heute jedoch nicht. Denn es heißt nichts anderes, als dass da kein Raum ist für Worte. In Tokio ist es jetzt bereits früher Morgen. Den Emojis nach zu urteilen – eins mit heraushängender Zunge, eins mit Dollar-, Ausrufe- und Prozentzeichen vor dem Mund, fünf Businessmen, ein Schwert und ein Mond – wird das einer von Konstantins Großkampftagen, an dem ein Meeting das nächste jagt, an denen knallhart verhandelt wird, sicherlich bis tief in die Nacht. Kurz ertappe ich mich dabei, dass ich froh bin, jetzt nicht mehr mit ihm sprechen zu müssen. Auch ich habe heute keinen Raum mehr für Worte. Ich bin viel zu erschöpft, und ich muss Toms Brief sacken lassen. Mir bleibt gar nichts anderes übrig, als die Gedanken daran mitzunehmen in die Nacht. Ich verkrieche mich unter der Bettdecke, sehe ihn als Sechzehnjährigen vor mir, höre seine Stimme, sein Lachen, sehe seine Augen blitzen – und dann sinke ich irgendwann in einen unruhigen Schlaf.

Mit dem Klingeln des Weckers am nächsten Morgen ist Tom wieder in meinem Kopf, dabei war er es die ganze Nacht, nur subtiler. Das Aufstehen fällt mir schwer, ich fühle mich wie gerädert, ziehe die Decke über den Kopf und bleibe einfach liegen. Letztlich quäle ich mich doch aus dem Bett, schließlich muss ich in einer Stunde die Apotheke aufschließen. Gut, dass ich morgens eine Frau von der schnellen Sorte bin, auch wenn mich das heute extrem anstrengt. Nach einer kalten Dusche, einem starken Kaffee und Joghurt mit Haferflocken, Nüssen und Früchten spüre ich zumindest wieder einen Hauch Energie in mir. Es bleibt mir sogar noch Zeit, bei meinen Eltern anzurufen. Sie sind Frühaufsteher, und so habe ich meine Mutter in der Leitung, die das Gespräch auf laut stellt, damit mein Vater mithören kann. So macht sie es immer. Ich erzähle von Toms Brief. Die beiden kennen ihn ja von früher und sind ebenso geschockt, wie ich es bin. »Du solltest ihn treffen«, sagt meine Mutter in ihrer wohltuend ruhigen Art, und ich weiß, dass ich es tun werde.

Edith kommt mit guter Laune in die Apotheke, Karin ist noch immer krank, und Frau Wenzel kommt auch nicht rein, weil sie einen längeren Arzttermin hat, auf den sie schon Wochen wartet. Warum muss Ursula ausgerechnet in dieser Woche im Urlaub sein? Wieder einmal müssen wir zu zweit den Tag bewältigen, da fallen für Edith noch mehr Überstunden an. Nur bei mir spielt es keine Rolle, wie lange ich arbeite, denn ich zähle zum Inventar, für mich gibt es keine Überstunden. Das ist der Preis der Selbstständigkeit, das musste ich im Laufe der Zeit lernen. War ich überhaupt schon einmal krank in den letzten Jahren? Ich kann mich nicht erinnern. Morgen arbeitet Frau Wenzel wieder. Das entlastet mich, und ich kann zumindest den immer wieder verschobenen Termin beim Großhändler wahrnehmen.

»Du siehst nicht gut aus. Der Nachtdienst hängt dir noch ziemlich nach, was?« Edith mustert mich und setzt Kaffee auf. Ich habe kein Verlangen danach, ihr zu erzählen, was mich in der letzten Nacht um den Schlaf gebracht hat.

»Ja, ich bin tatsächlich ziemlich müde.« Ich gähne, die Türglocke ertönt.

»Ich gehe vor«, sage ich, froh darüber, mich der Situation entziehen zu können. Wie hätte ich wohl reagiert, wenn Tom plötzlich in der Apotheke aufgetaucht wäre? Wenn ich von einer Sekunde auf die andere hautnah mit seinem Schicksal konfrontiert worden wäre? Ich bin ihm dankbar dafür, dass er mir Zeit lässt.

»Guten Morgen, Herr Sawatzki!«, begrüße ich den ersten Kunden. Los geht's, in den nächsten zehn Stunden werde ich abgelenkt sein. Auch meine Lieblingsschwäbin Frau Weber kommt vorbei, diesmal ohne ihren Sohn. Ihr stark geschminktes Gesicht und ihr Outfit – spitze silberne Absatzstiefel, Jeans und ein edler schwarzer Kaschmirmantel – passen so gar nicht zu ihrem Auftritt als Leiden Christi. Heute klagt sie über ein Völlegefühl.

Nach Feierabend kann ich wieder an nichts anderes denken als an Tom. Wenn ich doch nur gleich Konstantin davon erzählen könnte! Ich möchte den Brief mit ihm teilen. Immerhin hat er mir heute statt Emojis Worte geschickt, um genauer zu sein ein Zitat von Friedrich Schiller aus *Kabale und Liebe: Ich fürchte nichts – nichts – als die Grenzen deiner Liebe.* Wahrscheinlich hatte er im Taxi auf dem Weg zum Flughafen etwas Zeit, er fliegt heute weiter nach Singapur. Ja, die Grenzen meiner Liebe, wo liegen sie überhaupt? Diese Frage habe ich mir bisher noch nicht gestellt. Nicht jede Frau macht so eine Form von Beziehung mit, das weiß er sehr wohl. Statt Konstantin auf seine Nachricht zu antworten, wage ich es, ihn anzurufen. Sein Telefon ist eingeschaltet, es klingelt schrill, und er nimmt tatsächlich ab.

»Hey, danke für deine Nachricht ... Das ist ein schönes Zitat und ...« Ich stocke.

»Jule, was ist passiert?«

Normalerweise schreibe ich immer zurück, kein Wunder, dass Konstantin gleich etwas wittert. Ich habe mich in der Apotheke eingeschlossen. Hier ist die Stille am größten, nach der es mich nach Feierabend verlangte. Kreuz und quer, auf und ab gehe ich durch den unbeleuchteten Verkaufsraum. Draußen fahren die Autos mit Licht. Schmutzig nass ist es dort, den ganzen Tag lang war es düster.

»Bist du am Flughafen?«

»Ja, komm schon, worum geht's?« *Was hältst du mich auf? Ich habe nicht ewig Zeit.* Konstantin klingt gehetzt. Sein Ton passt nicht zu den schönen Worten, die er mir geschickt hat. Das ist auch einer der Gründe, weswegen wir unter der Woche zu seinen Geschäftszeiten so selten telefonieren. Er ist mir fremd in diesen Momenten, aber heute geht es nicht anders.

»Stell dir vor, ich habe gestern einen Brief von einem Mann erhalten, den ich seit zweiundzwanzig Jahren nicht gesehen habe ...« Alles sprudelt aus mir heraus. Es tut gut, Konstantin von Tom zu erzählen.

»Wow, das ist harter Tobak.«

Im Hintergrund höre ich den Sound des Flughafens, immer wieder erklingt ein Gong, Durchsagen, Stimmgewirr. Dazu der gestresste Konstantin. Mein Eindruck, dass sein Kopf nicht bei mir ist, trügt nicht.

»Du, Jule, entschuldige, ich muss mich beeilen.«

»Das ist alles, was du dazu sagst?«

»Komm, das müssen wir doch jetzt nicht am Telefon besprechen.«

»Wann dann? Übernächstes Wochenende?«

»Sei doch nicht so empfindlich. Ich muss zum Boarding.«

»Ich werde Tom treffen.«

»Gut, gut, du, ich muss jetzt wirklich aufhören. Bye.«

»Ja, mach's gut.« Aber er hört mich nicht mehr.

Mir wird schwer ums Herz. »Ich hätte dich jetzt gebraucht«, flüstere ich in die Stille. Wie kann ich mich nur ablenken? Spontan lade ich mich bei Lea und Sebastian zum Abendessen ein.

»Was soll ich mitbringen? Pizza, Sushi oder Burger?«, frage ich am Telefon.

»Gar nichts, bei uns gibt es heute frisches Brot und köstlichen Aufschnitt aus dem Feinkostladen unseres Vertrauens. Da fällt auch für dich eine Stulle ab.«

»Wenn das so ist, wunderbar. Bis gleich.«

Nur eine Viertelstunde später klingele ich an der Tür. Sebastian öffnet. »Hallo, meine Liebe, komm rein.«

Er begrüßt mich mit zwei Küsschen. Lea kommt dazu, wir umarmen uns.

»Es ist schön, euch zu sehen.«

Lea mustert mich eingehend. »Du bist hier immer herzlich willkommen, das weißt du, aber es ist doch eher ungewöhnlich, dass dein Besuch so spontan ist. Komm, wir starten gleich mit einem Glas Wein.«

»Gern, ja.«

Wir gehen in die große Küche. Neben einem rustikalen Holztisch mit sechs Vintage-Stühlen steht an der taubenblauen Wand unter einem großen Pop-Art-Gemälde, auf dem sich ein Schimpanse eine Zigarette anzündet, ein antikes Biedermeier-Sofa in Nussbaum mit bordeauxfarbenem Samtbezug. »Ich kann euch nicht oft genug sagen, wie sehr ich eure Küche mag!«

Sebastian nimmt drei Gläser aus dem Schrank und öffnet eine Flasche Rotwein.

»Lea überlegt, den Affen gegen einen Akt auszutauschen.«

»Ja, aber bisher habe ich noch nichts gefunden, was mir gefällt.«

Sebastian deutet mit dem Daumen auf Lea. »Sie ist in dieser Richtung etwas kompliziert. Und ehrlich gesagt, möchte ich in meiner Küche keine Nackten hängen haben.« Er schenkt ein und reicht uns die Gläser.

»Seit wann bist du so prüde?«, scherze ich.

»Er kann einfach nicht aus seiner Haut«, sagt Lea.

»Ja, ja, stürzt euch nur auf mich.«

Wir stoßen an.

Mein Blick schweift über den gedeckten Tisch. In einem Körbchen liegt frisch geschnittenes Brot. Daneben sind auf einem Holzbrett allerlei Schweinereien angerichtet wie Leberwurst, Pastete und Salami.

»Das sieht verlockend aus!«

»Ja, ein gutes Mahl kann doch so einfach sein«, sagt Lea.

Wir setzen uns hin.

»Daran hätte jeder Ernährungsberater seine helle Freude«, witzelt Sebastian.

»Aber das ist alles Bio, keine Sorge. Guten Appetit«, sagt Lea.

»Na dann. Danke!« Beherzt greife ich zu. »Ich weiß nicht, wann ich zum letzten Mal ein Leberwurstbrot gegessen habe, es ist köstlich.«

Wir plaudern über Gott und die Welt, beim Essen finde ich nicht den richtigen Einstieg, um das Thema auf Tom zu lenken.

»So, Julia. Irgendetwas brennt dir doch noch auf der Seele, oder?«, fragt Sebastian da unvermittelt.

»Seht ihr mir das tatsächlich an?«

Lea und Sebastian nicken synchron.

»Euch kann ich auch nichts vormachen!«

Zum zweiten Mal an diesem Tag erzähle ich von Tom. Lea und Sebastian hören gebannt zu.

»Und ich habe mich entschieden, ihn zu treffen.«

Es tut gut, hier bei meinen Freunden keine Hektik zu spüren, sie sind im Gegensatz zu Konstantin wirklich bei mir.

»Aber sicher triffst du ihn! Ich würde das auch tun, so schnell wie möglich«, sagt Lea.

»Ich weiß nicht, ob ich mit meiner Entscheidung so klar wäre wie ihr.«

Lea sieht Sebastian mit großen Augen an. »Warum nicht?«

»Ich hätte Angst davor, dass ich das alles viel zu nah an mich heranlassen würde und mein Leben darunter leidet. Das mag jetzt egoistisch klingen, aber so meine ich das nicht. Es ist einfach wahnsinnig traurig, ich weiß nicht, ob ich das ertragen könnte. Was hat Konstantin dazu gesagt?«

Ich seufze. »Nichts. Oder doch, warte, harter Tobak, ja, das waren seine Worte. Dann musste er das Gespräch beenden. Aber ich habe ihm schon gesagt, dass ich Tom treffen werde. Und ich sehe es genau wie Lea, so schnell wie möglich.«

Sebastian schmiert sich noch ein Brot. »Wenn du meinst. Ich hoffe, dass es dir nicht allzu sehr zusetzen wird.«

»Hör nicht, was er sagt. Das ist die richtige Entscheidung.«

Lea steht auf und öffnet ein Küchenfenster. Dann stellt sie einen Aschenbecher auf den Tisch und zündet sich eine Zigarette an. Sebastian schüttelt entschuldigend den Kopf. »Wenn ich gewusst hätte, dass sie Raucherin wird, dann hätte ich mir das mit dem Antrag noch einmal überlegt.«

»Aber wirklich, Lea, seit wann rauchst du?«

»Nehmt den Vorwurf aus euren Stimmen! Mit fünfzig habe ich lange genug gesund gelebt. Da darf ich ja wohl ab und zu mal eine rauchen. Und keine Sorge, es ist keine Sucht, es ist nur ein kurzer Genussmoment.«

Sebastian hebt ratlos die Hände. »Du siehst, Julia, ich komme dagegen nicht an.«

»Spiel doch hier nicht die Gesundheitspolizei!« Lea lacht kehlig auf. »Als ob es keine anderen Sorgen gäbe. Wegen einer lumpigen Zigarette!«

Sie nimmt einen tiefen Zug und bläst Sebastian den Rauch entgegen. Er verzieht angewidert das Gesicht und fächert ihn mit beiden Händen weg.

»Wenn es danach ginge, dann dürften wir auch keinen Schluck Wein trinken. Wollt ihr das?«, fragt Lea.

»Schon gut, Baby.« Sebastian trinkt einen Schluck.

Was ist nur in Lea gefahren? Sie hat sich extrem verändert. Wie bereits an ihrem Geburtstag legt sie auch heute ein unmögliches Verhalten an den Tag. Diesmal kann ich das nicht auf den Alkohol schieben, denn augenscheinlich hat sie bisher kaum etwas getrunken.

»Übrigens rauche ich nur Pustebacke. Vielleicht beruhigt euch das.«

»Dafür sieht das ziemlich echt aus«, sage ich und verziehe den Mund.

»Tja, ich beherrsche mein Handwerk eben.«

Sebastian streckt seine Hand nach Leas aus. Ihre Finger verhaken sich ineinander. »Daran hatte ich nie einen Zweifel«, sagt er.

Wie kann er ihr Verhalten einfach so hinnehmen? Ich bin peinlich berührt von dieser Szene und kann nicht hinsehen.

»Ich hoffe, das bleibt so. Dann werde ich gut durch die Wechseljahre kommen. Puh, ist mir heiß!«

Lea wedelt sich demonstrativ Luft zu. Womöglich sind Hormonschwankungen schuld an ihrer befremdlichen Attitüde, denke ich. Hoffentlich spielt sich das zügig wieder ein.

Als ich mich verabschiede, sitzt Konstantin noch immer im Flieger nach Singapur, sieben Stunden dauert der Flug ab Tokio. Beim Zubettgehen kommen die Gedanken, die mich ruhelos machen. Sie sind eine Mischung aus Unsicherheit und Neugier. Was wird mit mir passieren, wenn ich Tom treffen werde?

7

Bei der Arbeit komme ich nicht dazu, Tom zu schreiben. Dafür möchte ich ungestört sein. Wenigstens ist Karin wieder gesund, was die Abläufe erleichtert und Ediths Überstundenberg nicht noch weiter wachsen lässt. Während sie die neue Ware verbucht, kümmere ich mich um die Kunden.

»Hallo, Frau Hagen, geht es Ihnen besser? Was hat der Arzt gesagt?«, frage ich die kleine Frau mit den dunkel gefärbten Haaren, die zwei Stockwerke über der Apotheke wohnt. Doch schon als mir die Worte aus dem Mund kommen, ist mir klar, dass nichts besser ist. Frau Hagen ist Mitte siebzig und lebt allein. Zuletzt habe ich sie vor zwei Wochen gesehen, da gab ich ihr den dringenden Rat, einen Arzt aufzusuchen. Sie klagte immer wieder über starke Bauchschmerzen, doch die Medikation mit frei verkäuflichen Mitteln half ihr nicht. Nun bin ich erschüttert über ihren Anblick, sie scheint um Jahre gealtert, tiefe Furchen pflügen sich durch ihr eingefallenes Gesicht, bleich und zerbrechlich sieht sie aus, mit Augen so traurig wie die eines Bassets.

»Ja, Frau Weisse, ich habe Ihren Rat befolgt und war beim Arzt. Heute habe ich die Ergebnisse gekriegt …« Sie schluckt. Nein, bitte nicht schon wieder eine Hiobsbotschaft, möchte ich schreien. Frau Hagen war so eine lebenslustige Frau, davon ist im Moment nichts übrig.

»Es war gut, dass Sie so auf mich eingeredet haben, sonst wäre ich wohl nicht zum Arzt gegangen, und ich würde es nicht mehr schaffen, persönliche Dinge zu regeln.« Ihre Augen füllen sich mit Tränen. »So ähnlich hat der Arzt es gesagt. Ich weiß schon, warum ich da nicht hinwollte.« Obwohl auch

Edith bedient, hat sich eine Schlange hinter Frau Hagen gebildet. Aber ich kann jetzt unmöglich das Gespräch beenden. Ich rufe Karin, die mich ablöst.

»Kommen Sie, Frau Hagen, wir gehen hier rüber.«

Ich lotse sie in eine ruhigere Ecke, hinter einen Vorhang. Hier messen wir Kunden Kompressionsstrümpfe an, nehmen den Blutdruck oder ermitteln Blutzuckerwerte, hier sind wir ungestört.

»Darmkrebs, Metastasen überall. Und ich habe es nicht gemerkt. Ich werde nur noch ein paar Wochen leben, mit Glück werden Monate draus.«

Sie schluchzt leise auf und mein Herz krampft sich zusammen. Ich kann nicht anders, als sie wortlos in den Arm zu nehmen. Auch mir kommen die Tränen. Wir kennen uns, seit ich die Apotheke übernommen habe. Ich weiß, was ihre Kinder machen und dass sie sich so gern noch einmal verliebt hätte. *Du hast dir diesen Beruf selber ausgesucht. Du weißt, dass man Distanz wahren muss!* Danke, Schlaumeier!

Frau Hagen weint an meiner Schulter. Sie riecht nach Maiglöckchen, so wie immer. Ich schlucke meine Tränen herunter. Mit einem leichten Ruck entzieht sie sich mir wieder.

»Entschuldigen Sie, Frau Weisse, ich bin normalerweise nicht so, aber ich habe es ja gerade erst erfahren.«

Ich tupfe mit dem Ringfinger über meine feuchten Augenwinkel. »Sie müssen sich für gar nichts entschuldigen. Werden Sie sich noch einer Therapie unterziehen?«

Frau Hagen schüttelt den Kopf. »Das bringt nichts mehr, außer noch mehr Qual, meinte der Arzt. Die Kinder wissen noch nichts. Meine Tochter wollte mich im Sommer mit nach Mallorca nehmen. Wir sehen uns ja so selten, seit sie in Kassel lebt.«

Frau Hagen fasst sich an die Brust und schnauft. Ich streiche ihr über den Rücken.

Es gibt immer wieder Situationen, die mich an meine

Grenzen führen. Das ist eine von ihnen. Frau Hagen tut mir unendlich leid, und ich kann nichts anderes tun außer ihr zuzuhören.

»Ich soll zu einem Palliativarzt gehen. Der macht auch Hausbesuche. Ich weiß ja nicht, wie lange ich noch mobil sein werde. Die Schmerzen werden immer schlimmer.«

»Rufen Sie heute bei Ihrer Tochter an? Bitte!«

»Da werde ich nicht drum herumkommen.«

Frau Hagen atmet tief ein und aus. »Danke, Frau Weisse, das Gespräch mit Ihnen hat mir gutgetan.«

Es ist, als würde Frau Hagen einen Schalter umlegen.

»Ach, fast hätte ich vergessen, weswegen ich hier bin.«

Sie nestelt in ihrer Handtasche herum und reicht mir ein Rezept. Wir verlassen unseren geschützten Platz und gehen wieder an den Verkaufstresen. Frau Hagen wurden Schmerztabletten in einer Dosierung verordnet, auf die nur noch Morphium folgt. Ich händige sie ihr aus.

»Damit werden Sie sich besser fühlen.«

»Immerhin ein positiver Satz. Danke, Frau Weisse, für alles. Sie sind eine wunderbare Person, habe ich Ihnen das überhaupt schon einmal gesagt?«

Ich schaffe es, sie anzulächeln, wenn auch sehr verkrampft. »Nein, haben Sie noch nicht. Danke, Sie auch, Frau Hagen. Und melden Sie sich jederzeit, wenn ich etwas für Sie tun kann.«

Sie nickt. »Auf Wiedersehen.«

Sie dreht mir den Rücken zu und verlässt mit kurzen, schlurfenden Schritten die Apotheke. Der Kundenandrang ist abgeflaut. Ich gehe nach hinten ins Büro und mache mir einen Tee. Frau Hagens Schicksal geht nicht nur mir nahe, auch Karin und Edith zeigen sich betroffen. Es dauert einen Moment, bis ich wieder in meinen Rhythmus zurückfinde.

Als meine Zwanzig-Stunden-Apothekerin Frau Wenzel am Mittag ihren Dienst beginnt, mache ich mich auf den Weg zu meinem Termin beim Großhändler. Es tut gut, die Apotheke für ein paar Stunden zu verlassen. Unterwegs lese ich meine Nachrichten. Konstantin hat geschrieben.

Bin wohlbehalten in Singapur gelandet und muss direkt in Termine. Sorry, dass ich gestern so kurz angebunden war. Es ist wirklich anstrengend …

»Ja, daran habe ich keinen Zweifel«, murmele ich.

Am Nachmittag stehe ich wieder in der Apotheke und sehne den Feierabend herbei, um endlich Tom zu schreiben. Es ist viel los, ich habe keine Sekunde Ruhe. Noch immer hat eine Erkältungswelle die Stadt fest im Griff. Es wäre ein Drama, wenn sie auch mich einmal richtig hart träfe. Würde ich ausfallen, dann bräche wohl der gesamte Betrieb hier zusammen. Darüber darf ich gar nicht nachdenken.

Durch den enormen Andrang kann ich die Apotheke erst eine Viertelstunde nach Ladenschluss abschließen. Frau Wenzel und Karin verabschieden sich schnell. Edith gibt mir noch mit auf den Weg, dass ich mir das Schicksal von Frau Hagen nicht zu sehr zu Herzen nehmen dürfe. Als könnte man das mit solchen Ratschlägen verhindern! Aber tatsächlich habe ich im Gewimmel der letzten Stunden nicht mehr an sie gedacht. Zudem dominieren nun meine Gedanken an Tom. Ich muss mir jetzt endlich Zeit nehmen, um ihm zu schreiben.

Ich formuliere eine Nachricht, und ich drohe daran zu scheitern. Immer wieder drücke ich auf die Löschtaste. Es dauert über eine Stunde, bis ich den Text fertig habe:

Lieber Tom, ich danke Dir für Deinen Brief. Er hat mich tief erschüttert, aber dennoch fühle ich mich geehrt, dass Du nach all den Jahren an mich gedacht hast. Ich weiß nicht, wie ich Dir begegnen werde, aber ich möchte Dich treffen. Da ich beruflich sehr eingebunden bin, passt es mir nur am Abend. Hier gleich ein paar Vorschläge: Nächste Woche Montag, Dienstag, Mittwoch oder Donnerstag. Wie sieht es da bei dir aus? Oder spontan an diesem Wochenende, da habe ich ausnahmsweise Zeit.
Viele Grüße Juli

Senden. Aber was habe ich da nur geschrieben? Meine Zeilen klingen so persönlich wie der Werbeprospekt eines Discounters. Doch nun gibt es kein Zurück mehr. Wann Tom mir wohl antworten wird? Erwartungsvoll und auch ein wenig ängstlich vor der Begegnung, mache ich mich auf den Heimweg. Es dauert keine halbe Stunde, bis ich eine Antwort erhalte:

Liebe Julia, Du kannst Dir nicht vorstellen, wie sehr ich mich über Deine Nachricht gefreut habe. Vor Begeisterung hüpfe ich auf und ab. Zwar bin auch ich sehr eingespannt, aber nicht mehr beruflich, und ich kann mich an allen genannten Tagen für Dich freischaufeln. Machen wir den Anfang am Sonntag um zwölf (mittags, bin kein Nachtmensch) im Café am Neuen See?
Ich freue mich auf Dich
Tom

Ich schmunzle. Dass Tom seinen Sinn für Humor nicht verloren zu haben scheint, nimmt mir etwas von meiner Angst, ihm zu begegnen. Ich bestätige den Termin.

Gleich am nächsten Morgen telefoniere ich mit Konstantin. Während ich meinen Kaffee trinke, hat er in Singapur bereits ein paar Meetings hinter sich. Ich erzähle ihm von meiner bevorstehenden Verabredung mit Tom.

»Meinst du, dass dich das irgendwie weiterbringen wird? Du wirst mit ihm in Erinnerungen schwelgen und dich mit seiner Krankheit konfrontieren. Das wird nicht lustig.«

»Konstantin! Wie redest du denn? Ich messe diese Verabredung doch nicht daran, ob sie mich *weiterbringt!* Sein Schicksal geht mir nahe, und ich komme seinem Wunsch nach. Außerdem kann mich ein Treffen durchaus bereichern, Tom hat einen guten Humor.« *Warum rechtfertigst du dich überhaupt?*

Ich gieße noch mehr Milch in meinen Kaffee und trinke einen großen Schluck. Als könnte ich damit den Anflug von Wut herunterspülen, der mich gerade heimsucht.

»Meine erste Liebe hieß Feodora, genannt Fee. Ich habe keine Ahnung, was aus ihr geworden ist. Vielleicht sollte ich sie ausfindig machen.«

»Was soll das? Darum geht es doch gar nicht! Was ist nur in dich gefahren? Bist du etwa eifersüchtig?«

Ich donnere die Tasse auf den Tisch, Kaffee schwappt über.

Ein Stöhnen kommt aus der Leitung. »Nein, das bin ich nicht. Entschuldige! Es läuft hier nicht rund. Ich bin genervt, und in der letzten Nacht habe ich kaum geschlafen. Immer wieder komme ich an Grenzen. Wenn das Projekt scheitert, dann wäre das ein Fiasko.«

Schweigen. Ich höre Konstantin atmen und sehe ihn in Gedanken vor mir, groß und schwach mit müden, rot geränderten Augen, die zu oft blinzeln.

»Das tut mir leid. War das eine Entschuldigung?«

»Julia, ich habe kein Problem damit, dass du deinen Tom triffst, okay?«

»Gut. Weißt du, ich finde es anstrengend, über Tausende

Kilometer hinweg so ein Gespräch zu führen. Zu sehr kann ich spüren, dass du wieder einmal gar nicht bei mir bist.«

»Es kommen auch wieder andere Zeiten.«

»Ja, das wünsche ich mir sehr. Mach's gut. Und toi, toi, toi für dein Projekt.«

»Danke, ich bin auch gespannt, wie das ausgehen wird. Bis bald, Jule.«

Gespräch beendet. Ich lenke mich mit Arbeit ab – wie immer.

Es ist Sonntag. In einem Mix der Gefühle aus Neugier und Beklemmung blicke ich dem Treffen mit Tom entgegen. Es berührt mich, welchen Anteil Lea und Sebastian daran nehmen, sie rufen an, um mir Kraft zu wünschen. Auch mit Konstantin habe ich gestern wieder telefoniert. Das Gespräch war weniger schwierig, er wirkte entspannter. Es sieht so aus, als würde der Deal realisiert werden können. Da macht Konstantin seinem Ruf wieder alle Ehre.

Draußen kann ich den Frühling riechen. Die Sonne scheint, und zum ersten Mal in diesem Jahr spüre ich bewusst ihre Wärme. Mein kleiner Fiat 500 parkt unter einem wunderschönen alten Ahornbaum. Anwohner haben ihn mit einem niedrigen Holzzaun umrandet, sodass er nicht als Hundetoilette taugt. Um ihn herum wachsen Schneeglöckchen und Krokusse in Gelb und Violett. Ein zarter lila Federstrich schimmert auf den Außenseiten ihrer Blütenblätter. Was für eine wunderschöne kleine Oase!

Ich setze meine Sonnenbrille auf und starte den Wagen. An nahezu jeder Ecke sitzen Menschen in Straßencafés und saugen begierig die Sonne in sich auf. Für viele ist es ein unbeschwerter Sonntag, für andere genau das Gegenteil.

Ich ergattere eine Parklücke an der Straße des 17. Juni und laufe den restlichen Weg zu unserem Treffpunkt quer durch den Tiergarten. Unzählige Jogger kommen mir entgegen, schwitzend und keuchend, die Saison geht erst los.

Das Café am Neuen See ist an Tagen wie diesem ein wahrer Hotspot. Unter hohen Bäumen gibt es hier direkt am Wasser einen weitläufigen Biergarten, der schon jetzt richtig voll ist. Ich bin ein paar Minuten zu früh dran und streife durch das Areal. Vielleicht sitzt Tom schon irgendwo? Doch in diesem Gewusel ist es nahezu unmöglich, jemanden ausfindig zu machen. Abgesehen davon finde ich keinen freien Platz. Tom schrieb, dass er Schwierigkeiten hat zu sprechen, da wäre die Geräuschkulisse hier sicher nicht förderlich.

Kurzentschlossen gehe ich in das zugehörige Restaurant. Hier drinnen ist es wesentlich ruhiger, nicht einmal die Hälfte der Holz-Tische und Stühle im Shabby Chic sind besetzt. Ich setze mich an einen Tisch an dem riesigen Panoramafenster. Von hier aus habe ich den besten Blick in die Natur und auf das Gewimmel da draußen. In drei Minuten ist es zwölf. Unruhig drehe ich meinen Kopf zum Eingang, immer schneller schlägt mein Herz. Besser wäre es gewesen, wenn Tom bereits hier gesessen und auf mich gewartet hätte. Da betritt eine Frau mit kurzen rehbraunen Haaren den Gastraum. Sie schiebt einen blonden Mann im Rollstuhl. Dünn ist er und irgendwie in sich zusammengesunken. Mir bleibt fast das Herz stehen. Das muss Tom sein! Ich springe von meinem Platz auf.

»Tom!«

Er nickt. »Julia! Du hast mich tatsächlich gleich erkannt?«

Innerlich zucke ich zusammen, so erschrocken bin ich nicht nur über seinen Anblick, sondern auch über den Klang seiner Stimme. Er hat in seinem Brief nicht übertrieben. Verwaschen ist sie, leiernd – und leise.

»Na klar, du hast mir doch nicht umsonst ein Foto mitgeschickt.«

»Stimmt. Aber bitte schau mich nicht so erschrocken an.

Immerhin schaffe ich es noch ohne Beatmungsgerät und Sprach-Computer.«

Ich weiß nicht, ob ich lachen oder weinen soll. Die Frau schiebt ihn langsam weiter.

»Er wird manchmal zynisch, sieh es ihm nach. Mich hast du also nicht mehr erkannt.«

Ich mustere sie genauer. »Helke? Bist du das?«

»Ha! Hundert Punkte!«

»Du siehst ganz anders aus als früher, vor allem sind deine Klamotten nicht mehr schwarz und deine Haare auch nicht.«

Aus der Helke von damals ist eine attraktive Frau geworden. Sie trägt eine lässige weiße Seidenbluse zu dunklen Jeans. Ihre stechenden grünen Augen werden von tiefschwarzen Wimpern umrahmt, und ihren markanten Wangenknochen verleiht ein Hauch Rouge Frische. Die vollen Lippen hat sie in einem Nude-Ton geschminkt. Sie grinst, wohl auch über meinen überraschten Blick.

»Diese dunkle Phase habe ich bereits vor langer Zeit hinter mir gelassen. Mit ein wenig Farbe ist das Leben doch schöner, aber diese Erkenntnis musste erst in mir reifen.«

Das Eis ist gebrochen.

»Dich habe ich übrigens gleich wiedererkannt«, sagt sie.

»Da fühle ich mich fast geschmeichelt, immerhin hast du mich früher nie beachtet.«

»Das gehörte zu meiner dunklen Phase.«

»Danke, dann habe ich nach all den Jahren endlich eine Erklärung dafür.«

Wir schmunzeln und gehen zum Platz. Helke rückt einen Stuhl zur Seite und parkt den Rollstuhl am Tisch.

»Gut so?«, fragt sie.

»Großartig, danke.«

»Er wäre heute gern zu Fuß hereingekommen, aber da überschätzt er sich leider.«

»Ich kann mich durchaus noch ohne Rollstuhl fortbewegen.«

Tom zu verstehen, erfordert ein hohes Maß an Konzentration. Auch die Langsamkeit seiner Worte verlangt mir einiges ab. »Stimmt, zu Hause hat er einen Rollator. Es war nicht leicht für ihn zu akzeptieren, dass dieses Gefährt hier nun zu seinem Leben gehört und er nie mehr darauf wird verzichten können.«

»Mach mich doch vor Julia nicht zum Vollkrüppel.«

»Du bist ein Vollkrüppel!« Helke klingt liebevoll.

»Dann erinnere mich wenigstens nicht ständig daran.«

Die beiden scheinen ihren ganz eigenen Umgang mit der schweren Situation gefunden zu haben. Es ist schön, die Liebe zwischen den beiden zu spüren, von der früher nichts zu ahnen war. Dennoch habe ich einen riesigen Kloß im Hals. Mir war klar, dass es hart werden würde, aber Tom in diesem Zustand zu sehen, geht weit über das hinaus, was ich mir vorgestellt hatte.

»So, ich war nur die Fahrerin und lasse euch jetzt allein. Kann ich das verantworten?« Helke sieht ihren Bruder eindringlich an. Wie sie ihn foppt! Es scheint ein Spiel zwischen ihnen zu sein.

»Helke! Mach, dass du wegkommst.«

Auch das klingt liebevoll.

»Muss ich irgendetwas beachten?«, frage ich Helke noch schnell unsicher.

»Hallo? Ich bin schon noch Herr meiner Sinne, zumindest ein bisschen. Und dass wir uns hier treffen heißt nicht, dass du einen Pflegejob gewonnen hast.«

Unwillkürlich schmunzele ich. »Tut mir leid, Tom.«

»Ich hole ihn um drei wieder ab. So lange müsst ihr durchhalten.« Helke wirft einen hektischen Blick auf die Uhr. »Jetzt muss ich aber los. Bis nachher, ihr beiden und viel Spaß.«

»Danke, Schwesterherz. Julia und mir bleibt nur die Vergangenheit, hab du ganz viel Spaß beim Gestalten der Zukunft.« Er zwinkert ihr ungelenk zu, und sie zieht eine Grimasse. »Er kann manchmal etwas theatralisch sein, lass dich davon nicht abschrecken. Ciao, ihr beiden.« Sie winkt und verlässt mit schnellem Schritt das Restaurant.

»Warum hat sie es so eilig?«

»Helke hat heute zum ersten Mal nach sehr langer Zeit wieder eine Verabredung mit einem Mann, den sie nicht betreuen muss und mit dem sie auch nicht verwandt ist.«

Wieder muss ich lächeln. »Na dann. Ihr beiden scheint wirklich ein tolles Team zu sein.«

Da ich nicht gleich allzu neugierig wirken möchte, hake ich nicht weiter nach.

»Danke, dass du gekommen bist, Julia. Das bedeutet mir wirklich sehr viel.«

Für einen kurzen Augenblick überkommt mich ein beklemmendes Gefühl. Nun ist nichts mehr hier, was uns ablenken könnte. Wir sitzen alle drei an einem Tisch, Tom, die brutale Krankheit und ich. Es ist schwer, obwohl ich Zeit hatte, mich auf dieses Treffen vorzubereiten. Aber da war es abstrakt. *Komm schon, du hast bereits so viele Patienten gesehen, du bist stark.*

»Das ist doch das Mindeste, was ich tun kann«, sage ich und lasse meinen Blick über die raue Tischplatte gleiten. Gleich ist es vorbei mit meiner vermeintlichen Stärke, meine Gefühle drohen mich zu übermannen. Wie soll ich Tom in die Augen sehen, ohne dabei laut loszuschreien? Es kann doch nicht sein, dass dieser Mann einem viel zu frühen und noch dazu unglaublich qualvollen Tod geweiht sein soll!

»Julia? Was ist los?«

Nicht losheulen! Ich schaffe es noch immer nicht, Tom anzusehen. »Es tut mir so unsagbar leid für dich.«

»Genau das möchte ein Mann hören, wenn er eine Frau

nach so vielen Jahren wiedertrifft. Meine Wirkung auf das andere Geschlecht war früher irgendwie anders.«

Wieder schafft er es, mir ein Schmunzeln abzuringen. Doch gleichzeitig schlucke ich schwer. *Reiß dich zusammen! Deine Tränen sind das Letzte, was Tom jetzt gebrauchen kann.*

Da vernehme ich wieder seine diffuse Stimme, die nun auf besondere Weise eindringlich klingt.

»Julia, bitte schau mich an.«

»Gleich, ja. Warte kurz!«

Mit noch immer gesenktem Kopf schließe ich die Augen, atme tief ein und dann ganz langsam wieder aus, dabei drücke ich meine Zunge fest an den Gaumen. *Nicht weinen!*

Da höre ich Tom schwach lachen, es klingt verzweifelt.

»Komm schon, Julia, was soll das hier werden?«

»Weiß ich auch nicht. Es ist alles … alles so traurig. Die Umstände, wie wir uns wiedersehen … nach all den Jahren.« Noch einmal tief ein- und ausatmen, dann schaffe ich es, meinen Blick auf Tom zu richten.

»Ich … ich wünschte, du hättest mir diesen Brief aus anderen Gründen geschrieben.«

»Wärst du dann gekommen?«

»Ach Tom!«

Seine dünnen Arme hängen schlaff herunter. Ich weiß nicht, wie viel Kraft noch in ihnen steckt. Zumindest kann er seine Hände noch bewegen. Er hebt mit der rechten die linke Hand an und malt damit kurz über seinem Schoß kleine Kreise in die Luft. Dabei schließt er ein Auge und legt den Kopf schräg. Es sieht merkwürdig aus.

»Was machst du da?«

»Ich zeichne deine Gesichtszüge nach. Was für eine schöne Frau du geworden bist.«

»Danke.«

Ich lächle, und meine Lippen zittern dabei.

»Du warst schon früher ein Charmeur. Entschuldige, aber jetzt hier mit dir zu sitzen, das, na ja, das ist …«

»Schon gut, Julia, ich verbuche deine Stammelei unter purer Wiedersehensfreude.«

»Nichts anderes ist es.«

8

Ich sehe in Toms wunderschöne blaugrüne Augen. Nichts an ihnen sieht todkrank aus, im Gegenteil, sie sind klar, und sie funkeln hellwach wie sein Geist. Ein Delta aus feinen Linien schlängelt sich um sie herum. Die dichten, dunkelblonden Augenbrauen verleihen seinem Gesicht mehr Ausdruck. Wären seine Wangen nicht so eingefallen und der Teint wächsern blass, dann säße mir ein unglaublich attraktiver Mann gegenüber. Die dunkelblonden Haare trägt Tom lässig aus dem Gesicht frisiert mit Seitenscheitel. Sicher hat ihn Helke gestylt. Mein Blick wandert zu seinem wohlgeformten Mund, bei dem die Unterlippe ausgeprägter ist als die Oberlippe, dann weiter zu seinem markanten Kinn mit Grübchen. Das ist mir früher nicht aufgefallen. Ja, wie attraktiv er gewesen sein muss! Wie furchtbar muss es sein, bei klarem Verstand seinem unaufhaltsamen Verfall zuzusehen? Anscheinend spricht mein Gesicht wieder einmal Bände. »Äußerliche Schönheit ist eine der vergänglichsten Eigenschaften. Obwohl wir so viel Energie darauf verschwenden, haben wir sie letztlich nicht in der Hand. Wir sollten also lernen, vielmehr von innen zu strahlen. Und, was siehst du?«, fragt Tom.

Mein Blick ruht noch immer auf ihm, er zieht eine Grimasse, und sein breites Grinsen legt zwei Reihen ebenmäßiger Zähne frei. Er schafft es tatsächlich, mich auch in dieser Situation zum Lachen zu bringen!

»Ich sehe einen gut aussehenden Mann, der noch dazu von innen strahlt. Damals, in unserem Sommer, da warst du noch ein Junge, deine Gesichtszüge waren viel weicher. Aber erkannt hätte ich dich auch ohne Foto.«

»Mit dieser Aussage hast du mir den Tag gerettet!«

Ein junges Mädchen mit Tattoos an den Armen und einem Nasen-Piercing kommt an unseren Tisch, um die Bestellung aufzunehmen. Tom möchte nichts außer Wasser. Wir bestellen eine große Flasche. Auch ich verzichte darauf, Essen zu ordern.

»Mit unserer Bestellung dürften wir zu den beliebtesten Gästen zählen. Eine Flasche Wasser, wow! Nimm bitte keine Rücksicht auf mich, du hast doch sicher Hunger. Aber ich habe schon zu Hause gegessen, weil es weder für mich noch für die Öffentlichkeit eine Freude wäre.«

Ich presse meine Lippen aufeinander und schaue aus dem Fenster. Da draußen sitzen die Menschen fröhlich auf Bierbänken. Sie lachen, und ihre Hormone tanzen beim frisch Gezapften den Frühlings-Rock-'n'-Roll.

»Ach Tom! Das ist alles so unbegreiflich … Und ich bin nicht hungrig, weil ich so spät gefrühstückt habe.«

Tatsächlich ist jeglicher Appetit wie weggeblasen, seit ich hier sitze.

Tom wirkt so zerbrechlich, er hängt mehr in seinem Stuhl, als dass er sitzt. Auf dem Foto, das er mir geschickt hat, da war er sportlich durchtrainiert, das ist doch noch nicht lange her. Wieder schlucke ich schwer. *Julia, reiß dich zusammen!*

»Was hast du gemacht nach der Schule?«, frage ich.

»Hast du mich etwa nicht gegoogelt?«

»Nein, habe ich nicht. Aber über Amyotrophe Lateralsklerose habe ich gelesen …«

Ich drehe meinen Kopf zur Seite. Ein Pärchen drei Tische weiter teilt sich eine Flasche Sekt und steckt sich gegenseitig Häppchen in den Mund.

»Julia, unser Gespräch wollte doch gerade Fahrt aufnehmen. Bitte lass uns über *uns* sprechen, nicht über die Krankheit. Schlimm genug, dass sie dir wichtiger war als ich.«

»Nein! Stopp! Natürlich nicht. Spulen wir bitte noch einmal zurück!«

Tom deutet ein Nicken an. »Soso, du hast mich also nicht gegoogelt. Das ist ungewöhnlich.«

Ich grinse. »Warum? Was hätte mich erwartet? Bist du ein berühmter Schwerverbrecher?«

»Nein, dafür war meine kriminelle Energie schlicht zu gering. Wie ich finde, ist es heutzutage schon etwas Besonderes, wenn jemand ganz unbefangen zu einem Treffen geht. Ich bin also im Vorteil, weil ich schon einiges aus den letzten Jahren über dich weiß.«

Der Langsamkeit von Toms angestrengt gelallten Worten liegt eine überraschende Vehemenz inne.

»Viel mehr, als dass ich in einer Apotheke arbeite, sollte das Netz von mir nicht preisgeben.«

»Du hast promoviert.« Tom kneift die Augen zusammen. »Über die Zusammenfügung von neuen kondensierten Heterocyclen durch Nenitzescu-Indolsynthese als potenzielle Cytostatika.«

Ungläubig reiße ich den Mund auf. »Wahnsinn! Stimmt! Wie konntest du dir nur diesen Titel merken? Hast du einen Knopf im Ohr? Ich hätte das nicht mehr ohne zu stolpern hingekriegt. Danke, Suchmaschinengott! Da hat sich all die Arbeit doch gelohnt, immerhin hast du davon erfahren. Damals hatte ich vor, in die Forschung zu gehen. Letztlich habe ich mich aber dagegen entschieden, weil ich den direkten Kontakt zu den Kunden nicht missen wollte. Hast du sonst noch etwas gefunden?«

»Bei einem Uni-Turnier hast du mit deiner Mannschaft den achten Platz im Feldhockey gemacht.«

»Du meine Güte! Was waren das noch für Zeiten in der Offline-Welt. Da hätten wir uns sonst was erzählen können.«

Ein Lächeln umspielt Toms Mundwinkel. »Ansonsten habe ich nichts weiter recherchieren können. Du bist in keinem sozialen Netzwerk aktiv, zumindest nicht unter deinem richtigen Namen.«

»Stimmt, davon halte ich nichts. Was hätte ich von dir lesen können? Oder nein, viel besser noch, erzähle mir von dir, als gäbe es Google nicht.«

Tom gähnt. Dabei scheint sein ganzer Körper zu verkrampfen. Ein Zucken geht durch seine Arme, es sieht aus, als würde er Stromstöße kriegen. Sein Mund ist noch immer weit aufgerissen, es scheint, als könnte er überhaupt nicht mehr aufhören zu gähnen. Was ist plötzlich los? Säße ich jetzt mit einem Gesunden hier, würde ich fragen, ob ich ihn so sehr langweile, aber unter diesen Umständen bin ich überfordert und warte einfach ab.

»Shit«, presst Tom hervor.

»Wird es dir zu anstrengend? Kann ich irgendetwas für dich tun? Soll ich Helke anrufen?«

Beschwichtigend bewegt er eine Hand. »Nein, nein! Es geht gleich wieder.« Erneutes Gähnen. Toms Augen glänzen. Er braucht noch einen Moment, bevor er weitersprechen kann. »Ich kann nichts dafür. Dieses unkontrollierte Gähnen gehört zum Krankheitsbild.«

»Was für eine Qual das sein muss.« Ich zwinge mich dazu, locker nachzuschieben: »Aber gut zu wissen, dass es nicht an mir liegt.«

»Es ist immer wieder interessant zu sehen, wie die Menschen drauf reagieren. Manchmal lache oder weine ich auch, ohne etwas dagegen tun zu können. Dann bin ich wie ferngesteuert.«

Resigniert wendet Tom den Kopf zur Seite. Die Attacke scheint vorüber zu sein. Er nimmt den Faden wieder auf.

»Nach der Schule habe ich den Absprung aus dem Dorf geschafft und Kunstgeschichte studiert. Erst in Göttingen und dann in Florenz. Meine Eltern waren anfangs nicht begeistert, sie hätten sich gewünscht, dass ich den Hof übernehme.«

»Da wärst du eingegangen. Tom! Ich bin stolz auf dich! Das war doch schon immer dein Faible. Ich weiß noch genau, wie du mir jede Kirche von innen gezeigt hast. Du wolltest immer wissen, welche Geschichte sich hinter alten Mauern oder einem Gemälde verbarg.«

Toms Mundwinkel zucken, Speichel fließt heraus. Sollte ich ihn abtupfen? Oder wäre das zu intim? Wozu brauche ich Worte, schon wieder errät er meine Gedanken.

»Habe ich mich etwa schon wieder besabbert?« Tom dreht den Kopf zur Seite, hebt die Schulter und wischt seinen Mund daran ab. »Lange kann ich das nicht mehr machen, die Kraft lässt stetig nach, dann wird's peinlich, wenn ich keinen persönlichen Assistenten dabeihabe. Wo waren wir?«

Ich kann Tom nur dafür bewundern, wie er mit seinem Schicksal umgeht. Schon jetzt irritiert mich seine verwaschene Stimme nicht mehr, obwohl es natürlich permanent eine hohe Konzentration erfordert, alles zu verstehen.

»Dein Brief hat mich sehr berührt. Woran du dich noch erinnern konntest!«

»Du dich etwa nicht?«

»Doch. Du hast meine Erinnerungen daran wieder wachgekitzelt.«

»Bei mir waren sie immer lebendig. Ich habe dir ja geschrieben, dass du zu den Menschen zählst, die mich geprägt haben.«

»Wie habe ich das geschafft?«

»Mein Zeugnis war nicht überragend in jenem Sommer. Ich habe es dir gezeigt und du hast gesagt, dass ich viel besser sei als auf dem Papier, wissbegierig und schlau. Du hast einen regelrechten Appell an mich gerichtet, dass ich mir die Chance auf ein ordentliches Abi nicht verbauen dürfe. Du bist kein Landwirt oder Handwerker, du bist ein Intellektueller, hast du gesagt und mir dazu geraten, wegzugehen und zu studieren. Ich würde nicht glücklich werden, wenn ich bleiben würde.

Da warst du fünfzehn! Keine Ahnung, wie du das gemacht hast. Jedenfalls haben deine Worte gefruchtet, ich habe mein Abi mit 1,9 gemacht.«

»All das soll ich gesagt haben? Daran kann ich mich nicht erinnern. Allerdings weiß ich noch, wie sehr mich dein Interesse an Kunst beeindruckt hat. Du warst ein Fan von Lucas Cranach dem Älteren. Es gibt sicher nicht viele Teenager, die sich so wie du für einen Maler aus der Renaissance begeistern können.«

Ich fahre mit meinem Zeigefinger über die Tischplatte, als würde ich malen.

»Du schon. Deswegen sitzen wir jetzt hier. Es ist so schön, dich zu sehen, Julia.«

Toms Blick verfängt sich in meinem, eine Riesenwelle Wehmut rollt über mich hinweg.

»Ich freue mich auch, dich zu sehen, wirklich.«

»Dass du dich noch an mein Schwärmerei für Lucas Cranach erinnerst! Für mich schloss sich ein Kreis mit ihm. Sein Konterfei ist in den Uffizien in Florenz ausgestellt. Dort habe ich eine Zeit lang gearbeitet.«

»Davon musst du mir noch viel mehr erzählen. Sag, hast du dir deinen Traum erfüllt? Bist du im Bulli durch Italien gefahren?«

Tom sieht mich erstaunt an. »Das weißt du noch? Ja, diese Tour wollte ich unbedingt machen. Aber irgendwas kam immer dazwischen. Erst heute weiß ich, dass Aufschub der Tod ist …«

Schweigen. Toms Blick gleitet ins Leere.

Wie tief mag der Gram über nicht gelebte Träume sein, wenn ein Mensch am Ende seines Lebens steht? Ich beiße mir auf die Unterlippe. Zwar habe ich damit gerechnet, dass unser Treffen immer wieder emotional werden wird, aber es scheint nicht abzureißen.

»Bist du verheiratet? Hast du Kinder?«

»Weder noch. Aber einen Freund habe ich. Für ein Kind war bisher noch nicht der richtige Zeitpunkt. Aber ich bin da entspannt, immerhin habe ich noch mehr als ein Jahrzehnt Zeit. Zumindest wenn ich mir ein Beispiel an all den späten Müttern nehme. Hast du Kinder?«

»Nein. Ich wäre gern Vater geworden. Aber nun bin ich froh, dass ich es nicht bin. Das sagt man doch in meiner Situation so, oder?«

Ich streiche über meine Haare und ziehe den Pferdeschwanz fester. »Weiß ich nicht. Aber es klingt vernünftig.«

»Es ist eine Lüge. Ich hätte gern Kinder, Krankheit hin oder her. Es gäbe so vieles, was ich mit ihnen geteilt hätte, was ich ihnen auch jetzt noch geben könnte. Manchmal quält mich das, es war ja anders geplant … Aber das ist eine andere Geschichte.«

»Tom, es …«

»Bitte sag jetzt nicht schon wieder, dass es dir leidtut! Übrigens glaube ich, dass es den perfekten Zeitpunkt für ein Kind sowieso nicht gibt. Es muss einfach passieren.«

Ich zucke mit den Schultern. »Zwischen Konstantin und mir ist es tatsächlich noch kein akutes Thema. Das liegt sicher daran, dass meine Apotheke in gewisser Weise auch mein Baby ist, ich habe genug zu tun. Und Konstantin ist ständig in der Welt unterwegs. Aber ich schließe nicht aus, irgendwann einmal Mutter zu werden.«

Das Mädchen stellt gehetzt zwei Gläser und eine Flasche Wasser auf den Tisch.

»Entschuldigt, aber wir sind unterbesetzt, und heute ist hier die Hölle los.«

»Schon gut, die Hölle sieht ganz anders aus«, erwidere ich, doch da ist sie schon wieder verschwunden.

»Dann hoffen wir mal, dass das Wasser wenigstens frisch gepresst ist, damit sich das lange Warten auch gelohnt hat«, scherzt Tom.

Ich schraube die große Flasche auf und schenke uns ein.

»So ist das mit den schönen Frühlingssonntagen, sie kommen immer überraschend.« Ich schiebe das Glas nah zu Tom.

Er beugt sich weit nach vorn und umklammert es mit beiden Händen.

»Wie du siehst, schwinden die einfachsten Fähigkeiten. Meine Feinmotorik hat sich schon in den Ruhestand verabschiedet. Schau einfach weg!«

»Das stört mich nicht, du glaubst nicht, was ich alles schon gesehen habe«, erwidere ich betont locker.

Konzentriert und mit wackeligen Händen führt Tom das Glas zum Mund. Er trinkt einen Schluck, wobei ein Teil des Wassers wieder aus dem Mund läuft und auf sein Hemd tropft. Dann höre ich ein merkwürdiges Geräusch, auf das ein Japsen in Verbindung mit einem Husten folgt, wie ich ihn noch nie gehört habe. Heiser klingt er, immer wieder durchbrochen vom keuchenden Ringen nach Luft. Tom hat sich verschluckt. Es dauert eine Weile, bis er sich wieder gefangen hat.

»Und jetzt stell dir vor, ich hätte etwas gegessen.«

»Du hast aber auch immer einen Spruch auf den Lippen, was?« Ich schüttele den Kopf. »Einen Riesenschreck hast du mir eingejagt.«

»Das war noch gar nichts, glaub mir.«

Das gepiercte Mädchen steht an unserem Tisch.

»Ist bei euch alles in Ordnung?«

»Ja, danke, alles fein«, leiert Tom, während es mir fast das Herz zerreißt.

»Na dann«, sagt das Mädchen mit ratloser Miene und dreht wieder ab. Es wird woanders gebraucht.

Es folgt eine schwere Stille, die Tom als Erster durchbricht.

»Julia, womöglich ist dir das nicht bewusst, aber das Mitleid in deinen Augen springt mich schon die ganze Zeit extrem aufdringlich an. Das grenzt schon an Körperverletzung.

Kannst du bitte versuchen, es zurückzurufen? Es hilft mir nicht weiter.«

Verunsichert rutsche ich auf meinem Stuhl hin und her.

»Entschuldige, aber das ist wirklich ein Thema für mich. Ständig haben alle nur Mitleid mit mir. Mitleid hier, Mitleid da, Mitleid überall. Was habe ich davon, außer, dass ich kaum mehr als Teil dieser Gesellschaft wahrgenommen werde, weil alle nur noch Mitleid mit mir haben. Da fühle ich mich wie ein Aussätziger. Kannst du das eventuell verstehen?«

Ich kämpfe gegen die aufsteigenden Tränen an, Toms Worte treffen mich, schlucken, Zunge an den Gaumen pressen, schlucken.

»Wir sehen uns heute zum ersten Mal nach über zwanzig Jahren wieder, und das nur, weil du mir diesen Brief geschrieben hast. Was erwartest du? Sag es mir! Bitte!«

Tom schließt die Augen. Das Treffen hier mit mir muss unvorstellbar anstrengend für ihn sein. Nur zugeben würde er es nie, so weit kann ich ihn inzwischen einschätzen.

»Was ich mir wünsche? Mitgefühl! Verständnis für meine Krankheit, dafür, dass mir manchmal die Kraft fehlt, dafür, dass ich Schmerzen habe. Niemand muss mir sagen, wie leid ich ihm tue. Ich wünsche mir, dass man mich akzeptiert, versucht, mich zu verstehen und es dabei belässt. Ich möchte so normal wie möglich behandelt werden. *Ich* bin nicht die Krankheit!«

Toms Appell war so leidenschaftlich, dass er nun ganz außer Atem ist, schwer ringt er um Luft.

»Geht's? Brauchst du etwas?«

Tom schüttelt den Kopf. Nach einer kurzen Verschnaufpause sieht er mich ärgerlich an.

»Siehst du, das meine ich!«

Ich lasse meinen Kopf sinken und nicke schwach.

»Ja, ich glaube, ich weiß, was du meinst. Aber ich habe

dich gerade erst wieder getroffen, gib mir Zeit. Du bist ein bewundernswerter Kämpfer, Tom.«

Auch mich strengt das Gespräch an, wenn auch auf gänzlich andere Weise als ihn.

»Schon in einer halben Stunde kommt Helke, um mich abzuholen.«

Tom trägt am linken Handgelenk einen Chronografen, der an seinem dünnen Arm völlig überdimensioniert aussieht – und wie ein Relikt aus einer anderen Zeit wirkt.

Ich gieße mir Wasser nach. Toms Glas ist noch halb voll.

»Die drei Stunden sind viel zu schnell vergangen. Aber mich interessiert noch sehr, wie und wann du von der Krankheit erfahren hast. Erzählst du mir davon?«

»Fällt dir auf, dass wir fast nur über mich reden?«

»Sei nicht so streng. Ich komme auch noch dran, versprochen!«

Tom räuspert sich mehrmals hintereinander, bevor er zu sprechen beginnt.

»Na gut. Es war ein langer Weg, bis die Diagnose stand. ALS klopft nicht an und sagt ›Hi!‹. ALS ist perfide. Erinnerst du dich noch an die Ice-Bucket-Challenge im Sommer 2014?«

Toms Stimme ist noch leiser geworden. Um ihn besser verstehen zu können, beuge ich mich ein Stück über die Tischplatte und stütze meinen Kopf auf.

»Natürlich. Damals haben sich weltweit Promis kübelweise Eiswasser über den Kopf gegossen und andere aufgerufen, es ihnen gleichzutun.«

»Genau, damit sollte auf die Krankheit aufmerksam gemacht werden. Anfangs fand ich diesen Hype völlig idiotisch. All diese Inszenierungen, in denen es doch den meisten nur um PR ging und um die schönsten Bilder …« Tom keucht ein paarmal angestrengt, bevor er weiterspricht. »Doch plötzlich war ich einer von denen, für die sie es taten, nur wusste ich es anfangs noch nicht. Es war der Sommer, in dem meine Diagnose gestellt wurde, nach einem Jahr Ärzte-Odyssee.«

»Wie bitte? Ein Jahr hat das gedauert? Wie kann das sein?«

»Ich habe doch gesagt, ALS ist perfide. Es fing damit an, dass ich öfter gestolpert bin und Wadenkrämpfe hatte. Dabei habe ich mir natürlich nichts gedacht und nur fleißig Magnesium geschluckt. Aber es wurde nicht besser, im Gegenteil. Die Symptome in den Beinen verstärkten sich. Es gab Tage …« Er macht eine Pause. »… da fiel es mir sehr schwer, meine Füße anzuheben, ich bin auf den Boden gepatscht wie ein Kind, das Laufen lernt. Dazu kamen immer wieder Koordinationsprobleme.«

Das lange Sprechen fordert Tom, immer wieder japst er nach Luft. Es fällt mir schwer, das zu ignorieren und ihn nicht schon wieder zu fragen, ob ich etwas für ihn tun kann.

»Da bist du nicht sofort zum Arzt gegangen?«

»Ich war gerade von Florenz nach Zürich gezogen, dort habe ich eine Professur an der Uni übernommen. Alles war nur noch anstrengend für mich, doch ich habe es auf den ganzen Stress geschoben. Irgendwann ging ich dann aber doch zum Arzt. Der bestätigte mich in meiner Vermutung, er meinte, die Beschwerden seien psychosomatisch. Er hat mir geraten, mich öfter zu entspannen, aber das nutzte nichts.«

Immer wieder schüttele ich ungläubig den Kopf. »Das ist nicht wahr, oder?«

»Doch. Ich suchte mir dann einen anderen Arzt, der mich zum Orthopäden schickte. Er hat mir Krankengymnastik verschrieben. Dass etwas mit mir absolut nicht stimmen kann, wurde mir dann beim Snowboarden bewusst. Ich war ein guter und leidenschaftlicher Sportler, doch plötzlich konnte ich mich nicht mehr auf dem Brett halten. Die Krämpfe in den Waden waren höllisch …« Wieder macht Tom eine Pause zum Luftholen, bevor er weiterspricht. »Dazu kamen die ersten Probleme beim Sprechen, meine Zunge lag an manchen Tagen schwer wie ein Stein in meinem Mund, ich konnte kaum mehr meine Vorlesungen halten. Die Studenten haben gemunkelt, ich würde trinken.« Er hält wieder inne und atmet tief durch. »Jedenfalls bin ich dann endlich in jenem Ice-Bucket-Challenge-Sommer an einen fachkundigen Neurologen geraten. Immerhin war ich also dank der inkompetenten Ärzte ein Jahr lang weniger todkrank.«

Ich verziehe das Gesicht. »Das ist makaber. Was du da durchgemacht haben musst!«

»Wäre es mal besser Krebs gewesen.«

»Sag doch so etwas nicht!«

Tom schaut an mir vorbei. Er sieht sichtlich erschöpft aus. »Findest du, dass ich verbittert klinge?«

»Nein. Du scheinst deinen ganz eigenen Weg gefunden zu haben, mit der Krankheit umzugehen. Das kann ich nur bewundern. Ich hingegen würde bestimmt den ganzen Tag lang nur jammern.«

Tom lächelt zaghaft, sein Blick ist noch immer abgewandt.

»Jetzt erzähl mir aber bitte nicht, dass du nie gehadert hättest!«

Er sieht mich an. »Natürlich habe ich das. Alles kreiste um die große Frage: Warum gerade ich? Aber diese Frage ist leicht beantwortet, es lohnt sich nicht, sie immer wieder zu stellen.«

»Jetzt bin ich aber neugierig. Wie lautet die Antwort?«

»Weil es so ist.«

»Weil es so ist? Was? Das ist alles?«

»Ganz genau. Dir bleibt nichts anderes übrig, als dieses düstere Schicksal anzunehmen. Alles Hadern macht dich noch viel mehr zum Opfer.«

Ich greife nach meinem Wasserglas und trinke einen Schluck. »Das ist eine bemerkenswerte Geisteshaltung, aber wir sind doch alle nur Menschen und haben nun mal Gefühle und Ängste.«

»Das ist kein Widerspruch.«

Schweigen. Ein Spatz lässt sich draußen am Fenstersims nieder. Aufgeregt dreht er sein kleines Köpfchen hin und her. Was er wohl sucht?

9

»Warum hast du mir den Brief erst jetzt geschrieben, so lange Zeit nach der Diagnose?«

In Toms Gesicht spiegelt sich Resignation, er stößt einen merkwürdigen Laut aus.

»Weil mir nun wirklich nicht mehr viel Zeit bleibt. Ich habe länger gebraucht, bis ich akzeptiert habe, dass die Krankheit auch bei mir zum Tod führen wird. Anfangs war ich davon überzeugt, dass ich ALS aller Prognosen zum Trotz Paroli bieten kann, dass ich mich von dieser Krankheit nicht umbringen lasse, auch wenn ich damit weltweit der Einzige gewesen wäre. Doch nun bleibt mir nichts mehr, als der Wahrheit ins Gesicht zu schauen …«

Jetzt ist es wieder kaum auszuhalten. Gelächter dringt aus einer Ecke des Raums, ein Kind jagt um einen der Tische und wird dabei von einem anderen verfolgt. Sie quietschen und schreien. Die Eltern sind genervt. Immer wieder fordern sie die beiden auf, damit aufzuhören und sich wieder hinzusetzen, doch Kinder haben ihren eigenen Kopf.

»Ich finde es großartig, dass du dich so gut mit deiner Schwester verstehst. Wie kam es dazu, dass du zu ihr gezogen bist?«

Toms Blick wandert an mir vorbei.

»Unsere Eltern sind kurz hintereinander gestorben.«

»Oh, das tut mir sehr leid. Wie lange ist das her?«

»Neun Jahre. Mein Vater ist tödlich verunglückt, und meine Mutter ist wohl letztlich an gebrochenem Herzen gestorben, acht Monate nach ihm.«

»Wie furchtbar!« Da habe ich einen Flashback. »Ich kann

mich noch gut an sie erinnern. Weißt du noch, als dein Vater uns an diesem drückend heißen Tag auf dem Traktor mitgenommen hat? Wir sind zu euch gefahren, deine Mutter hatte Kuchen gebacken und der Hund hat ihn komplett vom Tisch gefressen.«

»Oh ja, das weiß ich noch. Das gab richtig Ärger für ihn.«

»Das Leben kann so grausam sein«, murmle ich.

»Wem sagst du das? Für mich ist das auch nach all den Jahren noch unwirklich. Helke und ich haben uns gemeinsam um die Formalitäten und den Nachlass gekümmert …« Tom muss wieder eine Pause machen, zu sehr fordert ihn das lange Sprechen. »Dort, wo es am häufigsten zu Streitigkeiten kommt, fanden wir enger zusammen denn je. Es war, als hätten unsere Eltern von oben an den richtigen Strippen gezogen. Was machen deine Eltern?«

»Denen geht es richtig gut. Sie sind inzwischen im Ruhestand. Ich soll dich übrigens herzlich grüßen, sie wissen, dass wir uns heute treffen. Im letzten Herbst haben sie auf Mallorca eine kleine Wohnung angemietet, um dort zu überwintern. Erst im Mai kommen sie zurück nach Deutschland.«

»Wie schön. Bitte grüße sie auch von mir. Ich habe sie sehr gemocht, sie wirkten auf mich immer so eloquent und elegant.«

»Das sage ich ihnen, es wird sie freuen.«

Eine Pause entsteht. Toms Blick geht ins Leere. »Meine Freundin hat mich kurz nach der Diagnose verlassen. Wir hatten ursprünglich vor, zusammen … alt zu werden. Acht Jahre lang waren wir zusammen.«

»Furchtbar! Das tut mir so leid.«

»Es war nur konsequent. Sie konnte den Gedanken daran nicht ertragen, mir beim Verfall zuzusehen. Es war ja klar, dass das … mit dem gemeinsamen Altwerden nichts mehr werden würde.«

Ich schüttele den Kopf. »Was für ein Opfer für die Liebe!«

»Deinen Sarkasmus in allen Ehren …«

»Das sagt ja der Richtige!«

»Jeder geht eben anders mit so einer Situation um.«

»Tom, bist du so verständnisvoll, oder tust du nur so?«

Sein Mund vibriert. »Eher Letzteres.«

»Das dachte ich mir.«

Wir lächeln schwer.

»Elsa und ich wollten heiraten.«

»Wie passend: in guten wie in schlechten Zeiten. Elsa heißt sie also.«

»Das Aufgebot war noch nicht bestellt.«

»Na, dann war ja alles halb so wild.« Ich blase die Backen auf und stoße die Luft aus. »Tom, das alles ist schrecklich. Ein Albtraum!«

»Nein, es sind Albjahre. Das Wort gibt es gar nicht, oder? Warum eigentlich nicht?«

»Albjahre, ja, das ist ein einprägsames Wort. Der Duden würde sich freuen. Hast du noch Kontakt zu Elsa?«

»Nein. Wahrscheinlich ist das besser so. Aber wir schweifen ab, das lohnt nicht. Du wolltest doch wissen, warum ich zu Helke gezogen bin.«

Ich nicke.

»Ursprünglich wollte ich in meiner Wohnung in Zürich bleiben. Helke hat sich förmlich zerrissen, weil sie mich so oft wie möglich besucht hat. Es lief nicht gut in ihrer Ehe, und so war es nur eine Frage der Zeit, bis es zur Trennung kam. Das hatte aber nichts mit mir zu tun.« Wieder macht er eine Pause, atmet tief. »Sie ist im Haus geblieben und hat mich davon überzeugt, zu ihr zu ziehen. Einerseits war ich ihr dankbar für ihre liebevolle Vehemenz, andererseits war es für mich unglaublich schwer … loszulassen. Denn der Umzug war auch ein Eingeständnis, dass ich Hilfe brauchte.«

»Es war sicher die richtige Entscheidung.«

»Ja, das war es wohl.«

»Was macht Helke beruflich?«

»Sie arbeitet als selbstständige Logopädin. Ihre Praxis hat sie im Haus. Wir arbeiten hart an meiner Sprache und Mundmotorik. Sie hat meinen kompletten Therapieplan erstellt.« Tom braucht wieder eine Pause. Seine Augenlider flattern, er atmet schnell. »Meine Güte, ich habe mir mein Leben wirklich anders vorgestellt. Nicht so, dass mir Jahrzehnte gestohlen werden …«

Ich presse die Lippen aufeinander und strecke meine Hand über die Tischplatte nach ihm aus, aber ich kann ihn nicht erreichen. Da neigt Tom seinen Kopf zur Seite und setzt ein schiefes Grinsen auf.

»Bedeutet diese Geste, dass du mich noch öfter sehen möchtest?«

»Tom, wie machst du das nur?« Ich schmunzle. »Ja, das möchte ich.«

Er zwinkert mir zu. »Danke, Julia. Davon habe ich nicht zu träumen gewagt. Ich hatte wirklich Skrupel davor, dich zu treffen. Ach was, eine Riesenangst hatte ich vor deiner Reaktion. Ich dachte, dass du so schnell wie möglich die Flucht ergreifen wirst.«

»Kann es sein, dass du äußerst negativ denkst?«

»Nur ab und zu.«

Da kommt Helke. Sie ist ganz außer Atem.

»Entschuldigt meine Verspätung, aber eher reißt mich ein Prinz auf seinen weißen Schimmel, als dass ich hier einen Parkplatz finde. Ich musste ziemlich weit laufen.« Sie richtet ihren Blick auf mich. »Hat er sich benommen?«

Erst jetzt sehe ich, dass sie zwanzig Minuten zu spät ist.

»Aber klar, wir haben uns wunderbar unterhalten. Du hättest keine Minute früher kommen dürfen.«

»Da bin ich aber froh.«

»War er sympathisch und attraktiv? Werdet ihr euch wiedersehen?«, fragt Tom.

Helke grinst und rollt mit den Augen. »Sei nicht so neugierig! Aber es war wirklich nett.«

»Setz dich doch«, sage ich.

Helke stützt sich an der Stuhllehne neben mir ab. »Nein, keine Zeit. Toms Therapieprogramm ruft auch sonntags.«

»Du siehst, Julia, es herrschen strenge Sitten.«

Ich nicke und blicke zu Helke auf. »Das ist gut so! Auch wenn ich mit deinem Bruder noch ewig hätte plaudern können.«

Sie wuschelt sich durch die Haare. »Könnt ihr doch! Nicht heute und sehr wahrscheinlich nicht mehr ewig, aber lange genug.«

Toms Energiereserven scheinen nun vollends aufgebraucht zu sein. Es ist, als wäre ein Schalter umgelegt worden, nachdem Helke aufgekreuzt ist. Leblos, mit ausdruckslosem Gesicht, hängt er in seinem Rollstuhl. Ich winke die Kellnerin heran, bezahle das Wasser und gebe ein großzügiges Trinkgeld.

Helke hilft Tom in seine Jacke und parkt den Rollstuhl aus. Gemeinsam gehen wir hinaus in den noch immer sonnigen Nachmittag.

»Was wäre ich nur ohne diesen exklusiven Shuttle-Service?«, murmelt Tom. Und dann zu mir: »Was schulde ich dir?«

»Nichts, gar nichts.«

»Haben wir die gleiche Richtung?«, fragt Helke und zeigt nach links.

»Nein, ich muss auf die andere Seite.«

Vorsichtig lege ich meine Hand auf Toms Schulter.

»Bis bald. Das war ein sehr schöner Nachmittag.«

»Früher war ich Sportler, hatte ich das schon erwähnt?« Tom hebt seinen Kopf leicht an und sieht mir in die Augen. Sein hilfloser, trauriger Blick trifft mich bis ins Mark. Er sagt so viel mehr aus, als Worte es vermögen. Ich schlucke schwer.

»Mach's gut, Helke.«

»Du auch. Ciao, Julia. Komm uns doch mal besuchen!«

»Ja, das mache ich gern.«

Helke schiebt Tom weg von mir. Ich bleibe stehen und sehe den beiden nach, bis sie um die Ecke biegen.

Tom, meine erste Liebe. Wie ferngesteuert laufe ich ein paar Meter in den Park und lasse mich auf eine Bank fallen. Sie steht unter einer riesigen Kastanie und ist voll von Vogeldreck, aber das ist mir egal. Kindergeschrei dringt an mein Ohr, ein Vater spielt mit seinem kleinen Sohn auf einer Wiese Fangen.

Nun muss ich mich nicht mehr kontrollieren. All die Tränen brechen aus mir heraus, die ich in den letzten Stunden nicht geweint habe. Ich weiß nicht, wie lange ich auf dieser Bank verharre, die Beine angezogen und den Kopf darauf gestützt. Irgendwann mache ich mich auf den Weg zum Auto, ganz leer fühle ich mich und ein bisschen wie betäubt.

Wieder ist eine neue Woche angebrochen. Konstantin ist noch immer in Asien, denn nachdem vor Kurzem noch alles gut aussah für die Transaktion, ist es nun schon wieder anders. Langsam blicke ich da nicht mehr durch. Während unserer letzten Telefonate spürte ich verstärkt seine Anspannung. Als ich ihn darauf ansprach, wich er mir nur aus. Anscheinend steht er unter enormem Druck. Als ich ihm vom Treffen mit Tom berichtete, wirkte Konstantin sonderbar kalt, und er schien die ganze Zeit abgelenkt zu sein. Das ist nicht der Mann, den ich liebe und vermisse.

Immer wieder denke ich an Tom. Zu sehr bewegt mich sein Schicksal, als dass ich nicht zu meinem Wort stehen könnte, ihn wiederzusehen.

Zurückgezogen in meine Gedanken bewege ich mich durch den Arbeitstag.

»Was ist heute nur mit dir los?«, fragt Karin irgendwann. Es klingt allzu mütterlich.

»PMS, das regelt sich schon wieder«, sage ich müde, während ich einen Stapel Bestellungen durchgehe. Ich möchte meine schweren Gedanken jetzt nicht teilen.

Karin sieht mich skeptisch an. »Mädchen, das kannst du einem ollen Pferd erzählen, aber nicht mir. Also?«

Wie redest du mit mir? Ich bin deine Chefin!

»Ich fühle mich einfach nicht gut heute, reicht das?«

Karin hebt schützend ihre Hände vor die Brust. »Hui, dir sollte man heute besser nicht zu nah kommen. So kenne ich dich gar nicht.«

Ich nicke nur mürrisch und wende mich ab. Für alle ist es selbstverständlich, dass ich immer da bin, ausgeglichen und nett. Bei aller Harmonie zwischen uns, keine meiner Mitarbeiterinnen würde mir auch nur ein paar Minuten Freizeit schenken. Wenn die Arbeit doch mal etwas länger dauert, wird jede Sekunde akribisch erfasst und abgebummelt. Das ist eine bittere Erkenntnis.

All diese Gedankengänge sind wie ein Wirkbeschleuniger für meine ohnehin fragile Verfassung. Funktionieren tue ich trotzdem, es geht ja nicht anders. Ich berate die Kunden wie eh und je und heiße das Neugeborene einer Stammkundin willkommen, das sie stolz vorstellt. Sie wohnt nur ein Haus weiter, und ich habe sie durch die gesamte Schwangerschaft begleitet.

Am frühen Nachmittag hält ein Rettungswagen mit Blaulicht vor dem Haus.

»Was ist denn da los?«, fragt Karin, als die Apotheke für einen Moment leer ist. Sie geht näher ans Fenster, um besser sehen zu können.

Mit einem mulmigen Gefühl werfe ich ebenfalls einen Blick nach draußen.

»Lass es bitte nicht Frau Hagen sein«, murmle ich.

Edith kommt nun ebenfalls nach vorn. »So schnell kann es mit ihr nicht bergab gegangen sein.«

Zu dritt rätseln wir, was passiert sein könnte.

Kunden betreten die Apotheke. Zurück an die Arbeit, mit einem Auge schaue ich dennoch immer wieder nach draußen. Da sehe ich Frau Raabe auf dem Fußweg. Sie hält sich die Hände vors Gesicht geht auf und ab. Frau Raabe kommt einmal in der Woche zum Putzen zu Frau Hagen. Mein Herz schnürt sich zusammen, es bedarf keiner Worte, ich weiß alles.

»Oh nein!«, entfährt es mir.

Da kommt Frau Raabe auch schon in die Apotheke. Ich gehe ihr entgegen.

»Sie, sie … ist … ich … ich habe sie gefunden … Zu spät …«

Das Leben ist unberechenbar. Ob Frau Hagen die viel zu kurze Zeit, die ihr geblieben war, noch nutzen konnte, um Dinge zu regeln? Sie hatte keinen Besuch von ihren Kindern, das hätte ich sicher mitgekriegt. Hat sie ihnen überhaupt gesagt, wie ernst es um sie stand, oder wollte sie sie nicht beunruhigen? Innerlich sehe ich die kleine, starke Frau vor mir und kann kaum glauben, wie schnell und leise sie gegangen ist.

Ich führe die aufgelöste Frau Raabe nach hinten und biete ihr einen Tee an. Sie zittert und ist nicht in der Lage, eine Tasse zu halten. Wie von Sinnen stürmt sie wieder nach draußen.

Es fällt mir schwer, einfach weiterzuarbeiten.

Als ich am späten Nachmittag einen Blick auf mein Telefon werfe, blinkt mir eine Nachricht von Tom entgegen.

Na, liebe Julia, ist es mir doch gelungen, dich nach unserem Treffen zu vergraulen? Ich gestehe, dass ich ständig an dich denken muss seit Sonntag, du hast meine Vergangenheit wieder lebendig gemacht. Ich weiß, das sollte man nicht tun, es führt zu nichts. Aber mit dem Nach-vorne-Schauen habe ich es bekanntermaßen nicht mehr so. Daher sieh es mir nach. Quicklebendig wie lange nicht mehr habe ich mich in deiner Gegenwart gefühlt.
Auch wenn man mir das nicht ansehen konnte.
Tom

»Julia! War das etwa gerade der Hauch eines Lächelns?«, fragt Karin, die nach hinten gekommen ist, um schnell ein Stück Schokolade zu naschen.

»Sag mal, stehe ich hier unter ständiger Beobachtung?«

Unwirsch lege ich das Telefon zurück auf den Schreibtisch.

»Das ist heute wirklich nicht dein Tag, was?«

»Wie denn auch?«

»Entschuldige. Das mit Frau Hagen geht uns doch allen nahe.« Sie steckt sich ein weiteres Stück Schokolade in den Mund, trinkt einen Schluck Apfelsaft und geht zurück in den Verkaufsraum.

Frau Hagen stand mir nicht nah, aber sie war mir ans Herz gewachsen. Ihr plötzlicher Tod führt uns einmal mehr unsere Endlichkeit vor Augen, die wir doch allzu gern verdrängen. Tom kann das nicht mehr, er ist jeden Tag damit konfrontiert. Ich schließe meine brennenden Augen, dann flüchte ich zum Weinen auf die Toilette. Nur hier kann ich einen Moment ungestört sein.

Zurück im Büro antworte ich Tom.

> Lieber Tom, da kennst Du mich aber schlecht, wenn Du glaubst, dass ich mich so billig von einer üblen, niederträchtigen Krankheit vergraulen lasse. Auch ich habe die Gespräche mit Dir sehr genossen. Wollen wir uns morgen Abend auf ein Bier treffen?
> Mit Gruß aus Vergangenheit und Gegenwart,
> Julia

Abgeschickt. Anders als bei meiner ersten Nachricht, habe ich diesmal nicht lange darüber nachdenken müssen, was ich schreibe. Durch Toms unkonventionelle Art fällt es mir leichter, ihm Sätze fernab jeglicher Elegie zu senden. Womöglich kann ich mir sogar auf diese Weise die Scheu vor dem Umgang mit dem Grauen der Krankheit nehmen.

Entgegen meiner sonstigen Angewohnheit, mein privates Telefon während der Arbeitszeit kaum zu beachten, stecke ich es mir nun in meinen Kittel. Toms Antwort lässt nicht lange auf sich warten.

> Ja! Ja! Ja! Das Bier wird kalt gestellt. Morgen nach Dienstschluss bei mir? Keine Sorge, gelte auch in den eigenen vier Wänden noch immer als vertrauensselig.

Darunter steht die Adresse. Erneut schafft er es, mir ein Lächeln ins Gesicht zu zaubern. Prompt bestätige ich den Termin.

Als ich nach Ladenschluss vorn die Tür abschließe, steht ein Leichenwagen vor dem Haus. So schließt sich also der Kreis, denke ich und mache mich gleich wieder an die Arbeit. Es wird spät heute. Ich muss die Schaufenster neu dekorieren. Das mache ich immer allein nach Feierabend, damit am nächsten Morgen alles fertig ist. Die Heuschnupfensaison hat längst begonnen, entsprechend kommt ein bunter Aufsteller mit dem plakativen Slogan *Pollenalarm* ins Fenster, der für ein Medikament mit Dreifachwirkung wirbt. Dazu errichte ich einen kleinen Garten, in dem es eine Gießkanne gibt, große gelbweiße Kunstblüten und Gräser, zwischen denen Bienen schwirren und überdimensionale Packungen von Nasenspray & Co Platz finden. Die Pharmafirmen legen sich immer wieder ins Zeug, was die Ausstattung betrifft. Ich bringe aber gern meine eigene Note mit ein. Von meinen Kunden ernte ich dafür öfter ein Lob. Sie scheinen zu merken, wie viel Herzblut ich jedes Mal in die neue Dekoration stecke.

Nach zwei Stunden bin ich fertig, habe aber überhaupt keine Lust dazu, nach Hause zu gehen. Ich rufe Sebastian an, erzähle ihm von Frau Hagen und meiner miserablen Verfassung. Tatsächlich ist er sofort bereit, mich zu treffen.

Für einen normalen Mittwochabend ist relativ viel los in der kleinen, schummrigen Bar, die mit eingängigen House-Beats beschallt wird. Vor Kurzem galt sie noch als Geheimtipp, aber die haben in Berlin nicht lange Bestand, wie ich wieder einmal feststelle. An den Wänden stehen in bunten Leuchtbuchstaben essenzielle Botschaften wie *Life is not a fairytale. If you lose your shoe at midnight, you're drunk.* Wir haben einen Platz auf den Barhockern aus grauem Plüsch ergattert.

»Danke, dass du so spontan Zeit für mich hast.«

»Ich hätte mich ohnehin heute noch bei dir gemeldet. Lea ist unterwegs. Mal wieder. Was willst du trinken?«

»Ich bin heute nicht besonders experimentierfreudig. Gern einen Gin Tonic.«

»Da bin ich dabei.«

Sebastian ordert die zwei Drinks. Der Barkeeper schiebt uns ein Glas mit salzigen Mandeln zu.

»Du gefällst mir überhaupt nicht! Dabei wollte ich doch meine suboptimale Stimmung zum Kern des Abends machen«, sage ich und stecke mir ein paar Mandeln in den Mund.

Sebastian legt seine Stirn in Falten. »Vielleicht schaffen wir es fifty-fifty?«

»So wie du aussiehst, wird das nichts. Es ist wegen Lea, oder?«

Etwas unsanft stellt der Barmann den Gin Tonic vor uns ab.

»Jetzt stoßen wir aber erst mal an!«, sagt Sebastian.

»Worauf denn bitte?«

»Warm up.«

»Na, das wird sicher ein lustiger Abend.«

Unsere Gläser finden zu einem dumpfen Schlag zusammen. Sebastian kratzt sich am Kopf. »Am liebsten würde ich jetzt eine rauchen, aber ich rauche ja schon lange nicht mehr. Zu dumm aber auch.«

»Hier, nimm ein paar Mandeln.«

Ich schiebe ihm das Schälchen entgegen, doch er greift nicht zu. Nervös hämmert er mit den Fingern auf dem Tresen herum.

»Hör auf damit, das macht mich ganz kirre. Rede!«

Nach einem weiteren Schluck Gin Tonic beginnt Sebastian zu erzählen.

»Seit ich Lea den Antrag gemacht habe, fällt mir noch stärker auf, wie sie sich verändert hat. Es ist beinah, als würde sie mir aus dem Weg gehen. Sie hat fast jeden Abend etwas vor, ohne mich. Warum entzieht sie sich mir? Ich verstehe es einfach nicht.«

»Hast du sie gefragt?«

»Ja, natürlich. Sie tut es ab. Wenn sie zu Hause ist, lernt sie nur noch für ihren Segelschein. Echte Zweisamkeit, tiefe Gespräche, all das haben wir momentan nicht. Ich komme nicht mehr an sie heran.«

»Mir ist auch aufgefallen, dass Lea anders ist. Wie sie dich neulich behandelt hat! Du bist viel zu gutmütig und nimmst das alles hin. Ich wollte ohnehin mit dir darüber sprechen.«

»Es mag sicher bizarr klingen, aber ich bemühe mich, trotz allem weiterhin die Lea zu sehen, die ich liebe. Doch das wird in letzter Zeit tatsächlich immer schwieriger. Wenn ich doch nur wüsste, wo sich die liebenswerte, lebenslustige Frau versteckt hält, die sie bis vor Kurzem noch war.« Sebastian schiebt sich die Brille auf den Kopf, nimmt einen Eiswürfel aus dem Glas und fährt damit über sein Gesicht.

»Seit wann genau benimmt sich Lea so eigenartig?«

Sebastian überlegt einen Moment. »Es ging kurz vor ihrem Geburtstag los, da fiel mir auf, wie ungewohnt dünnhäutig sie ist. Ich habe es auf das Jubiläum geschoben. Aber es wird nicht besser. Im Gegenteil, sie vergreift sich öfter im Ton. Du hast sie ja erlebt. Ich weiß nicht, was ich machen soll.«

»Vielleicht spielen ihre Hormone verrückt, sie hat doch an ihrem Geburtstag nicht umsonst so ausschweifend über ihre zweite Pubertät gesprochen. Womöglich kommt dazu, dass du sie mit deinem Antrag überfordert hast.«

»Ich zweifle daran, dass es mir hilft, über ihren Hormonstatus zu spekulieren. Und wenn sie die Verlobung nicht gewollt hätte, dann hätte sie mir das doch sagen können.«

»*Coram publico?* Da hätte ich dich aber mal sehen wollen. In diesem Moment, mit Konstantin und mir am Tisch, da konnte sie dich nicht bloßstellen.«

»Auf was für Ideen kommst du denn? Mich bloßstellen? Lea ist eine unabhängige Frau, die sich nichts diktieren lässt! Könntest du mit ihr reden, von Frau zu Frau?« Er sieht mich beinah flehend an.

»Aber sie weiß, wie nahe wir uns stehen. Meinst du, dass sie mir erzählt, was sie umtreibt, wenn sie es dir verschweigt?«

Sebastian nickt und zieht sich die Brille wieder über die Augen. »Zumindest ist es einen Versuch wert. Ich weiß doch, wie gut du in solchen Dingen bist.«

»Wenn du dich da mal nicht irrst. Aber gut, meinetwegen, ich versuche es.«

»Danke! Denn so kann das nicht weitergehen. Ich darf sie nicht einmal mehr berühren.«

»Wie lange geht das schon so? Zwei Wochen? Du armer Mann, das ist ja wirklich entsetzlich!«

»Du brauchst nicht zynisch zu werden. Normalerweise haben wir ein sehr reges …«

Ich fahre ihm dazwischen. »Ja, ja, aber eine zweiwöchige Enthaltsamkeit ist nun wirklich noch kein Weltuntergang! Darf ich dir jetzt mal sagen, was mich außer diesem anstrengenden Tag umtreibt?«

Noch ehe Sebastian etwas erwidern kann, beginne ich von meinem Treffen mit Tom zu erzählen. Er hört mir aufmerksam zu, in seinem Gesicht kann ich Empathie lesen.

»Und morgen werde ich ihn zu Hause besuchen.«

Sebastian nickt. »Ja, das relativiert einiges. Das ist ein hartes Los, was dein Tom gezogen hat. Trinken wir noch einen? Auf das Leben?«

»Ja, unbedingt.«

Die Luft ist heiß und stickig, ich schwitze. Notgedrungen streife ich meinen schwarzen Kaschmirpullover über den Kopf. Sebastian grinst, als er das verwaschene graue T-Shirt mit dem Aufdruck *No drama* sieht, das darunter zum Vorschein kommt.

»Spar dir jede Bemerkung«, knurre ich.

»Wir nehmen noch zwei«, sagt Sebastian zum Barkeeper.

Mit dem frischen Gin Tonic stoßen wir immer wieder auf das Leben an.

»Pass nur auf, dass du dich nicht zu weit von Konstantin entfernst, indem du dich jetzt nur noch auf Tom konzentrierst. Du bist nicht Mutter Teresa.«

»Danke für diesen entscheidenden Hinweis. Aber ich weiß, was ich tue, dafür muss ich keine Ordensschwester sein.«

Noch ein Schluck, es ist der letzte. Es ist spät geworden.

»Zeit zu gehen«, sage ich.

Wir zahlen und verlassen gemeinsam die Bar. Sebastian winkt ein Taxi heran. Wir fahren ein Stück zusammen. Ich steige als Erste aus. Jeder geht mit seinen ganz eigenen Gedanken in die Nacht.

10

Am nächsten Abend stehe ich in der Dämmerung vor einem großen gepflegten Grundstück mit altem Baumbestand, auf dem ein rostrot verklinkerter Bungalow steht. Wenn es nicht direkt an einer Hauptverkehrsstraße liegen würde, wäre das hier die pure Idylle. Ich drücke auf die Klingel. Ein Summer ertönt, dann öffnet sich das Tor automatisch. Über die betonierte Einfahrt laufe ich zum Haus. Eine Frau um die Fünfzig öffnet die Haustür. Sie lächelt und wirkt auf Anhieb sympathisch.

»Sie werden schon erwartet. Guten Abend, ich bin Ines, Toms Physiotherapeutin.«

»Ich bin Julia, eine alte Freundin, aber das wissen Sie ja anscheinend bereits.«

Wir schütteln uns die Hände.

»Da haben Sie aber einen langen Arbeitstag«, sage ich und trete in den breiten, mit Terracotta-Fliesen ausgelegten Flur. Es riecht leicht nach Desinfektionsmittel.

»Ich bin mehr als Toms Krankengymnastin. Aber den Begriff *Pflegerin* mag er nicht so gern.«

»Da kann er wirklich glücklich sein, Sie gefunden zu haben.«

»Ich bin eine Freundin von Helke, sie musste mich nicht lange überreden, mich nun hauptberuflich um ihren Bruder zu kümmern. Ihren Mantel können Sie hier aufhängen.«

Ines zeigt mir die Garderobe in einer Nische neben der Tür. Ich ziehe den Mantel aus und hänge ihn auf einen der Bügel.

»Wie lange machen Sie das hier schon?«

»Seit drei Monaten. Toms Zustand hat sich rapide verschlechtert. Aber wenigstens sieht er inzwischen ein, dass es kein Zeichen von Schwäche ist, Hilfe anzunehmen.« Ines spricht leise. Offensichtlich möchte sie nicht, dass Tom das Gespräch hören kann.

»Jetzt führe ich Sie zu ihm.«

»Ist Helke nicht da?«

»Nein, aber sie muss jeden Augenblick kommen.«

Tom sitzt in einem sperrigen grauen Sessel mit hoher Lehne. An einer Armstütze ist ein Schwenkarm befestigt, auf dem ein Computer installiert ist. Daneben steht ein Rollator.

»Hallo, Tom.«

Ein Lächeln huscht über sein Gesicht, das mir heute noch schmaler erscheint. Er sagt etwas, doch ich verstehe ihn nicht. Bei unserem letzten Treffen habe ich trotz seiner verwaschenen Aussprache kaum Probleme gehabt, ihm zu folgen. Aber nun brauche ich einen Moment, um mich wieder an seinen Duktus zu gewöhnen. Tom wiederholt seine Worte, und diesmal verstehe ich ihn.

»Schön, dass du gekommen bist. Das Bier steht kalt.«

»Fantastisch! Da habe ich mich schon den ganzen Tag drauf gefreut.«

Nahezu entschuldigend wendet sich nun Ines an mich. »Ich muss nur noch kurz etwas mit Tom klären. Dann bin ich auch gleich weg.«

»Nur keine Eile, machen Sie alles ganz in Ruhe. Soll ich rausgehen?«

»Nein, nein, wir haben keine Geheimnisse.«

Während Ines mit Tom über den morgigen Tag spricht, ein neuer Arzt wird erstmals zu einem Hausbesuch vorbeikommen, gleitet mein Blick durch das Zimmer. Es gibt drei Fenster, alle sind ohne Gardinen, dafür mit weißen Lamellen-Jalousien ausgestattet. Die hellgrün gestrichenen Wände verleihen dem Raum Frische. Repliken alter Gemälde hängen daran. Neben Toms Sessel und einem geblümten Zweiersofa bildet ein dunkler, ovaler Holztisch voll mit Zeitschriften das Zentrum des Zimmers. An der hinteren Wand demonstriert ein Pflegebett all seine Macht. Unübersehbar liegt eine Atemmaske auf dem breiten Nachtschrank aus Metall. Ich fröstele. Trotz einiger liebevoller Details wie dem gelben Tulpenstrauß auf der antiken Kommode voll mit Kunstbänden, ist das hier ein beklemmender Ort. Mein Blick wandert zurück zu der Atemmaske, was Tom nicht entgeht.

»Ja, ich schlafe mit dieser erotischen Maske. Mit dem entsprechenden Outfit wäre ich in einschlägigen Clubs ganz weit vorn.«

»Das ist Tom wie er leibt und lebt«, sagt Ines trocken.

»Und das ist Ines, meine wunderbare Physiotherapeutin.«

»Wir haben uns einander bereits vorgestellt. Dann sind wir soweit klar, ja, Tom?«

Er nickt. »Was wäre ich nur ohne Therapieplan!«

»Was steht alles drauf?«

»Da wirst du sicher neidisch. Das ist Wellness pur! Ich werde verwöhnt mit Bewegungsübungen, Atemtherapie, Lymphdrainage und Massage.«

Ines stemmt die Hände in die Hüften. »Dazu kommt das Training mit Helke oder einer Kollegin für Mimik, Kieferbeweglichkeit und Schlucktraining. Der Junge hat ein ordentliches Pensum zu absolvieren. Er stellt sich dabei aber ganz gut an.« Ines schenkt Tom einen liebevollen Blick.

»Danke, es ist schön, von dir ein Kompliment zu kriegen.«

Sie wirft ihm einen Luftkuss zu.

Eine Tür fällt ins Schloss. Das muss Helke sein. Ines geht aus dem Zimmer. Ich höre die beiden Frauen sprechen, ohne zu verstehen, was sie sagen.

»Julia, jetzt setz dich doch endlich!« Tom deutet auf das Sofa.

»Mache ich gleich, aber erst mal begrüße ich deine Schwester.« Ich gehe Helke entgegen.

»Julia, schön, dass wir uns so schnell wiedersehen.«

Sie begrüßt mich mit einer Umarmung und erzählt Ines, woher wir uns kennen.

»Was für eine schöne Geschichte! Es sind ihm nicht viele Freunde geblieben«, sagt sie.

Helke nickt bedauernd.

Zu dritt gehen wir zurück zu Tom, wo sich Ines von ihm verabschiedet.

»Tom hat mir erzählt, ihr seid auf ein Bier verabredet.«

»Helke, willst du etwa darauf hinaus, dass ich ein schlechter Gastgeber bin, weil Julia noch keins trinkt?«

»Ja, genauso ist es. Das Bier steht im Kühlschrank. Tom sollte zwar keinen Alkohol trinken, aber ehrlich gesagt, wird er daran nicht sterben. Und für vertrauten Besuch herrscht hier Selbstbedienung.« Helke klingt wie ein Feldwebel.

»Verstanden!«, sage ich.

»Komm, jetzt zeige ich dir die Bar.«

Ich folge Helke in eine steingrau gekachelte Küche im Landhausstil. Sie öffnet die Kühlschranktür, an die diverse Sinnsprüche gepinnt sind, und nimmt zwei Flaschen Bier heraus. *Wer das Leben nicht schätzt, der verdient es nicht*, steht auf einem der vielen bunten Zettel.

»Hier kannst du dich jederzeit bedienen.«

»Danke, das ist lieb.«

Helke nimmt ein Bierglas und einen Plastikbecher mit Deckel aus dem Schrank, öffnet die Flaschen und gießt ein. Aus einer Schublade nimmt sie nun einen Kunststoffhalm und steckt ihn in den Becher.

»Mit Ess- und Trinkkultur hat Tom es ja bekanntermaßen nicht mehr so«, kommentiert sie.

Helke scheint wirklich nicht anders zu können. Ich spare

mir eine Bemerkung und nutze den Moment für ein Unter-vier-Augen-Gespräch über ihren Bruder.

»Vor unserem Treffen war mir nicht bewusst, dass er fast gar nichts mehr allein kann. Selbst währenddessen hat er es heruntergespielt, von einer Pflegerin hat er nichts erzählt. Also, halte mich nicht für naiv, mir war klar, dass es schlimm ist, aber so sehr …«

Helke reicht mir das Bierglas, aber ich trinke noch nicht.

»Was erwartest du? Tom war immer eine starke Persönlichkeit. Aus der Rolle kommt er so leicht nicht raus, da kann es ihm noch so schlecht gehen. Vor allem wusste er ja nicht, ob ihr euch wiedersehen werdet. Da hat er sich besonders ins Zeug gelegt und sicher auf ein paar entscheidende Infos verzichtet. Aber du machst ihn mit deinem Besuch sehr glücklich, Julia. Da zahlt er gern den Preis, dass du siehst, wie es wirklich ist.«

Helke nimmt auf einem der grauen Schalenstühle Platz, die den Landhausstil auf angenehme Weise aufbrechen.

»Setz dich einen Moment zu mir!«

»Können wir Tom so lange warten lassen?« Zögerlich nehme ich Platz.

»Na gut, ich entschuldige dich für ein paar Minuten.«

Helke steht wieder auf, nimmt den Plastikbecher mit dem Bier in die Hand und geht aus der Küche. Es dauert nicht lange, bis sie zurückkehrt.

»Das geht in Ordnung.«

»Na dann.«

»Was hast du im ersten Moment gedacht, als du Tom nach all den Jahren wiedergesehen hast?«

»Natürlich war es schlimm, ihn so zu sehen.« Ich schlage die Beine übereinander und nehme einen großen Schluck von dem kühlen Bier. »Und mich hat der Klang seiner Stimme geschockt.«

Helke zupft ein paar Fusseln von ihrem cremeweißen Angora-Pullover. »Die Störungen in seiner Zungenmuskulatur werden immer gravierender. Dabei hat er noch Glück, wenn man überhaupt davon sprechen kann. Sein Verlauf ist milder, anderen versagt die Sprache schon nach kürzerer Zeit. Aber schon bald werden wir ihn auch nicht mehr verstehen.«

Helkes Stimme ist leise, und zum ersten Mal vernehme ich Trauer darin. Ich starre auf die blitzblanke weiße Tischplatte und schüttele den Kopf. »Gefangen in der Festung des eigenen Körpers, das muss die Hölle sein. Was passiert, wenn er nicht mehr sprechen kann? Kriegt er dann einen Sprachcomputer?«

Helke nickt. »Heutzutage können diese Geräte geschriebene Texte in relativ natürlich klingender Sprache wiedergeben, in Echtzeit formuliert und ausgesprochen.«

»Aber wie kann er einen Computer bedienen, wenn er eines Tages völlig gelähmt sein wird?«

»Ach, da gibt es schon Möglichkeiten. Augenbewegungen sind von der Lähmung normalerweise nicht betroffen, auch die können einen Computer steuern.«

Helke steht auf und lässt die Jalousien herunter. »Mir ist doch wohler, wenn ich hier alles dichtmache, auch wenn ich nicht davon ausgehe, dass im Garten jemand herumschleicht und uns beobachtet.«

Sie setzt sich wieder hin.

»Sag mal, könnte ich theoretisch mit Tom noch etwas unternehmen? Wäre er dafür fit genug?«

»Du kannst auch praktisch mit ihm losziehen. Dabei kannst du nicht viel falsch machen. Tom wird dir sagen, was er braucht.«

»Gut, dann überlege ich mir etwas.«

»Seit wir einen Pflegedienst haben, ist es leichter geworden. Zunächst habe ich mich damit schwergetan. Ich dachte, dass ich das allein schaffen müsste. Aber das hätte uns beide kaputtgemacht. In Kombination mit Ines' Unterstützung sind wir jetzt ganz gut aufgestellt. Weißt du, ich brauche auch noch ein Stück eigenes Leben und meine Arbeit … Es ist schwer …«

Helke stützt ihren Kopf ab. Ich sehe ihr verzerrtes Gesicht und wie sie sich immer wieder auf die Unterlippe beißt. Sie wendet ihr Gesicht ab. Ein Zucken fährt durch ihren Körper, sie schluchzt leise auf. Ich streiche ihr tröstend über den Rücken. Helke zeigt, was sie unter ihrer harten Schale wirklich fühlt, und wie wir doch alle sind: verletzlich.

Wir müssen nicht mehr sprechen, um einander zu verstehen. Auch mir laufen nun die Tränen über das Gesicht.

»Danke«, flüstert Helke irgendwann.

»Jederzeit.«

Ich tupfe mir das Gesicht ab und gehe mit meinem halb vollen Bierglas zurück zu Tom.

»Das hat aber gedauert. Habt ihr nur über mich gesprochen?«

Ich setze mich auf das kleine Sofa. »Fast nur, ja. Ich mag deine Schwester.«

»Das freut mich.« Tom umfasst den Plastikbecher, der in einem Getränkehalter an seinem Sessel angebracht ist. »Trinken wir auf die Harmonie.«

»Das schadet nie.«

Langsam beugt Tom den Kopf nach unten und führt den Trinkhalm zum Mund. Er zieht daran, und alles geht gut. Nun trinke ich ebenfalls.

»Warum sitzt du da so steif? Du musst mich nicht nachäffen. Gönn dir den Luxus und mach es dir bequem, Julia.«

Tom hat recht. Ich bin alles andere als locker. Wie ein Stück Holz verharre ich auf den Polstern. Ich lehne mich zurück und nehme die Beine hoch. So ist es tatsächlich wesentlich bequemer.

»Wie viele der Menschen, die dir wichtig waren, hast du schon getroffen?«

»Die meisten. Jetzt fehlen nur noch zwei, ein ehemaliger Professor und eine Freundin meiner Mutter.«

»Und was ist mit deiner Exfreundin?«

»Elsa?« Tom macht ein komisches Geräusch, es klingt, als würde eine Waschmaschine Wasser abpumpen. »In diesem Leben wird das nichts mehr.«

»Wann hast du sie das letzte Mal gesehen?«

Tom winkt mit der Hand in seinem Schoß ab. »Das ist über vier Jahre her. Sie hat mich verlassen, das habe ich dir ja bereits erzählt.«

»Aber ich glaube, dass ihr beide noch einiges zu klären hättet.«

Wieder ein merkwürdiges Geräusch, das da aus Tom kommt.

»Sie hat sich doch nicht mehr für mich interessiert. Es schert sie nicht, wie es mir geht. Warum sollte ich so einen Menschen noch einmal sehen wollen? Anscheinend waren all unsere Jahre für sie nichts wert. Gar nichts! Nur einen Dreck!«

Ich muss keine Psychologin sein, um zu erkennen, wie sehr Tom noch immer mit diesem Thema zu kämpfen hat. Seine Muskeln zucken unkontrolliert, als stünde er unter Strom. »Wie grausam ist es, wenn von einer Liebe nichts bleibt als offene, quälende Fragen?«, murmele ich.

»Kannst du bitte das Fenster für einen Moment öffnen?«, fragt Tom da.

»Natürlich.« Ich mache es weit auf und nehme ein paar tiefe Atemzüge. Die frische Abendluft riecht nach feuchtem Gras. Es muss kurz geregnet haben. Unvorstellbar, dass das Atmen für Tom bald nicht mehr selbstständig möglich sein soll.

»Hast du Angst vor dem, was noch kommt?« Schon im nächsten Moment schüttele ich den Kopf über mich. »Ach was, das ist eine dumme Frage! Wer hätte denn keine Angst davor?« Ich ziehe die Ärmel meines Pullovers lang.

»Dumme Fragen gibt es nicht! Es soll ja Menschen geben, die in jeder Situation gelassen in die Zukunft blicken. Ich kann das nicht. Mir bleibt nur der feste Wille, dass ich eines Tages diese schöne Welt in Würde verlassen kann, selbstbestimmt, dann, wenn ich es für angemessen halte.«

»Tom! Das bedeutet, dass du … also.« Ich ringe um Worte. Doch das Unaussprechliche bleibt stecken.

»Ja. Wir müssen es nicht beim Namen nennen.«

Es wird frisch, ich schließe das Fenster und setze mich wieder hin. Mir drängt sich die Frage auf, wie Tom seine Würde definiert und ob sie sich über eingeschränkte Körperfunktionen hinaus bewahren lässt. Aber ich stelle sie nicht, weil ich an seiner Stelle wohl genauso empfinden würde. Den Gedanken daran, nur noch fremdbestimmt zu sein, kann ich kaum ertragen.

»Das ist so schwer auszuhalten.« Ich ziehe die Knie an die Brust und vergrabe mein Gesicht darin.

»Aber es ist die Wahrheit. Ich muss damit umgehen und alle Menschen, denen ich irgendwie am Herzen liege, ebenso.«

Ich tauche wieder auf. »Ja, ich bemühe mich doch! Aber gibt es nichts, womit sich der Verlauf wenigstens noch etwas hinauszögern lassen könnte?«

»Nein, da geht nichts mehr. Dabei habe ich das Glück, in einer ALS-Ambulanz behandelt zu werden. Mein Arzt ist eine Koryphäe, nur zaubern kann er nicht.« Toms Stimme eiert noch stärker, zudem ist sie nun so leise geworden, dass ich ihn nur mit größter Mühe verstehen kann. Wut steigt in mir auf, meine Stimme wird lauter.

»Aber es muss doch irgendetwas geben! Wir werden bald auf den Mars fliegen, aber gegen diese Krankheit sollen wir machtlos sein? Wie geht das zusammen?«

»Reg dich nicht über Dinge auf, die nicht zu ändern sind.«

»Das sagst du so leicht!«

»Stimmt, das habe ich auch oft genug getan. Meist ging es dabei nur um Banalitäten. Die Krankheit hat alles relativiert.«

»Das glaube ich dir aufs Wort. Schaffst du es inzwischen, dich nicht mehr aufzuregen?«

Wie schon bei unserem ersten Treffen tropft Speichel aus Toms Mund. Diesmal kommt seine Schulter nicht zum Einsatz. Stattdessen tastet er nach einem der Tücher, die auf dem Schwenkarm am Sessel liegen, beugt sich herab und schafft es, sich den Mund abzutupfen. Er hat sich hier gut eingerichtet.

»Manchmal gelingt es mir. Und dann frage ich mich, warum das nicht schon früher im Leben geklappt hat. Es hätte viel Energie gespart.«

Ich nicke und strecke meine Beine aus, das linke ist eingeschlafen, es kribbelt.

Tom hängt sich wieder an den Trinkhalm und nimmt einen Schluck.

»Wie ich dir schon geschrieben habe, ich habe mich öfter gefragt, was aus uns geworden wäre, wenn deine Großmutter nicht so plötzlich verstorben wäre. Hätten wir Freunde fürs Leben werden können? Es ist eigenartig, wie sehr ich mich mit dir verbunden fühle, Julia.«

Zum zweiten Mal an diesem Abend kriechen mir die Tränen in die Augen. Ich schließe sie einen Moment. Die Wahrheit ist, dass Tom nicht auf der Liste der Menschen gestanden hätte, die wichtig für mich waren. Nach dem Tod meiner Großmutter habe ich Tom, das Dorf und überhaupt alles, was mit ihm verbunden war, aus meinen Gedanken verbannt. Dabei ist er doch einmal wichtig für mich gewesen. Aber das ist mir erst bewusst geworden, als der Brief kam, als ich merkte, wie nah mir sein Schicksal geht.

»Großmutters Tod war eine Zäsur in meinem Leben. Mit ihr warst auch du für mich verschwunden. Aber dich habe ich nie betrauert. Und jetzt sag bitte nicht, dass ich das bald nachholen kann!« Ich wische mir über das Gesicht.

Tom lacht müde. »Julia, wir waren fast noch Kinder ...«

»Aber rückblickend macht mich das traurig, weil wir Freunde fürs Leben hätten sein können.« Ich richte meinen verschwommenen Blick auf Tom. »Mist!«, entfährt es mir, dabei möchte ich die Situation unbedingt auflockern. Nur wie? Ich reibe mir die Schläfen und versuche, meine Mundwinkel nach oben zu ziehen. Es muss grotesk aussehen.

»Jedenfalls finde ich, dass ich einen wirklich guten Geschmack hatte, was die Wahl meiner ersten Liebe angeht. Wir waren so herrlich unschuldig. Den ersten Kuss mit dir werde ich nie vergessen«, sage ich nun wieder mit fester Stimme.

»Glaubst du, ich? Es war ein lauer Abend im Freiluftkino. Wir haben diesen Film mit Eddie Murphy gesehen ...«

»Ja! *Der verrückte Professor.* Was haben wir gelacht.«

»Auch ein klarer Vorteil der Jugend, unser Humorverständnis war weit weniger anspruchsvoll«, sagt Tom.

»Da hast du recht. Manchmal fehlt mir das. Jedenfalls hast du mich nach dem Film geküsst.«

»Ich war so aufgeregt!«

Zum ersten Mal an diesem Abend spüre ich Leichtigkeit. Ich lächle. »Es ist schön, noch einmal mit dir in die Vergangenheit zu reisen. Für die kurze Zeit haben wir doch viel zusammen erlebt.«

»Weißt du, dass ich gern mit dir geschlafen hätte?«

Ich merke, wie mir das Blut in den Kopf steigt. »Nein! Vor allem wusste ich damals noch gar nicht, was das bedeutet. Ich war eine Spätzünderin. Mein erstes Mal hatte ich mit knapp neunzehn.«

»Also lag es nicht an mir?« Tom grinst schief, und ich kann noch zu gut erkennen, wie er die Frauen einst um den Finger wickeln konnte. »Definitiv nicht.«

»Entschuldige, ich wollte dich nicht in Verlegenheit bringen.«

»Na, dafür ist es dir aber ganz gut gelungen.«

Ich wechsele das Thema.

»Dass deine Tage mit Therapien gut ausgefüllt sind, weiß ich inzwischen. Aber was machst du darüber hinaus noch?«

»Der Computer ist mein Tor zur Welt. Von hier aus halte ich Kontakt zu Ex-Kollegen und freue mich, wenn ab und zu noch meine Expertise gefragt ist. Helke würde es gern sehen, dass ich öfter rauskomme, aber sie kann mich nicht jedes Mal begleiten, und allein wird es immer schwerer.«

»Aber es gibt doch jede Menge Hilfsmittel und sicher auch Menschen, die gern ab und zu etwas mit dir unternehmen möchten.«

»Als ich das letzte Mal allein unterwegs war, wohlgemerkt im Rollstuhl, da bin ich gestürzt und habe es nicht mehr aus eigener Kraft geschafft aufzustehen.«

»Du bist mit dem Rollstuhl hingefallen?«

»Nein. Es gibt Momente, da muss ich ihn kurz verlassen. Wenn ich aufs Klo muss zum Beispiel.«

Mein Blick fällt auf Toms graue Sporthose.

»Ja, ich trage nur Hosen mit Gummizug, weil ich keine Knöpfe mehr öffnen und schließen kann.«

»Aber es muss doch einen Weg geben, dass du öfter das Haus verlassen kannst. Du lebst in Berlin, der aufregendsten Stadt überhaupt. Gerade du als Kunsthistoriker kannst hier in den Museen so viel entdecken!«

»Wem sagst du das. Ich darf das keinem erzählen, aber seit ich hier lebe, war ich noch nicht einmal auf der Museumsinsel.«

»Das ist doch nicht zu fassen! Ich werde das ändern. Wir gehen zusammen ins Bode-Museum, und du erklärst mir die byzantinische Kunst.«

Tom grinst. »Davon habe ich keine Ahnung, aber ich mache das trotzdem gern.«

»Gut, dann haben wir eine Verabredung. Nächsten Mittwoch? Am Nachmittag?«

»Ich werde es einrichten.«

Helke klopft an die Tür und steht im nächsten Augenblick im Zimmer. »Entschuldigt, dass ich euch störe. Tom, es ist Zeit fürs Bett.« Dann, an mich gerichtet: »Zu gern versucht er es regelmäßig allein, aber das wird nichts mehr, und ich muss auch ins Bett, übrigens mit Babyphone, damit ich alles höre.«

»Hey, manchmal schaffe ich es noch allein.«

Tom klingt trotzig wie ein Dreijähriger. Als ob er mir etwas beweisen möchte, steht er allein auf, wackelig und unbeholfen. Helke springt ihm bei, er findet Halt am Rollator. Da ist kaum mehr Spannung in seinem Körper. Zum ersten Mal sehe ich Tom nun stehen. Der Anblick ist herzzerreißend tragisch.

»Alexa, Licht aus!« Toms Stimme klingt fester.

Plötzlich wird es dunkel im Zimmer.

»Was ist los?«, frage ich erschrocken.

»Ich möchte auf dem Weg deinen Blick nicht sehen, der hängt schon wieder voller Mitleid«, sagt Tom.

Dann höre ich Helkes Stimme. »Alexa, Licht an.«

Es wird wieder hell.

»Tom, das ist doch albern«, sagt sie. Und dann zu mir: »Wir sind inzwischen ein Smart-Home geworden.«

»Ich bin beeindruckt. Aber Tom! Warum sollte ich denn Mitleid mit dir haben?«

Helke nickt. »Das war die richtige Antwort.«

Sie ist an der Seite ihres Bruders, als der mit ungelenken kleinen Schritten in das angrenzende Bad tippelt.

»Danke für den schönen Abend. Tom, wir sehen uns nächsten Mittwoch. Nicht vergessen.«

»Wie könnte ich! Julia möchte mit mir ins Museum gehen.« »Das klingt gut. Tschüs, Julia. Findest du allein raus?«

»Sicher. Macht's gut.« Ich winke den beiden noch einmal zu. Der Abend war aufwühlend. Bevor ich nach Hause fahre, gehe ich noch eine Runde spazieren und rufe bei meinen Eltern auf Mallorca an. Dick eingemummelt sitzen sie bei einem Glas Rotwein auf ihrem kleinen Balkon, wie meine Mutter mich wissen lässt. Bisher habe ich es noch nicht geschafft, sie dort zu besuchen. Es tut gut, mit ihnen über Tom zu sprechen und ihre Anteilnahme zu spüren.

11

Die zwei Wochen in Asien sind vorüber, endlich werde ich Konstantin wiedersehen. Ich fahre nach der Arbeit direkt zu ihm. Konstantin ist bereits am frühen Mittag in Berlin gelandet und wollte sich etwas ausruhen. Nun hole ich ihn wie verabredet zum Essen ab. Schlaftrunken, mit verwuschelten Haaren, öffnet er mir in einer dunkelblauen Unterhose und einem weißen T-Shirt die Wohnungstür.

»Hi, Julia. Entschuldige, weiter bin ich noch nicht«, sagt er und gähnt.

Ich spüre einen Stich, weil ich mich so auf ihn gefreut habe, für ihn aber offensichtlich nur der Wecker war.

»Oje, wärst du lieber liegen geblieben?«

Konstantin reibt sich die Augen. »Nein, komm rein. Aber ich habe tatsächlich länger als geplant geschlafen.«

»Sexy siehst du aus«, sage ich und gebe ihm einen Kuss auf den Mund.

»Achtung«, presst er nur hervor und dreht seinen Kopf abrupt in die andere Richtung. Ich schließe die Tür hinter mir. Nein, so habe ich mir unser Wiedersehen wirklich nicht vorgestellt.

»Hatschi!«

Sein unvermittelt lautes Niesen lässt mich zusammenfahren.

»Gesundheit. Hast du dir etwa was eingefangen?«

»Ich hoffe, ich kann es noch abwehren. Was kannst du mir da empfehlen, Frau Apothekerin?«

»Bettruhe, nichts als Bettruhe! Und viel trinken ... Du hast mir gefehlt.«

Jedes potenzielle Ansteckungsrisiko ignorierend, schlinge ich meine Arme um ihn. Ich lasse mir doch meine Wiedersehensfreude nicht durch einen holprigen Start verderben!

»Du mir auch. Warte kurz, ich ziehe mich schnell an.« Konstantin dreht sich sanft aus meiner Umarmung.

»Hey, was ist denn los mit dir? Liegt es an mir, oder ist deine Leidenschaft in Asien geblieben?«

Er fährt sich durch die Haare grinst mich an. »Keine Sorge, sie ist noch da. Ich habe nur einen Riesenhunger.«

Ich öffne meinen Mantel. »Aber wir müssen nicht ausgehen, wir können uns etwas bestellen. Dann kannst du dich auch besser an die Bettruhe halten.« Ich zwinkere ihm ungelenk zu. Konstantin lacht und zögert einen Augenblick. Leider kann ich mir nichts vormachen, irgendetwas ist anders heute.

»Gute Idee. Aber solange du angezogen bist, muss ich mir auch etwas überwerfen. Schließlich zeichnet unsere Beziehung doch aus, dass wir uns auf Augenhöhe begegnen.«

Ich kichere. »Wenn es nur das ist. Bei dir ist ja ausnahmsweise mal gut geheizt.«

Kurzerhand ziehe ich meine Schuhe aus, lasse den Mantel auf den Boden gleiten, streife mir den Pullover über den Kopf und schäle mich aus meinen Skinny-Jeans. Konstantin pfeift anerkennend.

»So, los geht's, wir sind auf Augenhöhe.«

»Du bist ja nicht zu bremsen! Aber können wir bitte erst mal das Essen bestellen?«

Für einen Moment komme ich mir lächerlich vor. Was geht hier vor sich? »Muss ich mir Sorgen um dich machen?«

»Nein, nein. Worauf hast du Appetit?« Konstantin nimmt das Tablett vom Tisch und ruft den Lieferservice auf.

»Indisch hatten wir lange nicht.«

»Prima, darauf habe ich auch Appetit.«

Wir bestellen Chicken Korma und rotes Lammcurry.

»Das Essen kommt in vierzig Minuten.«

»Tse, jetzt stehen wir hier dumm in Unterwäsche rum und warten auf das Essen«, sage ich und trete ans Fenster. Draußen hat sich der Schleier der Dämmerung über die Stadt gelegt, die roten Lichter des Fernsehturms blinken, als wären sie ein Alarmsignal. Eine kalte Schwere setzt sich auf mich. Wie kann das sein, obwohl Konstantin nur zwei Meter von mir entfernt ist und wir nahezu unbekleidet sind? Da sind wir doch normalerweise ausgelassen und leidenschaftlich, da kann uns nichts trennen. Ich schlucke. Auf der gegenüberliegenden Straßenseite tobt der Kampf um einen Parkplatz. Bei heruntergelassenem Fenster verweist ein SUV-Fahrer wild gestikulierend auf die Lücke, in die er anscheinend rückwärts einparken wollte. Ein Golf ist wie ein Blitz vorwärts reingefahren. Der Fahrer ist bereits ausgestiegen und winkt ab. So entstehen Kriege, denke ich.

Nun tritt Konstantin dicht hinter mich, haucht mir einen Kuss in den Nacken und umfasst zärtlich meinen Oberkörper. Ich atme auf. Vielleicht bilde ich mir nur ein, dass eine undefinierbare Distanz zwischen uns liegt? Am ganzen Körper überzieht mich wohlige Gänsehaut. So sehr habe ich ihn vermisst! Ich schließe die Augen und lasse mich von jeder seiner Berührungen tragen.

»Sorry, Jule. Ich habe eine harte Zeit hinter mir, so ein bisschen stehe ich wohl noch neben mir. Aber jetzt geht es schon wieder etwas besser.«

Zärtlich knabbert Konstantin an meinem linken Ohrläppchen. Er weiß, wie sehr ich darauf reagiere, es ist eine meiner erogensten Zonen. Überall kribbelt es. Unsere Lippen finden zu einem leidenschaftlichen Kuss zusammen, und ich bin so erleichtert! Alles, was zählt, sind wir beide. Voller Begierde lassen wir uns in die braunen Breitcord-Polster seiner riesigen Designercouch fallen.

»Ich hab dich so vermisst«, keuche ich und kralle mich noch fester an Konstantin.

»Ich dich auch, ich dich auch.«

Wir werden immer ungestümer. Spätestens jetzt haben sich meine kurz aufgeflackerten Ängste um uns aufgelöst wie eine Brausetablette.

Erst als es klingelt, lassen wir voneinander ab. Der Lieferservice ist pünktlich.

Nach dem Essen kuscheln wir uns ins Bett. Heute Nacht bleibe ich bei Konstantin. Schlimm genug, dass mein Wecker morgen früh wieder um sieben Uhr klingeln wird, aber das verdränge ich komplett.

»Wann hast du denn endlich mal wieder an einem Samstag frei?«, fragt Konstantin und legt sein Smartphone zur Seite. Wieder musste er noch Mails checken. Seine Zeit online dürfte die offline weit übersteigen. Ein Jammer ist das! Aber ich musste akzeptieren, dass auch ich daran nichts ändern kann, weil alles enorm dringend ist – und immer irgendwo auf der Welt gearbeitet wird. Aber was geht uns durch all die vermeintlich ach so wichtigen Projekte alles verloren, mal ganz abgesehen von der Energie? Haben wir das je hinterfragt? Was ich bisher als selbstverständlich hingenommen habe, beginnt mit Toms Schicksal vor Augen zu verschwimmen.

»Laut Dienstplan erst im nächsten Monat. Du weißt doch, dass Frau Wenzel samstags höchstens einmal im Quartal dazu bereit ist, die Schicht zu übernehmen.«

»Aber du bist die Chefin! Dann brauchst du eben eine flexiblere Apothekerin.«

Ich seufze. »Wem sagst du das. Aber derzeit ist es wahrscheinlicher, von einer Lawine überrollt zu werden, als geeignetes Personal zu finden. Ich kann froh sein, dass ich Frau Wenzel habe.«

»Na, das ist ja ein fantastischer Ausblick.«

»Moment mal! Was soll ich denn da sagen? Wer von uns beiden ist denn ständig unterwegs?«

»Aber an den Wochenenden bin ich meistens hier.«

Ich atme geräuschvoll aus. »Omm ... Wenn ich da jetzt einsteige, wird es eine leidige Diskussion.«

Gedankenverloren streichelt Konstantin meinen Arm, er sagt nichts. Ich lege meinen Kopf auf seine Brust.

»In den letzten beiden Wochen ist so viel passiert. Ich wollte das mit dir teilen, aber du warst jedes Mal ganz weit weg, wenn wir gesprochen haben, nicht nur räumlich ... Oder interessiert es dich schlicht nicht, was ich gerade mit Tom erlebe?«

Konstantin hört auf, mich zu streicheln, und verschränkt die Arme hinter dem Kopf.

»Natürlich interessiert mich das. Es tut mir unendlich leid für ihn, wirklich. Ich verstehe, dass dich sein Schicksal bewegt. Aber trotzdem solltest du sein Leid zwischen uns nicht ständig zum Thema machen. Ich möchte mit dir nicht nur über ihn und seine Krankheit sprechen, geschweige denn darüber nachdenken. Ich brauche positive Energie, negative kriege ich unter der Woche schon genug. Kannst du das verstehen?«

Ich nehme meinen Kopf von Konstantins Brust. »Manchmal kann es aber ganz heilsam sein, sich damit zu beschäftigen, weil es viele Dinge relativiert. Es kann so viel passieren, was wir nicht in der Hand haben.«

Konstantin sieht mit ernstem Gesicht an die Decke. Seine Stirn kräuselt sich. Ich setze mich hin und ziehe die Beine an die Brust.

»Du bist ja schon wieder nicht bei mir!«

Er blinzelt und schaut mich an. »Bei mir ist auch viel passiert. Und ich scheue mich davor, es dir zu erzählen ...« Er macht eine bedeutungsschwere Pause. Wie ein falsch adressierter Brief kommt meine Angst um uns zurück.

»Sprich bitte weiter.«

Konstantin holt tief Luft. »Okay ... Ich habe ein Angebot auf dem Tisch, drei Jahre Singapur als CEO für Asien. Es wäre ein riesiger Karrieresprung für mich.«

Stille. Wie eine Wand aus Panzerglas steht das Gesagte zwischen uns. Ich kann alles sehen, aber nichts fassen. Er will weg! In drei Jahren bin ich vierzig, er einundvierzig. Und was kommt dann?

»Aber … aber, wir … also, du wolltest doch … ich meine wir … Mist!« Wie soll ich das aushalten? Ich vergrabe mein Gesicht im Kissen, während eine Woge Verlustangst über mich hinwegschwappt.

»Komm schon, Julchen. Ich habe doch noch gar nicht zugesagt. Natürlich möchte ich das erst mit dir besprechen.«

Konstantins Stimme klingt leise und dumpf. Ich tauche wieder aus dem Kissen auf.

»Und was glaubst du, was dabei herauskommt, wenn du das mit mir besprichst? Natürlich kann ich verstehen, dass du dich geehrt fühlst. Aber ich kann mich darüber nicht freuen, wir wissen doch beide, was es bedeuten würde. Wir würden uns noch viel weniger sehen … und dann würden wir uns irgendwann verlieren …« Meine Augen brennen, und ich drücke die Zunge gegen den Gaumen, doch an dem Kloß in meiner Kehle ändert das nichts.

»Jule! Bitte!«

»Was? Du willst es doch, sonst hättest du direkt absagen können! Wenn ich dich bitten würde, es nicht zu tun, dann würdest du mir das womöglich eines Tages vorwerfen. O Gott, was für eine miese Situation!« Wieder wühle ich mich in das Kissen. »Mit so einer Neuigkeit habe ich überhaupt nicht gerechnet«, knurre ich darunter hervor.

»Komm schon!« Konstantin zieht am Kissen, ich halte es fest.

»Lass mich! Das reicht mir für heute. Ich muss das alles erst mal verdauen. Gute Nacht.«

Ohne weitere Worte rolle ich mich auf die Seite. Konstantin murmelt etwas und lässt mich in Ruhe. Mein Schlaf ist unruhig, ich brauche keinen Wecker, um am Morgen aufzustehen. Lautlos stehle ich mich aus dem Bett und fahre in die Apotheke. Konstantins Neuigkeiten lasten wie Geröll auf mir.

Nach der Arbeit wird mir jedoch klar, dass Schmollen in der raren Zeit, die wir haben, niemanden weiterbringt. So treffe ich Konstantin und Sebastian am frühen Nachmittag in einem Café am Kollwitzplatz. Die beiden haben sich bereits zum Frühstück getroffen. Anscheinend hatten sie einiges zu besprechen. Zunächst plaudern wir unverfänglich über das schöne Wetter, die Dichte der Bio-Supermärkte im Bezirk und den Street-Style in Prenzlauer Berg. Irgendwann kommen wir auf Lea zu sprechen. Noch immer verhält sie sich Sebastian gegenüber auffällig distanziert. Ich kann heraushören, dass die beiden Männer schon vor meiner Anwesenheit ausführlich über das Thema gesprochen haben.

»Dann hat Konstantin dir sicher schon von seinem Angebot erzählt. Und, habt ihr mich auch schon so durchgenommen wie Lea?«

»Warum sollten wir?«, fragt Sebastian und rührt in seinem Latte-Macchiato-Glas herum. Ein Baby schreit.

»Alles klar. Dann hat dir Konstantin schon alles erzählt.«

Die Mutter nimmt das Kleine aus dem Wagen, schiebt sich das blaue Sweatshirt hoch, fummelt an ihrem BH herum und dockt das Baby an ihrer Brust an. Sofort ist Ruhe.

Sebastian nickt. »Das Angebot hat was. Ich kann schon verstehen, dass er darüber nachdenkt. Wenn du mitgehen würdest, dann könntet ihr erstmals eine Sieben-Tage-die-Woche-Beziehung führen.«

»Was hat er dir gezahlt?«, scherze ich uninspiriert.

»Das willst du nicht wissen.«

Ich strecke Sebastian die Zunge raus. Was soll das, dass er sich plötzlich auf Konstantins Seite schlägt?

»Julia, ich habe nicht den Weltuntergang ausgerufen.« Konstantin knallt seine Espresso-Tasse auf den Tisch.

»Den interpretiert jeder für sich anders.«

Wie war das noch mit dem Nicht-Schmollen? Es ist gar nicht so einfach.

»Kann ich euch in dem Zustand allein lassen? Ich muss leider los«, sagt Sebastian.

»Das schaffen wir schon, stimmt's Julia?«

»Auf jeden Fall.«

Sebastian gibt mir ein Küsschen und umarmt seinen Cousin. Dann ist er weg.

Wir gehen ebenfalls. Ziellos schlendern wir über den Wochenmarkt, der hier jeden Samstag stattfindet. Das Hauptgeschäft ist vorüber, erste Händler bauen ab. Wir kommen an der Tofu-Manufaktur vorbei, dem Fleischer, der sein Neuland-Fleisch zum Verkauf anbietet, und dem Stand von Nudel & Co, wo es frische Pasta, Käse und selbst gemachtes Pesto gibt. Doch heute spricht mich hier gar nichts an.

Nicht nur sinnbildlich war der Abstand zwischen Konstantin und mir nie größer, ich laufe gut einen Meter neben ihm.

»Julia, bitte, soll das jetzt das restliche Wochenende so weitergehen? Du solltest lediglich als Erste wissen, dass diese Option im Raum steht. Und ja, ich finde, es könnte eine spannende Erfahrung sein, einmal für eine gewisse Zeit in einem anderen Kulturkreis zu leben. Aber du bist mir wichtig! Komm her.«

Konstantin macht einen großen Schritt zur Seite und steht wie ein Baum vor mir. Er breitet seine Arme aus und schließt mich darin ein. Ich wehre mich nicht.

»Ich habe doch nur Angst davor, dass wir das nicht schaffen«, flüstere ich.

»Aber, aber. Meine einzige, schönste, beste, größte, begehrenswerteste, leidenschaftlichste, witzigste, perfekteste, unnachahmliche, intelligenteste Julia! Ich könnte niemals etwas tun, was dir zuwider wäre.«

Konstantin küsst mich auf die Stirn, als würde er dem Gesagten einen Stempel aufdrücken wollen.

»Wow! Das kam ja wie aus der Pistole geschossen.« Ich schmunzele, zum ersten Mal an diesem Tag.

»Selbstverständlich. Komm, Jule, wir finden einen Weg.«

»Nichts wünsche ich mir mehr, glaub mir. Auch wenn ich nicht weiß, wie der aussehen könnte. Bis wann musst du dich entscheiden?«

»Bis Ende April.«

»Noch knapp vier Wochen ... So viel Zeit lassen sie dir?«

»Ja, sie wissen, dass ich nichts überstürzen werde.«

»Sie wollen dich unbedingt ...«

Konstantin fasst mich an beiden Händen und sieht mir fest in die Augen. »Bitte ziehe dich deswegen nicht zurück. Lass uns die restlichen Stunden nicht unter einer Spannungsglocke verbringen.«

Ich schneide eine Grimasse.

»Siehst du, so gefällst du mir schon viel besser«, sagt Konstantin.

Da muss ich lachen, dankbar dafür, dass es ihm gelingt, mich für ein paar Sekunden aufzuheitern.

»Was hältst du davon, wenn wir heute Abend ins Theater gehen? Das wollten wir doch schon lange wieder einmal machen. Du hast mir doch von dieser neuen Inszenierung erzählt, es gibt sicher noch Restkarten.« Konstantin niest.

»Fühlst du dich gut genug?«

»Ja, ja, das ist wirklich nur eine kleine Erkältung.«

»Na dann. Was nimmt dieser Tag für eine Wendung! Lass uns ins Theater gehen ...«

Tatsächlich sehen wir uns am Abend die Vorstellung an. Die Inszenierung ist eine Hommage an das Leben, es geht ums Scheitern, Wiederaufstehen und um die Suche nach dem Sinn. Es tut gut, für knapp drei Stunden in eine andere Welt entführt zu werden, in der es weder Singapur noch Toms Krankheit gibt.

Der Abschied am Montag in aller Herrgottsfrühe fällt mir leichter als sonst, weil Konstantin die ganze Woche in Europa bleiben wird und bereits am Donnerstag zurück nach Berlin kommt. Über Singapur haben wir seit Samstagabend nicht mehr gesprochen. Es ist mir lieb, dass das Thema ruht, so kann ich es besser verdrängen.

Als ich mittags in der Apotheke in den dick mit Butter beschmierten Kanten des frischen Krustenbrotes beiße, bricht mir eine Füllung heraus und ein Stück Zahn noch dazu. Das hat mir gerade noch gefehlt! Wenn ich mit der Zunge darüberfahre, erscheinen die Ränder scharf wie ein Messer. Ich erreiche Lea in der Praxis, und sie verspricht mir, mich heute Abend nach ihrer offiziellen Sprechstunde noch zu behandeln.

Der Tod von Frau Hagen ist hier im Kiez ein großes Thema. Auch heute sprechen mich Kunden, meist ältere und kranke, auf sie an. Sie wollen wissen, wie sie am Ende aussah. Ich bin diskret und packe die Wahrheit in Watte.

»Erholen Sie sich gut, Frau Schulz«, sage ich zu einer dieser neugierigen Kundinnen. Sie wird für zwei Wochen nach Teneriffa fliegen.

Da kommt ein Mann in die Apotheke, der erschreckend fertig aussieht. Die Jeans schlackern an seinen Beinen, und die graue Windjacke steht weit offen. Er wirkt fahrig. Und er trägt nichts drunter, wie ich erst beim Blick auf seine dunklen Brusthaare sehe, als er vor mir steht. Ein penetranter Schweißgeruch schlägt mir entgegen.

»Was kann ich für Sie tun?«

Er starrt mit glasigen Augen an mir vorbei. »Ich brauche Diazepam!« Seine Zunge ist schwerer als ein Vierzigtonner.

»Haben Sie ein Rezept?«

Mir ist jetzt schon klar, dass bei ihm Drogen im Spiel sein

müssen und er den Wirkstoff nicht braucht, um eine Angststörung oder dergleichen zu behandeln.

»Nein!«

»Es tut mir leid, dann kann ich Ihnen das nicht geben. Sie brauchen ein Rezept.«

Plötzlich fängt er an, wild zu gestikulieren und wirres Zeug zu reden. Er springt wie von Sinnen durch den Verkaufsraum. »Meine Hypophyse platzt, wenn ich das Zeug nicht kriege! Meine Hypophyse platzt!«, brüllt er immer wieder.

Mir platzt gleich etwas anderes als meine Hirnanhangdrüse, und zwar meine Geduld. Wir müssen handeln! Der Mann scheint unberechenbar.

Ich bitte die zwei verschreckten Kunden, später wieder zu kommen. Ursula, die bis eben telefoniert hat, springt mir bei. Doch wir können den Mann nicht beruhigen. Noch immer wild hüpfend zieht er nun seine Jacke aus. Voller Entsetzen sehe ich, dass sein ganzer Rücken voller roter Striemen ist.

»Ursula, ruf die Polizei an! Sag, dass der Mann unter Drogen steht!«

Mit zittrigen Fingern greift sie nach dem Telefon und geht nach hinten.

»Jetzt müssen wir ihn hierbehalten, bis die Polizei eintrifft«, raune ich Edith zu, die gerade aus dem Labor kommt. Sie bleibt an meiner Seite.

Ich laufe an dem Mann vorbei und schließe die Eingangstür ab. Gebetsmühlenartig rede ich auf ihn ein, doch ich kann ihn nicht besänftigen. Edith und ich verschanzen uns hinter der Ladentheke.

»Es kommt gleich jemand«, sagt Ursula.

»Ich bleibe hier, bis ich das Zeug kriege!«

Und dann kräht er wieder etwas von seiner Hypophyse. Er erinnert mich an Rumpelstilzchen.

Vor der Tür hat sich eine kleine Menschentraube gebildet.

Endlich kommt die Polizei. Zeitgleich trifft die Feuerwehr

ein. Was für eine Aufregung! Die Beamten fixieren das Rumpelstilzchen, was wahrlich eine Herausforderung ist, weil es immer wieder um sich schlägt. Irgendwann gibt es auf und lässt sich verarzten. Der Notarzt spritzt dem Mann etwas zur Beruhigung, vermutlich Diazepam.

»Da hat er nun am Ende doch noch gekriegt, was er wollte«, sagt Ursula, nachdem die Apotheke endlich wieder geräumt ist. Kopfschüttelnd reiße ich die Tür weit auf, damit der Rumpelstilzchengeruch besser abziehen kann.

»So was brauche ich so schnell nicht wieder. Wir können nur froh sein, dass wir heil aus der Nummer rausgekommen sind. Ich mag mir nicht vorstellen, wozu der fähig gewesen wäre«, sage ich, bevor ich den nächsten Kunden begrüße. Es muss weitergehen.

12

Das Erlebte steckt mir in den nächsten Stunden noch tief in den Knochen.

»Am Ende könnt ihr nur froh sein, dass euch nichts passiert ist«, sagt Lea, nachdem ich ihr von meinem Tag erzählt habe. Während sie mir den Zahn mit einem Provisorium füllt, weil dort demnächst ein Keramik-Inlay eingesetzt werden soll, entspanne ich mich etwas. Lea erzählt mir etwas von ihren Patienten und dass sie schon einigen todkranken Menschen die Zähne saniert hat.

»So, geschafft, jetzt bitte ausspülen.«

Das Wasser hat einen angenehmen Minzgeschmack. Nachdem ich es ausgespuckt habe, kann ich endlich wieder sprechen.

»Wenn die anderen Ärzte nichts mehr ausrichten können … Bei dir können selbst Todgeweihte erfolgreich behandelt werden.

»Ja, genauso ist es. Du kannst jetzt aufstehen.«

Lea streift ihre Gummihandschuhe ab und wirft sie in den Müll. Dann gibt sie etwas in den Computer ein. Ich komme nur schwer hoch aus dem gemütlichen Behandlungsstuhl.

Die Praxis hat seit neunzehn Uhr geschlossen, wir laufen durch die leeren Gänge vor zum Empfang. Die große Digitaluhr an der Wand zeigt an, dass es Viertel nach acht ist. Das wäre jetzt die Gelegenheit, mein Versprechen Sebastian gegenüber einzulösen und mit Lea zu reden.

»Wollen wir noch eine Kleinigkeit essen gehen?«, frage ich.

Lea schüttelt den Kopf. »Nein, um diese Zeit esse ich

nichts mehr.« Sie setzt sich auf einen der chromglänzenden Stühle hinter dem Empfangstresen.

»Seit wann denn das?«

»Ich bin dabei, meine Ernährung umzustellen. Seit ein paar Tagen esse ich nur innerhalb von acht Stunden, sechzehn Stunden lang gibt es nichts.«

»Ach, jetzt fängst du auch noch mit diesem intermittierenden Fasten an. Da bin ich ja mal gespannt, wie lange du das durchhältst.« Ich stehe vor einem Monitor, der wunderschöne lachende Menschen mit makellosen Gebissen zeigt.

»Das weiß ich doch am allerwenigsten«, bellt Lea unvermittelt scharf und lässt mich zusammenzucken. Geräuschvoll spuckt sie einen Kaugummi aus.

Prompt ist sie mir wieder so suspekt wie bei unseren letzten Begegnungen. Ich suche ihren Blick, doch sie weicht mir aus.

»Lea, bitte, irgendetwas stimmt doch nicht. Sagst du mir, was los ist?«

Sie zuckt mit den Schultern. »So, bevor ich jetzt den Computer herunterfahre, machen wir den Termin für dein Inlay. Wann passt es dir?«

Nach längerer Überlegung finden wir einen Termin in zwei Wochen. Lea schaltet den Computer aus und steht auf.

»Mach's gut, Julia.« Wieder dieser scharfe Ton.

»Bitte! Schmeiß mich nicht gleich raus. Lass uns kurz reden.« Irritiert fasse ich mir an die Stirn. »Allein, dass ich jetzt darum betteln muss …«

Lea kneift ihre müden Augen zusammen. »Sebastian hat dich gebeten, mit mir zu sprechen, stimmt's?«

Ich gehe darauf nicht ein, denn auch wenn er es nicht getan hätte, würde ich mir Lea jetzt zur Brust nehmen.

»Weder bin ich taub noch blind, du hast dich völlig verändert … nicht unbedingt zu deinem Besten, um das mal vorsichtig zu formulieren. Ich wüsste gern, warum.«

Lea sagt nichts. Ich fixiere den schieferfarbenen Praxisboden. Erst auf den zweiten Blick sieht man, dass es Linoleum ist.

»Es stimmt, Sebastian hat mit mir gesprochen. Er leidet darunter, dass du so abweisend zu ihm bist.«

»Das ist doch Blödsinn! Ich muss nur mein Leben ein bisschen neu ordnen, zusehen, wie ich klarkomme.«

Erstaunt sehe ich Lea an. »Dein Leben neu ordnen? Zusehen, wie du klarkommst? Rede doch bitte nicht so kryptisch. Sag mir lieber, was mit dir los ist!«

»Das werde ich bald wissen.« Nahezu trotzig schwingt sich Lea auf den Tresen und lässt ihre Beine baumeln. Wenigstens scheint sie es doch nicht allzu eilig zu haben.

»War die Idee von der Atlantiküberquerung nur der Anfang?«

»Ja, ich wollte mir ein Ziel setzen.«

»Lea, deine Midlife-Crisis in allen Ehren, vielleicht wird es mir nicht anders gehen, wenn ich fünfzig werde, aber ...«

Barsch fährt sie mir ins Wort. »Es ist keine Midlife-Crisis mehr, die hätte ich schon vor zehn Jahren haben müssen. Ich glaube nicht, dass ich hundert werde.«

»Mensch, Lea! Wie immer du diese Phase auch nennen möchtest, es ist schon auffällig, dass sie erst nach dem Antrag so richtig Fahrt aufgenommen hat.«

Lea weicht meinem Blick aus und knabbert an ihrer Unterlippe.

»Lea?«

»Was weißt du denn?« Ihre Stimme flattert, und dann bricht sie. »Du ... ha... hast doch keine Ahnung.« Plötzlich kommt ein Quietschen aus Lea, und dann schluchzt sie auf. Ihr Gefühlsausbruch kommt völlig überraschend. »Es ... es ist ...« Sie ist in Tränen ausgebrochen und findet keine Worte.

Ich setze mich neben Lea auf den Tresen. Sie wimmert

und schüttelt sich, behutsam fahre ich ihr mit der Hand über den Rücken. Ich dränge sie nicht dazu, weiterzusprechen, sondern gebe ihr alle Zeit, die sie braucht. Mir ist nicht wohl, denn ich ahne, dass viel mehr hinter ihrem Verhalten steckt als ein Problem mit dem Älterwerden, wild tanzende Hormone oder ein Antrag, mit dem sie überrumpelt wurde.

»Ich ... ich habe einen Knoten in der Brust getastet ... kurz vor meinem Geburtstag. Ich ... ich ... das wird nicht gut ausgehen.«

»Was?!« Auf einmal machen all ihre Bemerkungen Sinn, die ich an ihrem Geburtstag mit einer Laune und dem Alkohol abgetan habe. »Mensch, Lea, das ist ein Schock. Ich hatte ja keine Ahnung ... Was hat der Arzt gesagt?«

Sie schüttelt wie von Sinnen den Kopf. »Noch nichts. Meine Frauenärztin ist noch bis morgen im Urlaub. Ich gehe nirgendwo anders hin. Und außerdem dachte ich, dass sich das Ding in Luft auflöst, dass ich mich geirrt habe ... Habe ich aber nicht.« Erneut schluchzt sie auf, und ich werde wütend.

»Spinnst du? Wie kannst du das alles allein mit dir ausmachen und uns so ein schlechtes Theater vorspielen? Der arme Sebastian! Du verletzt lieber den Mann, der dich liebt, anstatt dich ihm anzuvertrauen? Das ist unfair. Was hast du davon?« Ich bin laut geworden.

Lea reibt sich die Augen. »Ich weiß, dass ich mit ihm reden muss, aber ich schaffe es noch nicht. Meine eigene Angst reicht mir, ich kann nicht auch noch Sebastians ertragen ... Allein der Blick in seine Augen ... Das würde alles noch viel schlimmer machen. Deswegen möchte ich es ihm erst sagen, wenn ich Klarheit habe. Und wenn es mein Todesurteil sein sollte, dann mache ich ihm so den Abschied leichter ...«

Immer wieder schüttle ich den Kopf. »Ich kann das kaum glauben! Du bist eine intelligente Frau und ziehst so eine Nummer ab. Wie albern, dass ich gedacht habe, womöglich sei der Antrag schuld an deinem merkwürdigen Benehmen.

Wie hältst du es nur aus, so passiv zu sein? Wie kannst du so lange mit dieser Ungewissheit leben?«

»Gar nicht, das merkst du doch, und ich gehe mir damit selber auf die Nerven. Aber ich kann nicht aus meiner Haut.« Sie macht eine Pause, bevor sie matt anfügt: »Wahrscheinlich habe ich genau einen solchen Einlauf gebraucht. Danke, dass du nicht lockergelassen hast. Es tut gut, sich jemandem anzuvertrauen.«

»Wozu sind Freunde da? Nicht, dass ich Verständnis für dein Verhalten hätte, aber zumindest kann ich nun nachvollziehen, warum du dich so merkwürdig benommen hast. Ich hoffe sehr, dass du damit aufhörst. Sei, wie du bist! Spiel uns nichts vor. Glaub mir, es ist eine Stärke, Schwäche zeigen zu können und Ängste zu teilen.« Für einen Augenblick denke ich an Tom, und dann bete ich innerlich, dass sich Leas Knoten als falscher Alarm herausstellen wird.

Sie umarmt mich und weint leise an meiner Schulter weiter.

»Es kann ganz harmlos sein, eine Zyste oder vielleicht ein Fibroadenom«, murmle ich.

»Nein, ich spüre, dass es … mehr ist. Und das … Ich will noch nicht sterben.« Wieder schluchzt Lea auf. Ihre Beklemmung geht auf mich über. Ich halte sie ganz fest. Dieser Strudel aus Unwissenheit und Angst ist Folter für unsere Seele. Dabei vergessen wir, dass Angst nur eine Illusion ist, die meist in Unwissenheit gründet.

»Das wirst du auch nicht! Du weißt nichts, gar nichts. So kann das unmöglich weitergehen. Gleich morgen gehst du zu deiner Ärztin, ja?«

Lea nickt. »Das hatte ich ohnehin vor.«

Ich lockere meinen Griff, sie windet sich aus meinen Armen.

»Und du redest mit Sebastian.«

»Bitte lass mich mit ihm sprechen, wenn ich so weit bin, sag ihm noch nichts.«

»Was glaubst du denn, was eure Liebe ausgemacht hat? Gegenseitiger Halt und Vertrauen, war das nicht einmal so?«

»Gib mir nur noch einen Tag, bitte. Nachdem ich bei der Ärztin war, weiß ich zumindest, wie die nächsten Schritte aussehen werden.«

Unwillkürlich zucke ich mit den Schultern. »Letztlich ist es deine Entscheidung.«

»Danke.«

»Meldest du dich bitte sofort bei mir, wenn du mehr weißt?«

Lea klatscht sich rechts und links auf die Wange. Ihre Tränen sind fürs Erste versiegt. »Das mache ich. Und jetzt lass uns bitte noch über etwas anderes sprechen.« Wie auf Knopfdruck legt sie den Schalter um. »Zu niedlich, dass du dachtest, ich führe mich so auf, weil ich Sebastian nicht heiraten möchte.«

»Ich bin ja froh, dass da nichts dran ist.«

»Na ja, er wusste zumindest, dass es nie mein Wunsch war zu heiraten. Aber vermutlich dachte er, dass ich das nur gesagt habe, weil ich davon ausgegangen bin, dass er mich ohnehin nicht fragen würde …«

»Er lag also richtig.«

»Ja, jetzt kann ich es ja zugeben.«

Lea berührt eine der strahlend gelben Tulpen, die in einem üppigen Strauß neben ihr stehen. »Wenn es überhaupt noch dazu kommen sollte …«

»Hör bitte auf damit!«

»Aber es ist doch wahr, ich möchte Sebastian ganz sicher nicht zur Last fallen.«

Lea springt von ihrem Platz, ich tue es ihr nach.

»Mach es dir doch nicht unnötig schwer, und hör auf zu

spekulieren! Und selbst wenn es kein falscher Alarm sein sollte, Krebs ist noch lange kein Todesurteil.«

Energisch fährt sich Lea durch die Haare. »Ja, das versuche ich mir auch einzureden. Aber es ist nicht leicht. Meine Tante ist vor Jahren qualvoll daran gestorben. Auch wenn die Medizin viel weiter ist als damals, das Bild von ihr habe ich immer vor Augen.«

»Du wirst das alles meistern, egal, wie es kommt, verstanden? Und wann immer du mich brauchst, zum Reden oder für was auch immer, ich bin für dich da.«

Da umarmt Lea mich. Stumm stehen wir so eine Weile im Praxisflur, bevor sie sich von mir löst und mit schnellen Schritten in einen Raum am Ende des Ganges läuft. Ich folge ihr. Lea öffnet eine Schranktür und nimmt ihre Tasche heraus. Mit einem schnellen Blick in ihren winzigen Schminkspiegel wischt sie sich die zerlaufene Wimperntusche ab und zieht sich die roten Lippen nach. Dann schlüpft sie in ihren wadenlangen Trenchcoat.

»Beim nächsten Mal haben wir aber wieder mehr Spaß, ja, Julia?«

»Das wünsche ich mir sehr. Aber zunächst hoffe ich, dass wir schnellstens wissen, woran wir sind.«

Ein zaghaftes Lächeln huscht über Leas Gesicht. »*Wir* werden das bald erfahren, da bin ich mir sicher.«

Gemeinsam verlassen wir die Praxis.

Lea hat Wort gehalten und ist am Tag nach unserem Gespräch zu ihrer Ärztin gegangen. Gleich darauf hat sie mit Sebastian gesprochen, der natürlich aus allen Wolken fiel. Nicht nur wegen des Krebsverdachts, sondern auch, weil Lea nicht längst mit ihm darüber geredet hatte. Ich glaube, dass er erleichtert war, nun endlich eine Erklärung für ihr eigentümliches Verhalten zu haben und zu wissen, dass es nicht an ihm lag.

Nachdem durch bildgebende Verfahren wie Mammographie und Magnetresonanztomographie keine Entwarnung gegeben werden konnte, musste sich Lea einer Biopsie unterziehen. Das alles passierte innerhalb weniger Tage. Leas Ärztin, mit der sie schon seit Jahren verbunden ist, ließ dafür all ihre Kontakte spielen. Nun müssen wir noch zwei Tage auf das Ergebnis der Gewebeprobe warten. Ja, all die durch diese quälende Ungewissheit ausgelösten apokalyptischen Gedanken sind kaum zu ertragen. Ich telefoniere mehrmals täglich mit Lea. Konstantin steht mit seinem Cousin in regem Austausch. Nebenbei lebt jeder von uns so gut es geht seinen Alltag. Zwei Tage waren schon lange nicht mehr so zäh.

Heute nun soll Lea endlich Gewissheit kriegen. Sebastian hat mir versprochen, mich sofort anzurufen, wenn das Ergebnis vorliegt. Deswegen trage ich bei der Arbeit mein Telefon in der Hosentasche und spüre durch Vibration jede eingehende Nachricht, sei sie auch noch so unwichtig.

Da betritt Mareike Weber wieder einmal mit leidendem Gesicht die Apotheke. Es gibt tatsächlich Menschen, die keinen Ton sagen müssen, um als Energieräuber identifiziert zu werden, denke ich. Frau Weber ist einer von ihnen. Heute trägt sie einen feschen Laufdress, der unübersehbar von einer italienischen Luxusmarke stammt. Ich höre sie schnaufen, dabei sieht sie erstaunlich frisch aus. Das Make-up sitzt noch. Sie hat sich hinter Frau Schmuck eingereiht, der ich ein neues Medikament gegen Herzinsuffizienz aushändige und sie darüber aufkläre. Das dauert einen Moment. Ich höre Mareike Weber stöhnen und dann genervt sagen: »Was dauert des so lang? I gang gloi woanders hin.«

»Alles Gute, Frau Schmuck«, sage ich, bevor ich mich nun Frau Weber zuwende.

»Na endlich! Mir geht's wirklich ned guad. Se könna sich ned vorschtella, was i nach dem Laufen für Muskelschmerzen kriege, des isch der Horror. Magnesium brauch i. Und i brauch Biotin, meine Fingernägel sind brüchig.«

Nun blickt sie drein, als würde sie gleich sterben. Wenn Tom das hier sehen würde oder Lea, die in ihrer Angst gefangen ist … Plötzlich gehen die Pferde mit mir durch, ich werde laut.

»Entschuldigen Sie, aber Ihr Anblick ist kaum zu ertragen. Wissen Sie überhaupt, wie gut es Ihnen geht? Haben Sie eine Ahnung davon, was körperliches Leid wirklich bedeutet? Zu wissen, nur noch Wochen oder Monate zu leben? Schämen sollten Sie sich!« Meine Stimme hat sich fast überschlagen, meine Halsschlagader pocht auf Hochtouren. Nie zuvor ist mir jegliche Professionalität so abrupt abhandengekommen.

»Was erlauba Sie sich? Des muss i mir ned anhören.« Frau Weber dreht sich erbost um und marschiert aus der Apotheke. Ich weiß, dass ich soeben eine Kundin verloren habe, und ich bin froh darüber. Die anderen drei Kunden starren mich irritiert an, während Ursula mir zunickt und raunt: »Endlich hast du es ausgesprochen.«

Ich gehe nach hinten und trinke einen Schluck Wasser. Was für ein Tag. Wenn doch nur endlich der Anruf von Sebastian kommen würde. Ich sammele mich einen Moment und arbeite weiter.

Am frühen Nachmittag kommt dann tatsächlich der ersehnte Anruf.

»Julia! Sitzt du?«

Hitze schießt mir in den Kopf, ich lehne mich gegen die Wand. »Sag es!«

Da höre ich im Hintergrund laute Musik. »Es ist kein Krebs!«, brüllt Sebastian, und ich höre, wie glücklich er ist. Vor Erleichterung steigen mir Tränen in die Augen.

»Gott sei Dank!«

»Gerade kam der Anruf, der Professor persönlich hat Entwarnung gegeben. Das Ding ist gutartig. Lea kann es kaum fassen, sie ist völlig aus dem Häuschen und tanzt durch die Wohnung … warte, ich gebe sie dir kurz.«

Ich höre sie »I'm alive and love my life« kreischen, sie grölt anscheinend irgendeinen einen Song mit, bevor ihre Stimme an mein Ohr dringt.

»Oh Julia, ich habe es so gehofft, aber nicht daran geglaubt … Nie wieder höre ich damit auf, das Leben zu feiern. Willst du nachher vorbeikommen und mitmachen?«

»Das würde ich zu gern, ich kann dir gar nicht sagen, wie ich mich für dich freue. Aber ich bin nachher mit Tom verabredet. Er freut sich so auf unseren Ausflug.«

»Verstehe, das geht eindeutig vor. Wir haben ja genügend Zeit zu feiern, jeden Tag. Juhu! Ich bin so glücklich.« Ich höre, dass Lea weint, diesmal vor Freude und Erleichterung. Dann singt sie wieder, und Sebastian übernimmt das Gespräch. »Ja, du hörst, bei uns geht's hoch her. Und ich kriege meine Lea zurück! Sagst du Konstantin Bescheid? Lea zwingt mich dazu, sofort mit ihr zu tanzen …«

Ich lache. »Da musst du jetzt durch. Zelebriert es! Das ist die schönste Nachricht seit Langem. Ich umarme euch alle beide.«

Nachdem ich aufgelegt habe, rufe ich sofort Konstantin an. Er weiß, worum es geht, deswegen nimmt er das Gespräch an, obwohl er in einem Meeting sitzt, das er für das Telefonat kurz verlässt. »Danke. Eine Sorge weniger«, sagt er, und dann muss er auch schon wieder zurück an den Verhandlungstisch.

Die gute Nachricht des Tages beflügelt mich. Wie ich es mir vorgenommen habe, mache ich mich an diesem wechselhaften Mittwochnachmittag auf den Weg zu Tom. Ich denke an Lea, zappe durch verschiedene Radiosender und bleibe bei Abba und *Dancing Queen* hängen. Lauthals singe ich mit, sehe sie vor meinem inneren Auge tanzen und habe ein breites Lächeln auf dem Gesicht. Es folgen die Nachrichten, ich drehe den Ton leiser, während meine Gedanken zu Konstantin wandern und meine Mundwinkel wieder nach unten sinken. Nun leben wir schon drei Wochen mit dem Angebot, dass er nach Singapur geht. Rational gesehen kann er es schlecht ablehnen, selbst die Konditionen wurden noch einmal aufgestockt, wahrscheinlich hat er gepokert, ohne mir davon zu erzählen. Mir ist klar, dass Konstantin hin- und hergerissen ist. Noch immer würde ich das alles am liebsten aussitzen. Aber das funktioniert leider nicht. Das Hupen eines Autos reißt mich aus meinen Gedanken. Die Ampel ist längst auf Grün gesprungen, ohne dass ich es bemerkt habe. Ich gebe Gas. Der April spielt heute auf allen Tasten seiner Klaviatur. Eben hat es noch geschüttet, nun strahlt die Sonne gleißend vom Himmel. Ich setze die Sonnenbrille auf. Was noch vor Kurzem für mich als undenkbar galt, mache ich nun schon zum dritten Mal in Folge: Ich nehme mir einen Mittwochnachmittag frei, für Tom.

Nachdem wir bereits zusammen auf der Museumsinsel waren, im Deutschen Historischen Museum und im Palais Populaire, steht heute der Besuch einer großen Galerie auf unserem Plan.

Wenn ich Tom mit unseren Gesprächen und Ausflügen durch Berlins Kunst- und Kulturszene Freude bringen kann, dann macht mich das glücklich. Ihn anscheinend auch, denn Helke sagte mir, dass er dank mir eine ganz andere Energie habe.

Wie immer parke ich den Wagen vor dem Grundstück. Gerade ging erneut ein Schauer nieder, als ich nun aussteige, scheint die Sonne auf mich, als hätte sie nie etwas anderes getan. In ihrem Licht glitzert der feuchte Rasen vor dem Haus wie ein Diamant-Collier. Ein frischer, zarter Blütenduft liegt in der Luft. Längst sind die Knospen an den Bäumen zu schneeweißen Blüten geworden.

Ines öffnet mir die Haustür.

»Hallo! Was für ein Wetter heute!«, rufe ich ihr entgegen.

»Es weiß nicht, was es will. Komm rein. Tom ist gleich so weit.«

»Wie geht es ihm heute?«

»Er hat sich auf dich gefreut, das hilft. Warte kurz.«

Nach fünf Minuten kommt Tom mir entgegen. Er stützt sich mit seiner kaum mehr vorhandenen Kraft auf seinen Rollator, Ines ist dicht bei ihm. So sehr ihn jeder kleine Schritt auch anstrengt, er lässt es sich nicht nehmen, sich Meter um Meter vorzukämpfen. Was früher selbstverständlich war, ist nun zu einem Hochleistungssport für ihn geworden. Es ist eine Qual, ihm dabei zuzusehen. Der Muskelschwund ist erbarmungslos, lange wird ihm das Laufen nicht mehr möglich sein. Eine dunkelblaue Sporthose umspielt Toms dünne Beine, dazu trägt er ein frisch gebügeltes weißes Hemd. Über seinen Schultern liegt ein hellblauer Wollpullover.

»Hey Tom, hast du eine Verabredung? Du siehst richtig gut aus.«

»Julia! Schön, dass du da bist.« Er ringt nach Luft. »Ja, habe ich. Aber … es … ist … nicht … so, wie … du … denkst. Sie …« Wieder schnauft er. »… ist bereits … vergeben.«

Ich grinse. Es ist immer wieder wohltuend, wie spontan die Krankheit in den Hintergrund treten kann. Jeder dieser Augenblicke ist ein Geschenk, nicht nur für den Kranken.

»Das weiße Hemd war ihm wichtig«, sagt Ines lächelnd.

Ich bin gerührt. »Da werden dir die Blicke der Frauen hold sein.«

»Für … andere … habe … ich … keine … Augen. Du … strahlst … ja … heute … ganz … besonders.«

»Das liegt natürlich an dir. Und daran, dass sich der Krebsverdacht bei einer Freundin nicht bestätigt hat, wie ich vorhin erfahren habe.«

Beim Gehen muss Tom sich extrem konzentrieren. Das Sprechen fällt ihm dann noch schwerer als sonst.

»So etwas … hört … man … viel … zu selten …«

Kurz bevor er die Haustür erreicht, ist er am Ende seiner Kräfte. Ines stützt ihn. Ich komme ihm mit dem Rollstuhl entgegen.

Noch vor drei Wochen wollte Tom den Weg bis zum Auto unbedingt mit dem Rollator zurücklegen, doch inzwischen hat er eingesehen, dass er sich in diesem Kampf geschlagen geben muss. Er sackt mit einem lauten Schnaufen in den Rollstuhl.

Da mein kleiner Fiat 500 nicht genügend Platz bietet, überlässt Helke mir für unsere Ausflüge ihren Transporter. Ich nehme den Schlüssel aus der Schale, das hat sich längst eingespielt. Ines begleitet uns bis zum Auto. In seinem Elektrorollstuhl hat Tom wieder mehr Selbstständigkeit, er steuert ihn selber. Ich helfe Tom ins Auto und lege ihm den Gurt an. Dann klappe ich den Rollstuhl zusammen und verstaue ihn im großzügigen Laderaum, wo es eine spezielle Haltevorrichtung für ihn gibt. Stolz hat mir Helke berichtet, dass sie für Tom einen der leichtesten faltbaren Elektrorollstühle der Welt angeschafft hat. Er wiegt nur sechsundzwanzig Kilo. Nachdem sie mich fachkundig eingewiesen hat, sitzen inzwischen auch bei mir alle Handgriffe für den sicheren Transport.

»Viel Spaß euch beiden«, ruft Ines.

Ich winke ihr durch die heruntergelassene Scheibe zu und rolle vom Grundstück.

Eine riesige, dunkle Wolke schiebt sich vor die Sonne. Der nächste Regenguss kündigt sich an. Tatsächlich beginnt es keine Minute später wieder aus allen Kannen zu schütten.

In der Galerie begeben wir uns auf einen Rundgang durch die Berliner Kunst von 1880 bis 1980. Die Ausstellung besteht aus einem facettenreichen Mix aus Ölgemälden, Grafiken, Skulpturen, Fotografien und Architekturmodellen.

Langsam lenkt Tom seinen Rollstuhl durch die Gänge.

»Sieh dir nur all die künstlerischen Ansätze und Stile an! Und dazu diese Spannungen, Gegensätze und Brüche. Ich glaube, nur in Berlin gibt es diesen fortwährenden Aufbruch. Schade, dass ich hier nie richtig eingetaucht bin, als ich dazu noch imstande war.«

»Tom! Was machen wir denn hier gerade?«

Er ringt sich ein Lächeln ab. »Danke, dass du mich vorm Lamentieren rettest.«

»Immer wieder gern geschehen.«

In unserem eigenen, ruhigen Tempo erkunden wir die Ausstellung. Tom hat immer etwas zu erzählen, egal ob es um Werke aus der großbürgerlich geprägten Malerei der Kaiserzeit Ende des 19. Jahrhunderts, aus der Epoche des Expressionismus oder der osteuropäischen Avantgarde geht. Schon wie damals mit fünfzehn schafft er es auch heute trotz seiner sprachlichen Beeinträchtigung noch, mich zu begeistern und meinen Horizont weiter zu machen.

»Nach dem Ersten Weltkrieg sind Tausende osteuropäische Künstler nach Berlin gekommen. Sie waren im Zuge der Revolution 1917 aus ihren Heimatländern geflohen.«

»Was du alles weißt!«

Tom starrt auf das Gemälde vor uns. Es zeigt auf hellblauem Grund eine Figur, die an Charlie Chaplin erinnert, und beladen ist mit Musikinstrumenten.

»Diese Epoche war Elsas Spezialität. Die Verbindung von gegenständlicher Formensprache mit abstrakten Stilelementen hat schon ihren ganz eigenen Reiz …« Toms Blick schweift ab, ein Strahlen liegt auf seinem Gesicht, als würde er sich in einer Zeit verlieren, in der er noch eine Zukunft hatte. »Elsa hätte hier Stunden verbringen können. Sie war fasziniert von der osteuropäischen Avantgarde, hat sogar ihre Masterarbeit darüber geschrieben. Ihr Traum war es, einmal eine Ausstellung mit Werken aus dieser Zeit zu kuratieren. Dieses Bild hätte sie geliebt.«

»*Synthetischer Musiker,* auf so einen Titel musste man 1921 erst mal kommen«, sage ich.

Nie zuvor habe ich von diesem Maler etwas gesehen.

»Auf jeden Fall ist das ein interessanter Stil. Hat Elsa es geschafft, eine Ausstellung zu kuratieren?«

»Ich weiß es nicht. Als wir uns getrennt haben, da hat sie bei einem Auktionshaus gearbeitet.«

»Du denkst noch viel an sie …«

Abrupt setzt sich Tom mit seinem Rollstuhl in Gang. Weg von Elsa, weg von dieser Frage. Ich laufe ihm hinterher. Vor einem Torso aus Pappe hält er wieder an.

»Entschuldige bitte, ich möchte dich nicht aufwühlen«, sage ich.

»Es ist alles … so lange her … aber ja, ich denke an sie, fast jeden Tag …«

Die Trauer in seinen Worten! Es ist nicht nur für Tom eine Tortur.

»Du bist nie über sie hinweggekommen«, flüstere ich mehr, als dass ich es sage. Als wäre das eine erstaunliche Erkenntnis. Ich fixiere diese eigenartige Papp-Skulptur, vor der wir stehen. Sie ist gänzlich aus verschachtelten Flächen zusammengesetzt. Viel kann ich ihr nicht abgewinnen.

»So viel scheint zwischen euch unausgesprochen zu sein. Denk doch wenigstens einmal drüber nach, sie zu kontaktieren.«

Wieder fährt Tom einfach davon. Die Ausstellung wird zur Nebensache. Das gerahmte, dadaistische Manifest, vor dem er nun stehen bleibt, würdigt er keines Blickes.

»Das schaffe ich nicht.«

Mit jeder Faser meines Körpers kann ich spüren, wie gern er Elsa noch einmal sehen würde. Aber es wird ihm nicht gelingen, über seinen Schatten zu springen. Es ist unerträglich.

Tom fährt weiter. Wir kommen an einem älteren Paar vorbei, das vor einem Werk in schwarz-weiß mit dem Titel *Rasierseifen-Grafik auf Glasplatte* heftig diskutiert. Ob sich Tom und Elsa auch so angeregt über Kunst ausgetauscht haben?

»Was ist Elsa für ein Mensch?«

Wir stehen vor einem Gemälde von 1889, auf dem sich eine nackte Frau räkelt, sehr ästhetisch, wie ich finde.

»Elsa ist eine wunderbare, leidenschaftliche Frau, interessiert an allem, was die Welt zusammenhält und für jede Unternehmung zu haben. Wir haben uns so geliebt … dachte ich zumindest. Mit ihr habe ich in Florenz … meine schönsten und … wichtigsten Jahre verbracht.«

Ja, es ist kaum zu ertragen, so sehr krampft sich mein Herz bei Toms Worten zusammen. Er ist voller Liebe für eine Frau, die ihn entsorgt hat wie einen Sack Müll. Und das zu einem Zeitpunkt, als er sie am nötigsten brauchte. Ich bemühe mich, Tom abzulenken und seinen Fokus wieder auf die Ausstellung zu richten.

»Was hältst du denn davon?«

Wir stehen nun vor einem düsteren Exponat aus Kunstharz in Form einer Bombe. Tom kann auch dazu etwas sagen.

»Du musst ein großartiger Professor gewesen sein.«

Schon im nächsten Moment möchte ich mich für diesen Satz ohrfeigen, weil er nichts anderes vermag, als erneut tonnenschwere Wehmut heraufzubeschwören. *Los, Julia, noch einmal anders!* »Quatsch, ich wollte sagen, dass du ein mitreißender Kunsthistoriker bist.«

Tom sieht zu mir auf, aber er lächelt nicht. »Das hat mir schon lange niemand mehr gesagt.«

Wir sind fertig mit dem Rundgang und fahren zurück zu Helke. »Bleib doch zum Abendessen«, sagt sie, als ich ihr den Autoschlüssel zurückgebe. Ich zögere einen Moment.

»Komm schon! Tom freut sich bestimmt, wenn du noch bleibst.« Unsicher druckse ich herum. »Ich weiß nicht …«

»Was ist los? Ich dachte, ihr versteht euch so gut.«

»Tun wir auch. Aber wir haben tatsächlich noch nie zusammen gegessen. Ich weiß doch, wie unangenehm Tom das ist.«

»Worüber du dir Gedanken machst! Gut, wir fragen ihn.«

Zum Abschluss des Tages wird Tom von Ines noch einmal auf der mobilen Massageliege durchgewalzt, wie er es nennt. Sie dehnt und drückt ihn, um schmerzhaften Muskelkrämpfen und Spasmen vorzubeugen.

»Bruderherz, hast du ein Problem damit, wenn Julia mit uns isst?«

Ein Gurgeln kommt von der Liege.

»Siehst du, sag ich doch, es ist kein Problem. Er freut sich.«

»Dann bleibe ich natürlich gern.«

Wir lassen die beiden wieder allein und gehen in die Küche.

»Es gibt aber nichts Besonderes. Eine Suppe für Tom, Brot und Aufschnitt, das habe ich vergessen zu erwähnen.«

»Deswegen mache ich jetzt sicher keinen Rückzieher.«

Helke öffnet ein Glas Bio-Tomatensuppe und schüttet sie in einen Topf. Dann nimmt sie Sahne aus dem Kühlschrank und gibt reichlich davon dazu.

»Tom braucht Kalorien. Aber es wird immer schwieriger für ihn, normal zu essen. Du siehst ja, wie abgemagert er schon ist.« Nun beschmiert Helke eine Scheibe Brot dick mit Leberwurst. »Das muss er auch noch essen. Für einen ehemaligen Gourmet ist das natürlich gruselig.«

Helke schneidet das Brot in kleine Häppchen, als würde sie das Essen für einen Zweijährigen vorbereiten.

»Ich kann dir nicht oft genug sagen, wie sehr ich meinen Hut vor dir ziehe. Du gehst so souverän mit der Situation um, obwohl es härter kaum geht. Erst der Verlust eurer Eltern und nun das unausweichliche Schicksal von Tom.«

Helke legt das Messer ab und hält inne. »Souverän? Na, ich weiß nicht. Aber gut, es stimmt, ich funktioniere irgendwie.« Sie macht eine kurze Pause, bevor sie weiterspricht. »Möglicherweise habe ich unbewusst die Rolle unserer Mutter eingenommen. Tom ist mein kleines Kind, um das ich mich kümmern muss. Trotz aller Strapazen spüre ich ihm gegenüber bedingungslose Liebe. Das ist doch so, wenn man Mutter ist, oder? Jedenfalls rückt der Tod so nicht jeden Tag in den Fokus. Ich verdränge das, was noch kommen wird.« Sie nimmt das Messer wieder in die Hand und schneidet kraftvoll die letzten Häppchen.

Ich schlucke, Helkes Worte haben eine gewaltige Kraft. »Eure Mutter wäre sehr stolz auf dich.«

Sie winkt ab. »Deckst du den Tisch? Da drüben sind die Teller.« Helke zeigt auf eins der oberen Schrankfächer hinter mir.

Als alle Vorbereitungen abgeschlossen sind, kommen Tom und Ines in die Küche. Sie führt ihn zu seinem Platz und verabschiedet sich.

»Guten Appetit«, sagt Helke.

Ich esse ein Brot mit Frischkäse.

Die Suppe hat Helke in einen der Plastikbecher mit Trinkhalm gefüllt. Tom beugt sich nach vorn und schlürft etwas davon. Doch selbst das ist anstrengend für ihn, immer wieder rinnt ihm Suppe aus dem Mund und tropft auf sein Hemd. Mit Engelsgeduld hilft Helke ihm.

Der Anblick geht mir an die Substanz. Ich kann nichts mehr essen. Es dauert unendlich lange, bis Tom seine Suppe geschafft hat. Helke stellt den Teller mit den Häppchen vor ihn und beginnt nun damit, ihren Bruder zu füttern. Nahezu entschuldigend blickt Tom zu mir. »Horror, was?«, presst er hervor.

Es fällt mir schwer, mir mein Unbehagen und mein Mitleid nicht allzu sehr anmerken zu lassen.

»Quatsch! Da habe ich schon ganz anderes gesehen. Ich sage nur, sonntagmorgens um halb vier bei McDonalds.«

Wie ich darauf komme, weiß ich nicht, ich war noch nie um diese Zeit dort, aber zumindest sehe ich ein Lächeln über Helkes Gesicht huschen.

Tom beim Essen zu erleben, macht mir die Brutalität der Krankheit noch einmal in einer anderen Dimension bewusst. Um die fortschreitende Lähmung seiner Zunge zu kompensieren, muss er mit geöffnetem Mund kauen und den Kopf hin und her wiegen, damit sich das Essen irgendwie zwischen seinen Zähnen verteilt. Dabei gibt er beinah tierische Laute von sich. Ab und zu fällt ihm etwas aus dem Mund.

»Ich habe ihn noch nicht so weit, dass er nur Flüssignahrung zu sich nehmen möchte«, sagt Helke.

Wieder ein Laut von Tom, den ich nicht verstehe.

Ich kann nachvollziehen, dass er unter diesen Umständen nicht in der Öffentlichkeit essen möchte, ich würde es auch nicht wollen.

13

Nach dem Essen hat Tom mich gebeten, noch etwas zu bleiben. Nun sind wir allein in seinem Zimmer. Wie immer, wenn ich bei ihm bin, sitzt er in seinem Sessel, ich auf der Couch. Gerade, als er mir erzählt, dass kürzlich ein ehemaliger Student Rat wegen seiner Dissertation bei ihm eingeholt hat, klingelt mein Telefon. Es ist Konstantin.

»Entschuldige, ich gehe kurz ran, ja?«

Tom nickt.

»Hey, ich bin noch bei Tom.«

»Ach so, ich dachte, du feierst heute Abend mit Lea und Sebastian.«

»Das tue ich in Gedanken die ganze Zeit.«

»Dann störe ich dich nicht weiter.«

»Ist alles in Ordnung bei dir?«

»Ja, ja, denk dran, ich komme schon morgen zurück nach Berlin.«

»Ich weiß und ich freue mich.«

»Na, dann hab noch einen schönen Abend.«

»Du auch, bis morgen.«

Was war das für ein Gespräch? Mein Herz wird schwer. Wir haben uns nichts gesagt. Wann hat das angefangen?

»Julia? Geht's dir nicht gut?«

Das fragst ausgerechnet du mich? »Doch, doch, mir geht's gut. Sag mal, ganz ehrlich, gibt es Momente, in denen du an Wunder glaubst?«

Toms Kopf senkt sich auf die Brust. »Du meinst so was wie das Wunder einer Spontanheilung?«

»Ja, zum Beispiel.«

Er lacht leise auf. »Lange habe ich gehofft, es sei eine Fehldiagnose und alles werde wieder gut. Vorm Einschlafen war ich dann ein gesunder Mann, also in meinen Gedanken.« Tom holt ein paarmal Luft. »Was habe ich für Wünsche an das Universum geschickt. Ich! Ein jahrelanger Atheist! Es gab Zeiten, in denen ich mein Weltbild über den Haufen geworfen habe und an alles glauben wollte … Das habe ich noch nie jemandem erzählt … auch nicht, dass ich sogar einen vermeintlichen Wunderheiler konsultiert habe. Du siehst, was es gebracht hat. Erfolg auf ganzer Linie! Nein, ich glaube nicht an Wunder.«

Ich drücke mir eins der bunten Sofa-Kissen in den Schoß.

»Glaub mir, ich hätte auch nichts unversucht gelassen.«

»Mein Leben ist zu einem immerwährenden Abschied geworden. Der Radius, in dem ich mich selbstständig bewegen kann, wird immer kleiner, das konnte ich dir ja heute noch einmal eindrucksvoll beweisen.«

»So kannst du zumindest dein Leben ständig neu definieren. Wer kann das schon von sich behaupten?«

»Ha! Genau, man muss die Dinge nur positiv sehen. Danke, Julia.«

»Keine Ursache. Hast du eigentlich Kontakt zu anderen ALS-Patienten?«

»Nein, bisher nicht. Meine Scheu ist zu groß, die Krankheit in noch fortgeschritteneren Stadien zu sehen. Für diesen Blick in die Glaskugel bin ich einfach noch nicht bereit.«

Es klopft, und wie ich es schon kenne, steht Helke sofort im Zimmer.

»Entschuldigt die Störung. Julia, bleibst du noch ein Stündchen?«

Ich werfe einen Blick auf die Uhr, es ist bereits neun. »Warum fragst du?«

»Ich muss noch mal kurz weg, würde aber Tom vorher

bettfertig machen, wenn das für euch okay ist. Und du könntest dann, bis ich wieder da bin, den Babysitter spielen.«

»Gut, das mache ich gern.«

»Jetzt siehst du mal, wie ich von meiner Schwester unterdrückt werde. Sehe ich etwa so aus, als würde ich einen Babysitter brauchen?«

»Natürlich nicht!«, sage ich.

»Wir beeilen uns«, sagt Helke und hilft ihrem Bruder ins Bad.

Währenddessen blättere ich einen Bildband über die Architektur der Jahrhunderte in der Malerei durch.

»Der König ist nun wieder bereit, dich zu empfangen«, sagt Helke irgendwann.

Ich klappe das Buch zu und lege es zurück auf die Kommode.

»Sie ist so witzig«, sagt Tom.

Inzwischen liegt er bis zum Bauchnabel zugedeckt mit halb aufgerichteter Rückenlehne in seinem Bett. Obenrum trägt er ein dunkelblaues Pyjama-Oberteil.

»Wenn du gehst, bevor ich zurück bin, zieh einfach die Tür hinter dir zu, ja?«

»Mache ich. Muss ich sonst noch auf etwas achten?«

»Nein, nein«, sagt Tom bestimmt.

Das ihm das Procedere auf die Nerven geht, bleibt mir nicht verborgen.

»Hab einen schönen Abend«, sage ich zu Helke.

»Danke. Schön wird der nicht mehr, ich muss nur einem Ex-Patienten sagen, dass aus uns nichts wird.«

»Ruf mich an, falls die Sache eskaliert!«

»Der ist mehr als harmlos. Bis nachher, Bruder. Ich hoffe, du schläfst dann noch nicht.«

Helke winkt, Tom murmelt etwas, aber da ist seine Schwester schon aus der Tür. Fragend schaue ich ihn an.

»Warum hofft sie, dass du nachher noch wach bist?«

»Weil sie mir noch die Atemmaske aufsetzen muss.«

Mein Blick wandert zu dem Teil auf seinem Nachttisch.

»Was wäre, wenn du ohne sie schläfst?«

»Dann hätte ich im Zweifel einen sanften Tod. Im Tiefschlaf wird meine Atmung zu flach, dann kann ich das Kohlendioxid nicht mehr ausreichend abatmen. Und wenn der Kohlendioxidgehalt im Blut steigt, könnte es passieren, dass ich nicht mehr aufwache. Solange ich also noch andere Pläne habe, sollte meine Atmung kontrolliert werden.«

»Na Halleluja!«

Ich trage den schweren Holzstuhl mit dem roten Kissen aus der Ecke vor Toms Bett, damit ich näher bei ihm sitzen kann.

»Prima, Julia, jetzt hat das Ganze noch mehr von einem echten Krankenbesuch.«

»Tom, lass es! So kann ich dich besser verstehen.«

»Schon gut.«

Ich setze mich und schlage die Beine übereinander.

»Sag mal, hast du eine Liste mit Dingen, die du noch abhaken möchtest?«

Tom schüttelt den Kopf. »Hast du eine Liste mit Fragen, die du mir unbedingt noch stellen musst?«

»Nein, die habe ich alle im Kopf, und sie kommen mir spontan. Wird es dir zu viel?« Mir ist kalt, ich reibe meine Handflächen aneinander.

Tom und ich sind heute schon fast seit sechs Stunden zusammen, und er redet viel, dabei vergesse ich immer wieder, wie mühsam das für ihn ist. Aber anscheinend hat er einen guten Tag.

»Nein, nein … so etwas habe ich nicht. Diesen Druck möchte ich mir nicht machen. Dazu bin, entschuldige, war ich, zu perfektionistisch. Ich musste immer alles zu hundert Prozent erledigen. Das schaffe ich nicht mehr, und so würde mich eine Bucket List nur noch mehr frustrieren. Hast du so etwas?«

»Nein, damit habe ich mich noch nicht beschäftigt. Aber komm, Tom, einen großen Wunsch wirst du doch noch haben!«

»Ich komme mir vor wie ein Todeskandidat, der morgen die Giftspritze bekommt und sich nun seine Henkersmahlzeit aussuchen darf.«

»Entschuldige …« Unruhig wippen meine Füße auf und ab. »Mich interessiert das alles nur sehr.«

»Welchen großen Wunsch hast du denn *noch?*«

Meine Fußbewegungen werden schneller.

»Könntest du bitte aufhören, so zu zappeln? Du kannst das immerhin steuern!«

Ich stoppe meine Bewegungen. »Weltfrieden wünsche ich mir.«

»Und außer diesem Klassiker? Aber gut, du musst es mir nicht verraten. Du hast ja voraussichtlich noch eine Weile auf dieser schönen Erde vor dir.«

Die Stimmung droht zu kippen. Mein Blick fällt auf den grauen, plüschigen Bettvorleger. Ich vermag es nicht, Tom jetzt von meinen Wünschen zu erzählen, von Liebe, Glück und Konstantin. *Meine Welt ist eine andere als deine.* Friede, Freude, Eierkuchen. Mist! Wie rette ich nur die Situation?

Da kommt mir Tom zuvor. »Hm, weißt du, in meinem Kopf ist tatsächlich noch eine Sache, die ich gern machen würde … an die ich immer wieder denke …«

»Raus damit!«

»Ich würde gern noch einmal nach Florenz.«

Wir sind wieder in der Spur. »Ja, so etwas habe ich gemeint! Was hält dich davon ab?«

»Wie soll ich dahin kommen? Helke tut schon so viel für mich, da kann ich nicht verlangen, dass sie auch noch mit mir verreist.«

»Hast du sie schon einmal gefragt? Weiß sie von deinem Wunsch?«

»Nein«, presst er leise hervor und schließt die Augen. Seine Lider flattern. »Wahrscheinlich wäre es ohnehin besser, wenn ich alles so in Erinnerung behalte, wie es einmal war.« Dieser Schmerz und all die Trauer, die da wieder einmal aus ihm sprechen – und dazu diese unbändige Sehnsucht. Da ist wieder Elsa, mit der er glücklich war in Florenz, auch wenn er ihren Namen nicht erwähnt. Ich strecke meine Hand nach ihm aus und streichle vorsichtig seinen Arm. Wie gern würde ich ihm etwas nehmen von seiner Trauer und seinem Schmerz. Einem spontanen Impuls folgend setze ich mich zu ihm aufs Bett und sinke neben ihm nieder. Wir sind uns ganz nah. Überfordere ich ihn womöglich? Ich richte mich wieder auf, doch da schiebt Tom seine Finger in meine und signalisiert mir, dass ich bleiben soll.

Ich lege mich wieder hin, erstaunt darüber, wie selbstverständlich sich das anfühlt und dass die Krankheit es nicht schafft, diesen intimen Moment zu bezwingen. Ich drehe mich zu Tom und lege meinen Arm um ihn. Ganz vorsichtig drücke ich ihn an mich. Wieder schließe ich die Augen und schmiege meinen Kopf an seine dürre Schulter. Mit uns liegen die pure Verzweiflung und eine riesengroße Sentimentalität mit im Bett. Ich streichle Toms Gesicht, fahre ihm zärtlich durch die Haare und küsse ihn sanft auf die Wange. Wie gut er riecht, nach Zahnpasta und Babycreme. Plötzlich sind sich unsere Lippen ganz nah, sie treffen sich zaghaft. In diesem Augenblick liege ich nicht mit einem todkranken Mann in seinem Pflegebett. Nein! Jetzt bin ich noch einmal fünfzehn und liege mit Tom an einem warmen Sommertag im hohen Gras. Während die Sonne auf uns scheint und Bienen über uns hinwegsummen, erforschen wir uns behutsam. Zwischendurch blicken wir in den weiten, azurblauen Himmel, lachen ausgelassen, voller Tatendrang und verrückter Ideen. Wir haben unser Leben vor uns und sind so leicht, dass uns die nächste Windböe zum Schweben bringen könnte. Keine Bedrohung ist in Sicht, nichts kann uns aufhalten – außer der Realität.

Unsanft werde ich aus meinen Gedanken gerissen. Toms Körper zuckt unkontrolliert, er röchelt und japst nach Luft. Ja, willkommen zurück in der Wirklichkeit. Wie lange waren wir zusammen auf der Wiese?

Ich schieße hoch. »Tom? Tom! Was kann ich tun?«

»Nichts. Es geht … schon wieder. Immerhin bist … du dadurch nicht untreu geworden.«

Das alles hier ist so herzzerreißend, dass mir die Tränen in die Augen steigen. »Bitte zieh es nicht ins Lächerliche!«

»Nichts liegt mir ferner, entschuldige …«

Ich stehe auf, wische mir über das Gesicht und ziehe meine Hose und den Pullover glatt.

»Unter deinen Augen bist du ganz schwarz, siehst aus wie ein Panda«, sagt Tom.

»Alles andere hätte mich jetzt auch überrascht. Das war ein sehr aufwühlender Abend. Aber … aber ich … also … du … und ich …«

Tom unterbricht mein Gestotter, mit dem ich zum Ausdruck bringen möchte, dass unsere Intimität allein dem Moment geschuldet war, in dem mich Toms Verzweiflung und mein Mitgefühl überrannten.

»Bitte, Julia, jetzt rede du es nicht kaputt. Wir müssen keine große Sache daraus machen, und ich bin mir im Klaren darüber, dass du keine Affäre mit mir anfangen wirst. Oder?«

»Du kannst es nicht lassen!« Ich lächle unter Tränen und gebe Tom einen Kuss auf die Stirn.

»Danke, Julia. Ich weiß nicht, wie viele Jahre es her ist, dass jemand neben mir lag, bei dem ich mich so wohl gefühlt habe.«

Plötzlich geht die Tür auf, diesmal ohne vorheriges Klopfen.

»Was ist denn hier los? Gleich ist es Mitternacht und ihr seid immer noch zusammen? Willst du hier übernachten?« Helke! Gott sei Dank ist sie nicht früher gekommen.

»Was? So spät ist es schon?! Ich wollte ihn wachhalten, bis du zurück bist. Gute Nacht, Tom.«

Hastig werfe ich ihm eine Kusshand zu. »War deine Patientenabsage erfolgreich, Helke?«, frage ich.

»Das kann man so nicht sagen. Der Abend war überraschend interessant. Womöglich treffen wir uns noch einmal.«

»Tja, es ist doch schön, dass wir alle immer wieder überrascht werden können«, sage ich mit Blick zu Tom.

Dann verabschiede ich mich zum zweiten Mal an diesem Abend von Helke und trete hinaus in die kühle Nachtluft. Ich recke meinen Kopf in den Himmel, den wenigen Sternen entgegen, die hier am Rande der lichtverschmutzten Großstadt zu sehen sind. Für einen kurzen Augenblick habe ich die Matrix durchbrochen. Ich war mit Tom in einer anderen Welt. Nun bin ich wieder in meiner, in der, in die ich gehöre. Konstantin werde ich von der Wiese nichts erzählen. Wie sollte er mich verstehen? Da krampft sich mein Herz zusammen. Nur schwer finde ich in dieser Nacht in den Schlaf.

Konstantin ist zurück in Berlin. Wir sitzen uns in einem neu eröffneten kreolischen Restaurant gegenüber. Die Tische und Stühle aus dunklem Holz heben sich eindringlich von den zitronengelben Wänden mit karibischen Landschaftsmalereien ab. Ich studiere sie ausführlich, wir reden nicht viel. Eine eigentümliche Atmosphäre umgibt uns. Eine seltsame Schwere hat sich auf mich gelegt wie eine Decke aus Blei. Dabei hatte ich mich auf Konstantin gefreut. Doch nachdem wir noch einmal über Lea gesprochen haben und ich ihm dann von Tom erzählte, unterbrach er mich bestimmt. »Julia, ich habe dir das doch neulich schon gesagt. Es gibt auch andere Themen«, hat er gesagt und sich seinem Smartphone zugewandt, weil er geschäftlich dringend noch etwas erledigen musste.

Seitdem rede ich nur noch das Nötigste. Weder Konstantin noch ich schaffen es, die Situation zu entkrampfen.

Diese Distanz zwischen uns zu spüren, obwohl wir zusammen sind, ist mehr als beklemmend. Es ist eine gänzlich neue Erfahrung, wie mir die Angst um unsere Beziehung seit ein paar Wochen wie ein Papagei immer wieder auf der Schulter sitzt.

Wir bestellen das Essen, Pulpo in Weißweinsauce und Tigergarnelen in Kokosmilch.

»Und für mich bitte einen Planter's Punch«, sagt Konstantin.

»Für mich bitte auch.«

Der fruchtige, karibische Rumcocktail dürfte jetzt genau das Richtige sein. Wie wir uns davor winden, einander in die Augen zu schauen, wie wir es schaffen, uns anzuschweigen. Unerträglich ist das!

»Konstantin, was passiert hier gerade zwischen uns?«

Er zuckt mit den Schultern, blickt ziellos durch das Lokal. »Das frage ich mich auch. Wir waren doch glücklich miteinander, Julia. Aber ich habe das Gefühl, dass du nicht mehr hinter mir stehst. Du hast dich verändert, seitdem Tom in deinem Leben ist.«

Ich schlucke schwer. »Sag das nicht. Ich stehe immer noch hinter dir. Und Tom … ja, der lässt mich das Leben anders sehen … Es sollte eben nicht nur aus Arbeit bestehen.«

»Das sagst du so vorwurfsvoll. Du bist doch diejenige, die fast jeden Samstag arbeiten geht.«

»So meine ich das doch nicht! Wann hast du das letzte Mal wirklich abgeschaltet?«

»Was soll das denn jetzt?«

Der Cocktail kommt. Welche Wohltat, als das kalte, fruchtig-süße Getränk meine Kehle hinabrinnt.

»Selbst wenn wir miteinander sprechen sind deine Gedanken oft woanders!«

Ich schiebe mir die viel zu süße Cocktailkirsche in den Mund und verziehe angewidert das Gesicht.

Konstantin hält sich die Hand gegen die Stirn und schüttelt den Kopf. »O Shit! Was ich dir zu sagen habe, wird den Abend noch besser machen. Aber ich möchte nicht um den heißen Brei herumreden …«

Mit wird übel. Seine Worte verheißen nichts Gutes. Konstantin räuspert sich.

»Julia, ich … ich habe mich entschieden, das Angebot in Singapur anzunehmen.«

Die Stille nach der Explosion. Ich stochere mit dem Strohhalm im Glas herum, als könnte ich damit seine Worte ermorden.

»Ich habe es gewusst.«

»Du weißt, dass ich lange darüber nachgedacht habe. Aber das ist eine Riesenchance für mich. Und der Zeitraum ist überschaubar. Natürlich komme ich jeden Monat einmal nach Berlin …«

Ich bin wie betäubt. »Na, fantastisch, wenn *du* das glaubst.«

Meine Stimme ist tonlos, fremd. Alles Blinzeln nutzt nichts, die Tränen kommen. Er hat sich entschieden. Verdammt! Es stimmt eben, nichts lässt sich aussitzen.

»Julia … Wir können das schaffen!«

Meine Stimme kommt zurück, schriller als zuvor. »Du immer mit deinem ›Wir schaffen das‹ oder ›Wir *können* das schaffen‹! Das klingt wie eine Bankrotterklärung.«

Ich tupfe mir mit der Serviette die Augen ab.

»Es tut mir leid, Julia. Ich wusste nicht, dass dir das so sehr zusetzen wird. Im Gegenteil, ich dachte, du hast dich längst mit dem Gedanken vertraut gemacht. Ich tue das doch auch für unsere Zukunft! Wir werden finanziell unabhängig sein.«

»Das sind wir doch schon!«

Konstantin streckt seinen Arm aus und berührt meine Hand. Ich ziehe sie weg.

»Was nutzt dir all das Geld, wenn du dabei, es zu verdienen, plötzlich umfällst? Wir sind gesund, wir leben, Konstantin! Was haben wir davon, wenn wir das nicht gemeinsam genießen können? Wie armselig ist es, wenn nur der berufliche Erfolg zählt ...«

Immer wieder schüttelt er den Kopf.

»Ich erkenne dich wirklich nicht mehr wieder. Wir hatten doch besprochen, dass ich bis zu meinem Vierzigsten beruflich Vollgas gebe, und dass dann ...«

Schroff fahre ich ihm in den Satz. »Das hast du gesagt, ich weiß. Und ich habe es hingenommen. Aber was soll dieses höher, weiter, schneller? Wir sind doch gut aufgestellt! Ich verdiene mein eigenes Geld, wir können uns ein schönes Leben leisten. Ich brauche kein Schloss. Nur mehr Zeit mit dir!«

Ein dunkelhäutiger Hipster serviert das Essen. Appetitlos stochere ich auf dem Teller herum.

»Ich ... ich habe Angst davor, dass wir uns verlieren, Konstantin. Diese Angst hatte ich früher nicht. Ja, womöglich hat mir Toms Schicksal die Augen für Dinge geöffnet, die ich viel zu lange nicht gesehen habe.«

Mit großer Geste faltet Konstantin seine Hände und schaut an die Decke. »Danke, Tom.«

»Findest du das etwa witzig?«

»Julia! Dass mir meine Karriere wichtig ist, bedeutet doch nicht, dass du es mir nicht bist. Ich liebe dich doch!«

»Aber vielleicht reicht das nicht«, murmele ich, und schon wieder kommen mir die Tränen.

»Hör doch bitte auf, so etwas zu sagen. In zwei Jahren werde ich vierzig und dann ...«

Wieder unterbreche ich ihn. »Und dann soll alles anders werden? Glaubst du das? Ich kann dich nicht bremsen, das weiß ich. Ich wünsche mir, dass du glücklich bist … und wenn du das mit mir nicht sein kannst, dann … dann …« Meine tränenerstickte Stimme versagt. Ich schnäuze in die Serviette. Konstantin vergräbt das Gesicht in seinen Händen.

»Julia! Bitte! Sag so etwas nicht. Wir kriegen das hin.«

Ein Flehen liegt in seiner dumpf klingenden Stimme.

»Glaubst du das wirklich?« Ich blinzele Konstantin an. Er hämmert mit den Fäusten gegen seinen Kopf. In seinen Augen schimmert es feucht. Wie sehr ich ihn liebe, trotz allem. *Aber manchmal reicht das nicht.* Wie ein Echo hallt dieser Gedanke nach. Nur mit Mühe kann ich ihn in die Flucht schlagen, während meine Tränen auf den Tisch tropfen.

Wir lassen unsere halb vollen Teller zurückgehen und zahlen. Raus an die frische Luft, das wollen wir beide. Eng umschlungen und ohne viele Worte spazieren wir noch eine Stunde durch den lauen Abend.

14

Da ich es geschafft habe, Frau Wenzel davon zu überzeugen, am Samstag meinen Dienst zu übernehmen, starten wir zum ersten Mal seit Langem entspannt in das Wochenende. Wir frühstücken bis in den späten Vormittag, und dann holt Konstantin sein Aston-Martin-Cabriolet aus der Tiefgarage. Es steht dort seit Monaten unbewegt, versteckt unter einer schützenden Plane. An diesem strahlenden Frühlingstag fahren wir damit nach Brandenburg. Die Eskalation vom Donnerstagabend war reinigend. Ja, ich werde mich irgendwie damit arrangieren, dass ich Konstantin ab nächstem Jahr noch seltener sehen werde. Denn eins weiß ich: Ich möchte ihn nicht verlieren. Ob mir das gelingen wird, kann nur die Zeit zeigen.

Während der Fahrtwind mit meinen Haaren spielt und wir durch Alleen wie grüne Tunnel fahren, sind die schweren Gedanken an die Zukunft ganz weit weg. Am Ende eines idyllischen, kleinen Dorfes parkt Konstantin den Wagen. Wir machen uns auf zu einem Spaziergang. Hand in Hand umrunden wir einen von Wald umgebenen See, sprechen über die Apotheke, Konstantins neues Projekt und über Sebastian und Lea. Irgendwann kommt das Thema auf Tom. Aber diesmal ist es Konstantin, der damit anfängt.

»Irgendwie musste ich an deinen Tom denken. Es muss doch zu schaffen sein, dass er noch einmal nach Florenz kommt und seine Exfreundin trifft. Das ist so grausam. Für Toms Zustand klingt selbst das Wort Hölle noch euphemistisch.«

»Konstantin … Dass du das sagst. Du nimmst also doch Anteil an seinem Schicksal.«

Er bleibt vor einem riesigen Findling stehen, der von einer hohen Fichte in Schatten getaucht wird.

»Du hältst mich doch nicht ernsthaft für einen gefühllosen Klotz!«

»Ehrlich gesagt war ich mir nicht sicher.«

Konstantin schlingt seine Arme um mich und zieht mich fest an sich heran. »Ja, ich möchte nicht die ganze Zeit etwas über schreckliche Krankheiten hören. Ja, es war mir zu viel, als es kein anderes Thema mehr zu geben schien. Aber das heißt nicht, dass mich das kaltlässt.«

Konstantin küsst mich, und ich fühle mich leicht mit ihm.

»Du hast recht, irgendwie muss es zu schaffen sein, Tom seinen Wunsch zu erfüllen. Danke für diesen Anstoß! Komm, wir müssen zurück nach Berlin.« Ich renne leichtfüßig voraus, um mich gleich darauf von Konstantin einfangen zu lassen.

Am Abend sind wir mit Lea und Sebastian verabredet. Er hat Karten für ein längst ausverkauftes Konzert im Admiralspalast organisiert.

Wir treffen uns kurz vor Veranstaltungsbeginn vor dem Eingang in der Friedrichstraße. Um uns herum herrscht geschäftiges Treiben. So viele Menschen verschiedener Nationalitäten nutzen den lauen Frühlingsabend für einen Bummel durch die Stadt.

Ausgelassen fällt Lea erst mir und dann Konstantin um den Hals, bevor Sebastian es ihr nachtut.

»Es ist so schön, euch zu sehen. Heute Abend wird gefeiert«, sagt sie und strahlt in die Runde. Ihre positive Energie wirkt ansteckend.

»Auf jeden Fall. Hauptsache, die Chansons werden nicht zu schwer«, sage ich.

Sebastian grinst und fasst Leas Hand. »Keinesfalls. Lasst euch verzaubern von dieser Frau. Sie ist jeden Cent wert.«

»Sprichst du von Lea oder der Chansonette?«, fragt Konstantin.

»Von beiden natürlich.«

Bei unbeschwertem Small Talk nehmen wir die roten Samtsitze im prunkvollen Theatersaal ein. Trotz seiner weit mehr als tausend Plätze hat dieser Raum für mich seine ganz eigene, intime Atmosphäre. Pünktlich beginnt die französische Chansonnette mit ihrem Programm. Mit jeder Zeile ihrer Texte scheint sie eine ganz persönliche Geschichte zu erzählen über Glück und Leid, was so nah beieinanderliegt. Ich verstehe zwar kaum etwas, aber die Musik transportiert die Gefühle. Ihre Stimme geht mir so ans Herz, dass ich die ganze Zeit Konstantins Hand halte und immer wieder von meinen Emotionen überwältigt werde. Auch Konstantin scheint von der Musik berührt zu sein. Immer wieder drückt er meine Hand, und es fühlt sich an wie ein Versprechen. *Solange wir lieben, können wir das alles wirklich schaffen.*

»Da hat Sebastian wirklich nicht zu viel versprochen«, flüstere ich in einer kurzen Pause zwischen zwei Stücken in sein Ohr. Lea hat ihren Kopf an Sebastians Schulter gelehnt und hält die Augen geschlossen. Er streichelt ihren Oberschenkel.

Nach über neunzig Minuten und Standing Ovations verlassen wir beseelt den Saal und treten hinaus an die frische Abendluft. Wir schlendern in eine nahe gelegene Bar und plaudern angeregt.

»Ich bin wirklich froh, euch wieder so innig zu sehen«, sage ich.

»Frag mich mal«, sagt Lea und legt ihren Arm um Sebastian. Er küsst sie auf den Mund. »Jetzt sollte sie endgültig verstanden haben, dass ich es ernst meine, wenn ich sage, dass ich in guten und in schlechten Zeiten zu ihr stehen werde.«

»Die richtig schlechten sind uns ja zum Glück erst mal erspart geblieben. Aber ja, Schatzi, ich habe es endgültig verstanden, reden hilft. Nie wieder werde ich mich von meiner Angst mundtot machen lassen.«

Sebastian küsst Lea noch einmal.

»Was wollt ihr trinken? Ich lade euch ein«, sagt Lea.

Die Männer entscheiden sich für einen Moscow Mule, Lea nimmt einen Limoncello Spritz und ich – wie meistens – einen Gin Tonic. »Manchmal regnet es so lange, bis die Sonne wieder scheint. Hoch die Tassen«, sagt Lea.

»Wenn das kein sinnhafter Trinkspruch ist. Zum Wohle«, sagt Konstantin.

»Wartet, ich hab auch noch einen. Sei stets vergnügt und niemals sauer, das verlängert deine Lebensdauer.«

»Sebastian, du bist ja ein wahrer Poet«, sagt Lea kichernd.

Wir stoßen an. Lea schaufelt sich einen Löffel Wasabi-Nüsse in den Mund, die in einem Tonschälchen vor uns stehen.

»Das klappt ja super mit deinem Intervallfasten«, scherze ich.

»Das kann ich dir sagen. Ich habe es mir viel schwieriger vorgestellt.« Wieder wandert eine Handvoll Nüsse in ihren Mund. Wir schmunzeln.

»Schön, dass du wieder da bist«, raune ich Lea ins Ohr.

Sie nickt. »Das finde ich auch. Es tut mir wirklich leid, dass ich mich aufgeführt habe wie die letzte Kotzkuh. Ich kann mir das selber nicht mehr erklären. Den Ärzten habe ich übrigens aufgetragen, diesen Teil meiner Persönlichkeit bei der Biopsie gleich mit zu entfernen.«

»Fantastisch, jetzt hast du die perfekte Ausrede, falls die Pferde doch wieder mal mit dir durchgehen sollten. Die Ärzte sind schuld, diese Pfuscher«, witzelt Sebastian und hält ihr sein Glas entgegen.

»Siehst du, es kann so einfach sein. Auf das Leben, darauf können wir nicht oft genug trinken«, ruft Lea euphorisch, bevor wir alle wieder die Gläser erklingen lassen.

»Was ist denn bei dir so los, alter Jetsetter? Hast du dich entschieden?«, fragt Sebastian und schlägt seinem Cousin auf die Schulter.

Konstantin beginnt zu erzählen, und auch ich höre nun noch einmal in aller Ausführlichkeit, welcher Traumjob in Singapur auf meinen Freund wartet.

»Du ziehst das also wirklich durch! Aber ehrlich gesagt habe ich nichts anderes erwartet«, sagt Sebastian.

»Also, Julia, es gehört schon einiges dazu, das alles mitzutragen. Ich weiß nicht, ob ich das könnte«, sagt Lea.

»Glaub ja nicht, dass mir das leichtfällt. Aber ich weiß, wie Konstantin tickt. Es bringt nichts, wenn ich mich querstelle.«

»Ach, kommt schon, Kinder! Wer weiß, ob ich das wirklich drei Jahre mache. Alles in allem wird das eine überschaubare Zeit sein.«

»Wie lange machst du das jetzt schon? All das Reisen und der Stress. Das kann keinem Menschen guttun. Warum bist du so getrieben? Wonach strebst du?«, fragt Lea da.

Ich suche ihren Blick und nicke ihr zu. Besser hätte ich die Fragen nicht formulieren können. Aber Lea ist noch nicht fertig.

»Es gibt eine Studie, die besagt, dass psychische Probleme in die Arbeitssucht führen können. Ist es womöglich Bindungsangst?«

»Jetzt hört aber mal auf! Ich bin nicht arbeitssüchtig. Ja, ich bin seit Jahren meist nur an den Wochenenden zu Hause. Aber das liegt daran, dass mein Job diese Flexibilität erfordert. Er reizt mich und ist immer wieder eine Herausforderung für mich. Ist das so schlimm? Natürlich vermisse ich Julia und natürlich setzt mir das zu. Doch es ist eben so. Und glaubt mir, ich werde nicht auf ewig ein Hon sein.« Konstantin hat sich regelrecht in Rage geredet. »Ein was?«, fragt Lea.

»Ein Hon Circle Member, das ist der höchste Status bei der Lufthansa«, erklärt Sebastian.

»Na, dann. Prost!«, sagt Lea.

»Sind wir jetzt durch mit mir? Übernimmst du jetzt mit einem Monolog über Tom, Julia?«

Unüberhörbar ist Konstantins Laune tief unter den Barhocker gerutscht. Er bestellt sich noch einen Cocktail.

»Was soll das?«, frage ich scharf und knalle mein Glas auf den Tresen.

Sebastian gelingt es, die Situation zu entkrampfen. Er macht ein paar Witze und plaudert dann über eine neue Serie bei Netflix, die wir uns unbedingt anschauen müssen. Lea erzählt von ihren anstehenden Segelmanövern auf dem Wannsee. Doch der bittere Beigeschmack bleibt. Es ist weit nach Mitternacht, als unser gemeinsamer Abend ausklingt.

»Da hat eure Beziehung ja auch mal einen kleinen Riss bekommen«, flüstert Lea mir bei der Verabschiedung zu. So gern ich ihre Bemerkung mit einem flotten Spruch abgetan hätte, mir fällt nichts ein, womit ich kontern könnte. Konstantin und ich fahren mit dem Taxi zu meiner Wohnung. Jeder schläft auf seiner Seite des Bettes ein.

Die Wolken hängen tief am Sonntag. Es regnet ununterbrochen. Ein Tag, an dem uns nichts nach draußen zieht. Ich bleibe im Bademantel. Irgendwann erzähle ich Konstantin von Leas Bemerkung beim Abschied.

»Ein Riss in unserer Beziehung! Wie theatralisch.«

Konstantin rückt ein Geschenk zu meinem letzten Geburtstag gerade, ein gerahmtes Bild mit der eindringlichen Botschaft *Yippie, Yippie, Yeah.* »Entschuldige bitte meinen kleinen Aussetzer gestern. Ich war einfach nur genervt.«

»Das habe ich gemerkt.«

»Komm her.«

Konstantin nimmt mich in den Arm. Während die von Sebastian empfohlene Serie über den Bildschirm flimmert, beginnt er mich zu küssen. An meinem Ohr angekommen, flüstert er: »Ich flüchte mich nicht in Arbeit, weil ich Bindungsangst habe, lass dir nur nichts einreden. Flüchten möchte ich mich nur in dich.«

Während wir uns auf meiner kleinen Couch lieben, geht es mir immer besser.

Später sitzen wir eng aneinander gekuschelt zusammen.

»Wann geht dein Flieger morgen früh?«

»Ich fliege erst am Dienstag. Und bevor du mich fragst, warum ich dir das erst jetzt sage: Überraschung!«

»Da will ich mal nicht meckern.«

Ich schalte den Fernseher aus, lehne mich an Konstantin und küsse die Kuhle unter seinem Ohr.

»Schön, dass du dich so darüber freust«, sagt er mit rauer Stimme.

»Du weißt doch, dass ich nicht viel brauche, um glücklich zu sein.«

Wir lieben uns noch einmal.

Am Montag überrascht mich Konstantin kurz vor Feierabend in der Apotheke. Edith begrüßt ihn überschwänglich. Mir entgeht nicht, dass sie ihn fast ununterbrochen anstarrt, als er die Artikel in den Regalen studiert, während er auf mich wartet.

»Endlich habe ich ihn einmal zu Gesicht bekommen. Ich dachte ja schon, er sei ein Phantom. So ein toller Mann, dein Konstantin!«, raunt sie mir zu.

Ich grinse und zwinkere ihm aus der Ferne zu. Es ist prickelnd und motivierend, dass er da ist und immer wieder zu mir schaut.

Der letzte Kunde verlässt die Apotheke, Edith verabschiedet sich. Noch einmal frisst sie Konstantin mit ihren Blicken auf.

»Hey, lass mir noch was übrig«, scherze ich und scheuche sie nach draußen.

»Es ist schön, dass du hier bist. Sei dir im Klaren darüber, dass ich mich wirklich daran gewöhnen könnte, dich öfter zu sehen!«

Ich falle Konstantin um den Hals.

»Das war ein guter Tag heute, ich sollte öfter Homeoffice machen. Darf ich?« Konstantin zeigt auf die Kinder-Lutschpastillen mit Wildkirschgeschmack.

»Na klar, nimm dir eine Packung. Ich schenke sie dir. Magst du auch noch einen Lutscher?«

»Oh ja! Endlich kann ich mich davon überzeugen, dass es sich wirklich auszahlt, wenn man nicht bettelt und laut quengelt.«

Ich schmunzle und gebe ihm einen Traubenzuckerlolli aus meiner Schublade für sympathische Kinder.

»Ich sollte wirklich öfter kommen!« Konstantin packt den Lutscher aus und leckt genüsslich daran.

»Warum nimmst du dir diese Homeoffice-Freiheit nicht öfter?«

»Weil es selten passt, das weißt du doch. Das war heute eine Ausnahme.«

»Schade. Dabei hatte ich gerade Hoffnung geschöpft, dass du Singapur im Homeoffice erledigen kannst.«

Da ist es wieder, dieses Damoklesschwert, das ich zu gern vergraben würde, anstatt es über uns hängen zu lassen.

»Julia! Jetzt bin ich hier, okay?«

Konstantin gibt mir einen dermaßen intensiven Kuss, dass es sich anfühlt, als würde er parallel meine Aus-Taste zu diesem Thema drücken. Lachend stoße ich ihn von mir.

»Stopp! Aber so schnell geht das nicht, ich bin noch im Dienst.«

Eilig erledige ich noch das Notwendigste, dann endlich kann ich die Apotheke hinter uns abschließen.

Nach einem Abendessen beim Asiaten an der Ecke fahren wir zu Konstantin. So könnte sich unser Leben also anfühlen an einem normalen Montagabend.

Leider beginnt Konstantin irgendwann damit, Sachen in seinen Rollkoffer zu packen.

»Das war ein schöner Abend. Dumm nur, dass ich mal wieder unseren Abschied nicht aufhalten kann«, sage ich.

»Bleibst du heute Nacht hier?« Konstantin zieht seinen fertig gepackten Koffer in den Flur. Ich laufe hinter ihm her.

»Das klingt, als würden wir uns kaum kennen …« Ich kichere. »Gut, ich bleibe. Auch wenn ich zu Hause mächtig Ärger kriegen werde.«

Kurz nach zehn liegen wir im Bett und lieben uns in den Schlaf.

Immer wieder grüble ich darüber nach, wie man Tom, Elsa und Florenz zusammenbringen könnte. Es muss doch irgendetwas zu machen sein, um alle drei noch einmal zu vereinen.

Ich habe mir eine Stunde freigenommen und sitze mit Helke in einem Café unweit der Apotheke. Auf unseren Tellern liegt das Sandwich des Tages, selbst gebackenes Dinkel-Möhren-Brot mit Ziegenkäse, Honig und Rucola. Gierig beißt Helke zu. »Ich hab heute noch nichts gegessen«, nuschelt sie mit vollem Mund.

Ich erzähle ihr von meinen Gesprächen mit Tom. »Du hättest deinen Bruder hören müssen, wie er über Elsa gesprochen hat und über seine Sehnsucht nach Florenz.«

Nur ein Salatblatt und ein paar Krümel sind von Helkes Sandwich übrig geblieben. Sie wischt sich über den Mund. »Mir war nicht klar, dass er so darunter leidet. Du hast schon recht, er sollte die Chance haben, damit abzuschließen.«

»Aber er wird sich nicht bei Elsa melden.«

»Sie ist eine Persona non grata bei uns. Auch ich bin nicht besonders gut auf diese …« Helke imitiert das Piepen, wie es in amerikanischen Talkshows über Schimpfwörter gelegt wird. »… zu sprechen, um das mal jugendfrei zu formulieren.«

Unwillkürlich schmunzle ich über diese Einlage.

»So schlimm?«

Helke boxt mit der rechten Faust gegen die linke Handinnenfläche. »Schlimmer. Diese …« Wieder piept sie. »Was ich sagen möchte, vielleicht wäre es besser, wenn du als unabhängige Dritte den Kontakt zu ihr suchst und mit ihr sprichst.«

»Hast du dich früher gut mit ihr verstanden?«

Helke klopft mit ihren Fingerspitzen auf dem Tellerrand herum. »Ja, ich mochte sie, und ich dachte immer, dass die beiden sich wirklich lieben. Ich weiß, dass man nichts erzwingen kann, aber nach all den Jahren in einer solchen Situation einfach abzuhauen, das ging gar nicht. Das hat Tom nicht verdient.« Helkes Stimme ist schriller geworden, ihre Finger klimpern noch schneller. Ich fasse über den Tisch und lege behutsam meine Hand auf ihre.

»Entschuldige, aber über diese …« Piep. »… kann ich mich wirklich in Rage reden. Gleich kriege ich noch hektische rote Flecken im Gesicht, wirst sehen.«

»Komm, reg dich nicht auf, lass uns pragmatisch sein.«

Ich ziehe meine Hand wieder zurück, Helke hört auf zu trommeln.

»Julia, du bist so klar, das mag ich an dir. Ich kann allerdings nicht versprechen, dass ich nicht handgreiflich werde, falls ich sie tatsächlich noch einmal zu Gesicht kriegen sollte.« Helke holt ihr Telefon aus der Tasche und tippt darauf herum. »Frag nicht, warum, aber ich habe ihre Nummer noch gespeichert. Vielleicht ist sie noch aktuell. Ich schicke sie dir. Versuch dein Glück.«

Schon poppt Helkes Nachricht auf meinem Telefon auf.

»Hm, ganz wohl ist mir dabei nicht. Sollen wir das wirklich hinter Toms Rücken machen? Wäre es nicht besser, wenn wir mit ihm darüber sprechen?«

Ich beiße in mein Sandwich und spüle mit einem Schluck Wasser nach.

»Er würde es uns untersagen, das weißt du genauso gut wie ich. Selbst für den unwahrscheinlichen Fall, dass er einverstanden wäre: Wir würden eine Erwartungshaltung bei ihm wecken. Doch was ist, wenn Elsa – oh, ich wusste gar nicht, dass ich ihren Namen tatsächlich noch aussprechen kann – sich sträubt? Dann ist Tom umso enttäuschter. Was dann mit ihm passiert, möchte ich mir nicht im Ansatz vorstellen …«

Helke macht eine dramatische Geste und sieht mich mit großen Augen an. Ich wende meinen Blick von ihr ab und lasse ihn über die kleinen Tischchen und bunt zusammengewürfelten Sessel des Cafés wandern, alles im Stil der 1950er- und 1960er-Jahre. Einen Moment verweile ich bei dem bärtigen Mittzwanziger, der Milchkaffee trinkt und unablässig in die Tasten seines Laptops haut, und dann bin ich mir sicher. »Gut, ich werde sie kontaktieren.«

»Danke! Versuche es bitte so schnell wie möglich.«

Da ist plötzlich ein Kloß in meinem Hals. Ich nicke und schiebe den Teller zur Seite. Jeder Außenstehende würde in Helkes Satz nichts Bedrohliches lesen, doch wir beide wissen, was er besagt: Die Zeit läuft Tom mit immer größeren Schritten davon.

»Ja, versprochen. Und was wird aus Florenz?«

Helke stützt ihren Kopf ab. Ein Schatten liegt auf ihrem Gesicht. »Vielleicht schaffst du es, Elsa zu überreden, dass sie Tom dorthin begleitet …«

»Warum sollte sie das tun?«, frage ich skeptisch.

»Was weiß ich. Ach, verdammt! Das wird doch alles sowieso nichts.«

»Das wissen wir doch noch gar nicht. Komm schon! Du hast recht, das wäre wirklich das Größte, was wir für Tom arrangieren könnten.«

Helkes traurige Augen glänzen. »Ja, das wäre es sicherlich.« Sie steckt sich das mickrige, übrig gebliebene Salatblatt in den Mund, heraus kommen erneut Zweifel. »Aber wie soll das gehen? Tom braucht Pflege. Es wäre eine enorme logistische Herausforderung, diese Reise zu organisieren.«

Ich schaue aus dem großen Schaufenster nach draußen. Menschen mit hängenden Mundwinkeln laufen vorbei. Vor der roten Ampel staut sich der Verkehr. Ein Rettungswagen bahnt sich den Weg hindurch.

»Daran soll es nicht scheitern. Weißt du was, ich würde mich darum kümmern und auch mitfahren.«

Der Satz kam so spontan aus mir heraus, dass ich selber überrascht bin.

»Wirklich? Das würdest du tun?« Skepsis liegt in Helkes Stimme, sie rückt mit ihrem Stuhl noch näher an den Tisch.

»Ja. Es wäre mir ein Bedürfnis.«

»Aber du hast dein eigenes Leben. Du kümmerst dich ohnehin schon so viel um ihn. Warum tust du das alles überhaupt?« Ohne zu blinzeln sehe ich Helke in die Augen. »Weil ich nicht anders kann. In den letzten Wochen haben Tom und ich das geschafft, was uns in der Jugend nicht gelingen konnte: Wir sind Freunde geworden. Tom macht mir immer wieder bewusst, wie kostbar das Leben ist und wie sehr wir es jeden Tag schätzen sollten. Seinetwegen hetze ich weniger durch meinen Alltag, seinetwegen stelle ich meine Arbeit nicht mehr über alles, seinetwegen schaffe ich es, mir Zeit für Wichtiges zu nehmen, für ihn.«

»Dass du nicht im Kloster gelandet bist …« Helke dreht ihren Kopf zur Seite und reibt ihre Nasenwurzel. Sie kämpft mit den Tränen. »Danke! Wirklich. Danke, dass du für ihn da bist.« Sie zieht ein Taschentuch hervor und schnäuzt sich. »Was sagt überhaupt dein Freund dazu? Der wundert sich doch sicherlich darüber, dass du so viel Zeit für einen anderen Mann opferst.«

Ich schüttele den Kopf. »Dafür hat er keine Zeit. Mein Freund stellt seine Arbeit über alles …«

Nun schnürt sich mir unaufhaltsam die Kehle zu. Meine Lippen beben, ich presse sie aufeinander.

»Julia! Was ist mit dir?«

»Entschuldige. Es geht schon wieder. Ich muss jetzt zurück in die Apotheke.«

»Ja, das ist wirklich zum Heulen! Es hat gutgetan, mit dir zu reden. Und jetzt hau ab, du bist eingeladen. Ich bleibe noch einen Moment.«

Ich stehe auf und umarme Helke zum Abschied. »Danke. Ich melde mich bei dir, sobald ich mit Elsa gesprochen habe. Wir schaffen das für Tom!«

In meinen letzten Satz habe ich so viel Kraft gelegt, dass er sicher so klang, als hätte ich gerade einen Selbstmotivationskurs hinter mich gebracht. Doch so recht daran glauben kann ich nach allem, was zwischen Tom und Elsa vorgefallen sein muss, noch nicht.

15

Sechs Wochen später

Mit einem Ruck kommt der alte VW-Bus vor Helkes Haus zum Stehen. Was das Fahren betrifft, sind wir noch nicht eins geworden. Ich lasse aber nicht locker, mein und sein Fahrverhalten miteinander in Einklang bringen zu wollen. Das sperrige Lenkrad und die fehlende Servolenkung machen es mir dabei jedoch nicht leichter. Der alte Bus ist ein T2 aus dem Jahr 1979, ein Bulli in der Farbkombination orange-weiß. Sebastian hat mir den Kontakt zu einem guten Freund von ihm vermittelt, der von Toms Schicksal so berührt war, dass er uns sein Liebhaberstück für die Reise zur Verfügung stellt. »Keine Sorge, den hätschle ich besser als meine Frau, der läuft und läuft«, sagte Sebastians Freund, als er meinen kritischen Blick sah, während ich das Gefährt inspizierte. Immerhin hat er noch über ein Jahr TÜV, da schob ich meine Pannen-Bedenken weit weg und war einfach nur dankbar für diesen Gefallen.

»Damit kann Tom sich nun doch noch seinen Mit-dem-Bulli-durch-Italien-Traum erfüllen, auch wenn wir nur bis Florenz fahren werden«, jubelte ich also, woraufhin Sebastians Freund bemerkte, dass ich ja nichts verklären solle, es werde sicher hart werden, nicht nur wegen der Sitze. Es wäre ja auch zu schön gewesen, wenn ich in meiner Euphorie nicht gebremst worden wäre. Aber natürlich ist auch mir klar, dass unsere Reise kein Kinderspiel werden wird.

»Ich habe Angst«, sagt Elsa da.

Der Motor jault noch einmal laut auf, bevor er ausgeht. Ich ziehe den Zündschlüssel ab.

»Das glaube ich dir. Aber wir haben so lange darüber gesprochen, du wirst es schaffen, glaub mir!«

Elsa atmet laut hörbar ein und wieder aus.

»Komm, auf geht's!«, sage ich.

»Warte noch eine Sekunde. Bitte!«

Die Telefonnummer, die Helke mir gab, war tatsächlich noch aktuell. Erst weigerte Elsa sich, mit mir zu sprechen, geschweige denn, mir zuzuhören. Jedes Mal, wenn ich anrief, legte sie irgendwann einfach auf. Doch da hatte ich ihre Adresse schon herausgekriegt, und ich war impertinent gewesen wie nie zuvor in meinem Leben. Spontan nahm ich mir einen Tag frei und fuhr zu ihr nach Leipzig. Es gab kein Entkommen für Elsa. Tatsächlich fasste sie Vertrauen zu mir, als wir an einem Tag, an dem die grauen Wolken tiefer hingen als die Zimmerdecke, einen langen Spaziergang rund um das Völkerschlachtdenkmal machten.

Der abgeklärten, tiefen Stimme nach zu urteilen, die ich vom Telefon kannte, habe ich mir Elsa als eine kräftige Frau mit harten Gesichtszügen vorgestellt. Doch das Gegenteil ist der Fall. Auf den ersten Blick wirkt Elsa wie eine Elfe. Sie ist klein und zart. Ihr Teint ist blass, und ihre mittelblonden Haare fallen ihr in kleinen Löckchen bis über die Schulter. Erst auf den zweiten Blick erkennt man, dass das Leben es mit ihr nicht immer gut gemeint hat. Ihr melancholischer Blick aus leeren grünbraunen Augen kündigt davon ebenso wie die für Mitte dreißig schon sehr ausgeprägten Marionettenfalten.

Natürlich war ich nach allem, was ich wusste, Elsa gegenüber voreingenommen. Doch was sie mir während unserer langen Gespräche offenbarte, war wie ein Plädoyer gegen Vorurteile. Ich sah fortan mit anderen Augen auf die Geschichte von Tom und Elsa.

Ihre Mutter litt an der sogenannten Huntington-Krankheit, einer äußerst seltenen Erbkrankheit des Gehirns, bei der durch eine Genveränderung Nervenzellen in bestimmten Hirnbereichen absterben. Sie brach bei ihr mit Ende dreißig aus, da war Elsa zwölf. Die Ehe der Eltern hielt der Belastung durch die Krankheit nicht stand. Letztlich starb Elsas Mutter mit Ende vierzig einen qualvollen Tod.

Bei einem Gentest kam heraus, dass auch Elsa eines Tages daran erkranken würde. Ein Arzt versuchte sie zu beruhigen und sagte ihr, dass aufgrund ihrer Werte die Wahrscheinlichkeit gegeben sei, erst im sehr hohen Alter an Huntington zu erkranken. Sie verdrängte das Thema und sprach mit niemandem darüber. Stattdessen liebte sie es, mit Tom Pläne zu machen, die ihre zwischenzeitlich aufflackernden Ängste überlagerten. Tom war ihr starker Held, der sie, egal was auch kommen mochte, retten würde. Doch als seine Diagnose kam, da platzte ihre Blase mit einem lauten Knall. Sie konnte nicht anders, als davonzurennen, angetrieben von der Furcht vor der zerstörerischen Zukunft. Elsa wollte nicht noch einmal erleben, wie man einen geliebten Menschen auf grausamste Weise verlieren kann. Doch Tom war ihre große Liebe, und um ihren Schmerz und ihre Trauer über den Verlust zu betäuben, zog sie zu Freunden nach Wien, gab sich als Teil der Bohème und flüchtete sich in den Alkohol. Nach einem Entzug fasste sie vor zwei Jahren in Leipzig Fuß, wo sie in einer großen Galerie arbeitet.

Es dauerte über einen Monat, bis Elsa sich dazu durchringen konnte, sich zu einem Wiedersehen mit Tom bereit zu erklären. Im nächsten Schritt gelang es mir auch noch, die Reise nach Florenz für sie zu einer Option zu machen. Nun wird sich zeigen, ob wir die Theorie in die Praxis umsetzen können.

»Elsa, die Sekunde ist lange vorbei.«

Zögerlich öffnet sie die Tür. »Ich schaffe das doch nicht …«

»Doch, und wie du das schaffst! Denk immer wieder daran, wie sehr dich die ganze Situation in den letzten Jahren belastet hat. Außerdem hast du mir erzählt, dass dir selbst deine Therapeutin empfiehlt, dich mit Tom auszusprechen.«

Elsa knurrt. »Das hätte ich dir nicht sagen sollen.«

Noch einmal atmet sie laut hörbar tief ein und aus. »Und Tom weiß wirklich nichts davon?«

»Nein, ganz und gar nichts.«

»Helke hasst mich. Sie wird mich sofort töten …« Elsa zieht die halb geöffnete Tür wieder zu und wühlt nervös in ihrer Tasche. »Kann ich wenigstens noch eine rauchen?«

Die Situation verlangt auch mir einiges ab. Da fehlt mir Elsas Unentschlossenheit gerade noch. Ich bin ohnehin ein Nervenbündel, weil ich nicht weiß, wie Tom reagieren wird. Er freut sich darauf, dass wir heute nach Florenz fahren, aber von dem Bulli und von Elsa ahnt er nichts.

»Elsa, Helke wird dir nichts antun. Alles wird gut!«

Sie ist noch immer über ihre Tasche gebeugt. »Oh nein, ich habe keine Zigaretten dabei!«

»Na Gott sei Dank. So, jetzt aber raus hier.«

Ich springe nach draußen und schlage die Tür hinter mir zu. Dann laufe ich auf Elsas Seite und eskortiere sie aus dem Bus.

Immer wieder habe ich versucht, sie auf Toms Zustand vorzubereiten. Aber was sind schon Worte gegenüber der Realität?

»Kann ich mich hinter dir verstecken?«

»Ich wage zu bezweifeln, dass ich dafür breit genug bin.« Mein Finger gleitet auf den Klingelknopf.

Tatsächlich kann ich nicht abschätzen, wie Helke auf ihre Beinahe-Ex-Schwägerin reagieren wird.

Da kommt sie auch schon aus der Tür. Mit ernstem Gesicht und nach oben gezogenen Augenbrauen läuft sie uns entgegen. »Hallo, Julia.« Wir umarmen uns hektisch. Die Anspannung kann heute keine von uns überspielen. »Tom ist noch beschäftigt, Krankengymnastik.«

Nun schießt Helke auf Elsa, wenn auch nur mit ihrem Blick. Dabei habe ich Helke bereits von Elsas Beweggründen erzählt, aber anscheinend war ich zu naiv, als ich glaubte, dass Helke dies milder stimmen könnte.

»Dass ich dich tatsächlich noch einmal wiedersehe!«

»Hallo, Helke, es … es tut … mir … mir alles so leid …« Unsicher ist Elsa einen Schritt zurückgewichen.

Helke stemmt die Hände in die Hüften. »Ja, das glaube ich dir sogar. Es tut mir auch leid, also, für dich, ich hatte ja keine Ahnung. Aber einfach wegzulaufen, das wäre trotzdem nicht meine Art gewesen. Hast du überhaupt eine Ahnung davon, was du meinem Bruder angetan hast? Wie schlimm es für ihn war, als du dich weggeduckt hast und einfach nicht mehr erreichbar warst, nachdem die finsteren Wolken in eurer Schönwetterbeziehung aufgezogen sind?« Elsas Blick ist auf die Steinplatten gerichtet, zwischen denen Unkraut wuchert. »Ich weiß. Ich weiß das alles. Es … es war der größte Fehler meines Lebens, dass ich damals sang- und klanglos verschwunden bin.« Ihre Stimme zittert.

Habe ich mir das doch alles zu leicht vorgestellt? Elsa ist hier doch heillos überfordert. Anscheinend lief in meiner Vorstellung das Zusammentreffen zu harmonisch ab, kein Wunder, da kam auch nicht die Wirklichkeit dazwischen.

Ich lege beschwichtigend meine Hand auf Helkes Schulter. »Komm, lass die Geister der Vergangenheit ruhen. Wir werden das Beste aus der Situation machen – für Tom. Bitte!«

Helke grummelt etwas Unverständliches und weist uns dann wieder einmal im Feldwebelton an, ihr zu folgen.

»Sobald Ines aus seinem Zimmer kommt, gehst du zu ihm, Julia, und erzählst ihm, dass sie mitkommen wird. Ich glaube, es wäre zu viel für ihn, wenn sie ohne Vorankündigung vor ihm stehen würde.« Helke zeigt auf Elsa, die wieder ihren Kopf hängen lässt. Irgendwie tut sie mir leid.

»Bist du dir sicher, dass du mental gefestigt genug bist, Prinzessin?«, fragt Helke.

»Bitte, Helke, sprich nicht so mit ihr.«

Doch Elsa scheint sich gefasst zu haben. »Ja, ich schaffe das. Aber nenne mich nicht mehr Prinzessin, das habe ich schon früher gehasst!« Ihre Stimme klingt endlich wieder kraftvoll.

»Du hast sie ernsthaft Prinzessin genannt?«

»Nur manchmal.« Helke hebt kapitulierend die Arme. »Okay, ich sehe ein, dass wir miteinander auskommen müssen, und ich verspreche, dass ich mich bemühen werde. Besser so?«

»Auf jeden Fall«, sage ich.

Helke führt uns ins Wohnzimmer. »Wartet hier!«

Sie lässt uns allein. Kurz stand die Frage im Raum, welche Pflegekraft noch zur Unterstützung mit nach Florenz fahren könnte. Doch letztlich ließ Helke es sich nicht nehmen, diese Rolle selber auszufüllen.

Mit wippenden Beinen sitzt Elsa in einem ausladenden braunen Ledersessel. Sie sagt kein Wort. Ihre Anspannung ist dennoch präsent wie lautes Kindergeschrei. Aus dem Zeitungsständer neben sich fischt sie eine Ausgabe von *Psychologie heute*. Ich sitze in einem Wartezimmer, einem Wartezimmer zum Ungewissen. Durch ein gardinenloses Sprossenfenster blicke ich nach draußen. Das hochgeklappte dunkelgrüne Dach einer Hollywoodschaukel nimmt mir die Sicht in die Weite des Gartens. Ein Insekt schlägt an die Fensterscheibe. Ist es ein Schmetterling? Als er wegfliegt, wandern meine Gedanken zu Konstantin. Der ist vor fünf Tagen wieder weggeflogen. Schon wieder zwei Wochen Asien. Ein kleiner Vorgeschmack auf das, was im nächsten Jahr auf uns zukommen wird. Nur, dass sich die Tage, an denen wir uns nicht sehen werden, dann noch weiter dehnen werden. Meinem Plan, Tom nach Florenz zu begleiten, hat er sich nicht in den Weg gestellt. Dieses Wochenende war durch seine Asienreise ohnehin nicht für uns beide reserviert. Konstantin wunderte sich nur kurz darüber, dass ich mir einfach so eine Woche Urlaub nehmen konnte, wo das doch sonst immer ein Ding der Unmöglichkeit gewesen zu sein schien. Tatsächlich war ich darüber selber erstaunt. Meiner Apothekerin Frau Wenzel scheint es viel weniger auszumachen, als ich dachte, spontan für mich einzuspringen und mehr zu arbeiten. Da ich diese Möglichkeit selber immer ausgeschlossen hatte, habe ich sie nie eingefordert.

»Das Leben ist einfacher, wenn man endlich verstanden hat, dass man nicht unersetzlich ist«, kommentierte Sebastian, und mir blieb nichts anderes übrig, als ihm zuzustimmen. Gestern ist er mit Lea nach Ibiza geflogen. Die beiden zelebrieren ihre Liebe inniger als je zuvor. Lea hat Sebastian sogar gefragt, ob er mit auf die Atlantiküberquerung kommen möchte. Er hat zugesagt und wird nun ebenfalls seinen Segelschein machen. Das Abenteuer schweißt die beiden sicherlich noch fester zusammen. Es kann eben auch eine Chance sein, wenn man einmal erkannt hat, wie fragil das Leben ist.

»Und was ist, wenn er mich gar nicht sehen möchte?«

Elsa reißt mich aus meinen Gedanken. Aber ich komme nicht mehr dazu, ihr darauf eine Antwort zu geben, weil nun Helke in der Tür steht.

»Kommst du, Julia?«

Beim Rausgehen nicke ich Elsa zu und sende ihr ein aufmunterndes Lächeln. *Es gibt keine andere Möglichkeit, als die, dass ihr euch begegnet. Das wird schon!*

Im Flur bittet Helke mich um den Autoschlüssel. Sie hat schon das ganze Gepäck bereitgestellt. Es wirkt, als würden wir auswandern wollen.

»Wir hätten einen Container mieten sollen.« Nervös fahre

ich mir durch die Haare. »Ich bin so aufgeregt, wie Tom auf Elsa reagieren wird. Hier, fühl mal meinen Puls!« Ich strecke Helke mein Handgelenk entgegen.

»Besser nicht, mir reicht mein eigener. Und jetzt bitte den Autoschlüssel.«

Ich reiche ihn ihr.

Auf dem Weg zu Tom laufe ich Ines in die Arme. Sie zwinkert mir verschwörerisch zu und streckt den Daumen nach oben. »Er kann gar nicht erwarten, bis es endlich losgeht. Von Elsa ahnt er wirklich nicht das Geringste«, flüstert sie.

Ich lächle zaghaft. »Jetzt muss unser Plan nur noch aufgehen. Hoffentlich geht alles gut.«

»Das wird es, da bin ich mir sicher. Ich kontrolliere noch schnell seine Reiseapotheke.« Ines verschwindet in der Küche.

Reiseapotheke, wie einfach das klingt. Als würden Durchfall, Übelkeit oder ein Schnupfen zu den großen Gefahren unseres Trips zählen.

Die Reise haben Helke und ich gemeinsam mit Tom geplant. Er war überwältigt, als wir ihm erzählt haben, was wir vorhaben. Mit größter Vorfreude schmiedete er Pläne für die Zeit in Florenz, korrespondierte mit ehemaligen Kollegen und Freunden.

Wir werden auf der Fahrt zwei Zwischenübernachtungen in behindertengerechten Unterkünften unweit der Autobahn machen, ein barrierefreies Hotel in Florenz ist gebucht und die medizinische Versorgung im Notfall ist vor Ort gesichert.

Noch einmal tief durchatmen. Toms Zimmertür steht weit offen. Ich klopfe dagegen, obwohl er mich längst gesehen hat.

»Julia! Geht es endlich los?«

Tom sitzt in seinem Sessel, im Schoß liegt ein Tablet.

Ich gebe ihm zur Begrüßung ein Küsschen auf die Wange und bemühe mich darum, ganz locker zu wirken. »Hallo, Tom. Ja, es dauert nicht mehr lange. Also, es gibt da noch etwas … Wir haben eine Überraschung für dich … also zumindest soll es eine werden …« *Ganz locker.*

Obwohl ich das hier in Gedanken mehrmals durchgespielt habe, voll überzeugt davon, dass das alles richtig ist, malträtieren mich plötzlich Bedenken mit der Kraft eines Vorschlaghammers. Muten wir Tom viel zu viel zu? Hätten wir ihn doch besser vorher ins Bild setzen sollen?

Ich räuspere mich. »Ich meine … Bist du bereit für … ähem …« *Klappt wirklich super, Julia.*

»Hast du was genommen?« Tom mustert mich irritiert. Klar, so unsicher kennt er mich ja auch nicht.

»Entschuldige, ich bin nur etwas durcheinander, weil … also, weil …« *Julia! Spann ihn nicht länger auf die Folter!* Mit kleinen Schritten tigere ich durch das Zimmer. »Wenn wirklich keine Drogen im Spiel sind, tippe ich auf ADHS.«

»Ach, Tom!« Ich muss schmunzeln. »Wenn es nur das wäre.« Wieder räuspere ich mich, dann lasse ich die Katze aus dem Sack. »Ich bin nicht allein gekommen. Elsa ist hier. Sie wird mit uns nach Florenz fahren.«

Mein Herz rast nun wie ein Formel-1-Wagen. Ich stoppe meinen Zimmerspaziergang und lehne mich an die Kommode. Tom lasse ich dabei nicht aus den Augen. Seine Gesichtszüge scheinen erstarrt zu sein, der Mund steht ihm offen. Angestrengt ringt er um Worte. *Du hast gewusst, dass es zu viel für ihn werden könnte!*

»W… was willst … du mir damit … sagen? Julia, das … ist nicht mein … Humor.« Die Hände krampfen in seinem Schoß.

»Elsa ist hier.«

Toms Kopf bewegt sich nun wie in Trance hin und her.

»Das … glaube ich nicht … Nein! Das … glaube … ich … nicht.«

»Es tut mir leid, dass wir dich damit so überrumpeln,

wirklich, aber wir dachten, dass sei das Beste, weil du dich sonst sträuben würdest.«

Ich gehe rüber zu Tom und lege zaghaft meine Hand auf seine Schulter. »Bitte, lass dich darauf ein. Darf ich Elsa holen?«

Wie er mich ansieht!

»Stimmt … das … wirklich?« Seine Worte sind nur ein Wispern.

»Ja, Elsa ist hier, und ich denke, sie hat dir einiges zu sagen.«

Da platzt Helke übertrieben gut gelaunt ins Zimmer. Vergeblich signalisiere ich ihr, dass Tom noch einen Moment braucht, um das alles zu begreifen.

»Und, Bruderherz, freust du dich?«

Toms Stirn legt sich in Falten. Er ringt nach Luft.

»Was … maßt … ihr … euch … an? Der … kriegt nichts mehr auf die Reihe, da … servieren wir ihm … mal eben die Geister der Vergangenheit?« Er nimmt ein paar tiefe Atemzüge. »Ja … meine … Jalousie schließt … sich jeden Tag ein Stück weiter, aber … deswegen müsst ihr nicht hinter meinem Rücken so etwas … einfädeln!« Hat seine Stimme in den letzten Wochen je so markig geklungen – und so wütend?

Mit dieser Reaktion habe ich nicht gerechnet.

»Wir … wir haben es doch nur gut gemeint«, stammle ich enttäuscht wie eine Streberin, die statt einer eins eine sechs geschrieben hat.

»Wir dachten, du freust dich«, sagt Helke.

»Was sollen wir denn jetzt machen?«, frage ich unsicher.

Er kneift die Augen zusammen. »Sagt ihr es mir!«

»Das klingt doch schon viel besser. Ich werde jetzt endlich Elsa dazu holen.«

Helke geht aus dem Zimmer.

»Das war wohl kein gelungener Start, was?«, sage ich.

»Nein, sicher nicht!« Und noch leiser: »Ich … habe … Elsa seit über vier Jahren nicht mehr gesehen.«

»Ich weiß.«

Wieder lege ich meine Hand auf seine Schulter. Helke kommt mit Elsa im Schlepptau. »Und hier ist unser Special Guest …« Mit großer Showmaster-Geste hebt sie ihre Arme. »Elsa.«

Schüchtern tritt sie aus Helkes Schatten hervor.

»Hallo, Tom.«

Er starrt sie an wie eine übernatürliche Erscheinung. Auch Elsa scheint wie paralysiert. Was für eine Ruhe!

Doch da wird Elsa urplötzlich von ihren Gefühlen übermannt, wie aus dem Nichts beginnt sie herzergreifend zu weinen. Laut schluchzend mit bebendem Körper geht sie in die Hocke. »Tom! Oh Tom!«

Seine Augen füllen sich mit Tränen, noch immer sprachlos starrt er Elsa an.

Auch meine Augen brennen. »Komm, wir lassen die beiden jetzt besser allein«, sage ich und fasse Helke am Ärmel, um sie aus dem Zimmer zu ziehen. Hinter uns schließe ich die Tür.

»Das haben wir jetzt von unserem Überraschungsangriff.« Helke kratzt sich am Kopf. »Dinge, die sich nicht planen lassen … Mist! Das habe ich mir auch anders vorgestellt. Ich dachte, er wird vor Freude ganz aus dem Häuschen sein.«

»Geben wir den beiden noch etwas Zeit, sich zu beschnüffeln, bevor wir in den Bus steigen.«

»Gut, dann bringe ich als Letztes noch meinen Koffer ins Auto, und dann fehlt nur noch der Rollstuhl.«

Draußen bläst uns ein milder Wind ins Gesicht. Träge ziehen die Wolken über den Himmel.

»Wäre alles nach Plan verlaufen, dann wären wir jetzt schon seit über einer Stunde auf der Autobahn«, sage ich.

Helke zuckt mit den Schultern. »Nicht schlimm. Das Leben hat eben eine bittersüße Freude daran, Pläne immer wieder zu durchkreuzen, das wissen wir doch längst.«

Ich öffne die Heckklappe, leichter Benzingeruch und ein Bouquet aus Asche und alten Socken schlagen mir entgegen. Als ich am Steuer saß, ist mir dieser Geruch gar nicht aufgefallen. »So, jetzt kannst du erst mal ein bisschen ausdünsten«, murmle ich.

»Wie bitte?«

»Ich meine den Bus.«

Es gibt zwei umklappbare Rückbänke im selben orange wie Fahrer- und Beifahrersitz. Die Seitenwände sind mit einem dunklen Holzfurnier verkleidet.

Helke steckt ihren Kopf hinein. »Was der wohl schon alles erlebt hat. Mich stört der Geruch nicht, im Gegenteil. Er ist herrlich, dieser Charme der 70er-Jahre.«

»Na, da bin ich aber froh. Komm, wir klappen die hintere Rückbank um, sonst reicht der Platz nicht.«

Nachdem wir das geschafft haben, wuchtet Helke ihren Koffer hinein, und wir gehen wieder ins Haus.

Helke schaltet ihre lackschwarz glänzende Kapselmaschine ein und zaubert uns zwei Espressi.

»Wie viel Zeit geben wir den beiden noch, bevor wir starten?«, fragt sie.

Ich schaue auf die Uhr. »Eine halbe Stunde?«

»Meinetwegen. Ich habe ohnehin noch ein paar Dinge zu erledigen.«

Ich trinke den Espresso aus. »Gut, und ich gehe solange zum Telefonieren in den Garten.«

Zunächst rufe ich in der Apotheke an, mir ist doch noch einiges eingefallen, was ich mit Frau Wenzel zu besprechen habe. Danach wähle ich Konstantins Nummer, nur noch einmal seine Stimme hören, bevor ich mich hinters Steuer setze.

16

In Singapur ist es jetzt später Nachmittag. Konstantins Telefon ist eingeschaltet. Es klingelt, während ich um den alten Apfelbaum spaziere.

»Na, Julia, seid ihr schon unterwegs?«

Er klingt ungewöhnlich heiser, leise. Oder liegt es nur an der Verbindung?

»Noch nicht. Ich wollte deine Stimme hören, bevor wir starten und …«

Er lässt mich nicht ausreden. »Aha, deswegen rufst du an.«

Was ist nur los mit ihm? Er klingt so traurig.

»Konstantin? Ist alles in Ordnung mit dir?«

Für Sekunden höre ich nur ein Rauschen.

»Bist du noch dran?« Ein Seufzen kommt aus dem Telefon. »Konstantin?«

»Ja, ich bin noch dran.«

Er spricht, als wäre er in Trance. Meine Stimme wird lauter, und mein Herz schlägt viel zu schnell. Ziellos pilgere ich über den Rasen.

»Konstantin! Hast du Tabletten genommen? Verdammt noch mal, was ist los mit dir?« Wieder keine Reaktion. »Bitte sag doch etwas!«

Ich höre ihn atmen. »Ja, ich habe mir eine Beruhigungstablette geben lassen … Ryan ist tot. Gestern … beim Abendessen, einfach umgekippt ist er … Aus und vorbei, ganz schnell …«

Ich stütze mich an dem verwitterten Holzstuhl neben dem riesigen Buchsbaum ab. »Was? O Gott!«

Ryan ist einer der amerikanischen Partner, extrem einflussreich und weltweit vernetzt. Ich kenne ihn nur vom Erzählen. Konstantin und er haben eng zusammengearbeitet und wurden sogar Freunde. Ich weiß, dass Ryan verheiratet ist, zwei kleine Kinder hat und in einem Stadthaus im New Yorker East Village wohnt. Er wollte mich kennenlernen und hatte uns dorthin eingeladen. Zu spät!

»Herzinfarkt.«

»Das … das tut mir so leid. Warum sagst du das nicht gleich?«

»Ich … ich habe es doch noch gar nicht realisiert!«

Ein leises Schluchzen dringt an mein Ohr. Mein Herz zieht sich zusammen.

»Wie gern würde ich dich jetzt in den Arm nehmen. Warum müssen uns nur zehntausend Kilometer trennen?«

»Ich … ich, ach Julia. Was hier passiert, ist … ich … ich brauche Zeit. Ich weiß nicht, wie es weitergehen wird …«

Es ist schwer auszuhalten, diese Unterhaltung am Telefon zu führen, ihn dabei nicht zu sehen, zu fühlen.

»Was heißt das, du brauchst Zeit?«

»Ich weiß nicht, wann ich zurückkommen werde nach Deutschland. Es gibt jetzt so viel zu tun. Ich fliege heute Nacht mit ihm nach New York. Seine Frau und die Kinder … alles … alles …« Wieder ein Schluchzen. »Was ist der Sinn von alldem, was ich tue? Es … es fühlt sich an, als wäre plötzlich mein ganzes Leben … eine einzige Frage.«

»Aber … Dein ganzes Leben? Auch ich? Bin ich auch eine Frage?«

Ich schaffe es nicht, den Kloß in meinem Hals herunterzuschlucken.

»Bitte, Julia, ich muss gleich los. Wenn du aus Florenz zurück bist, reden wir, ja?«

»Und bis dahin verlieren wir kein Wort, oder wie?«

»Sorry … Ich … weiß doch im Moment auch nicht … Ich melde mich, wenn ich weiß, wann ich zurückkomme, ja?«

Julia, hast du es noch immer nicht begriffen? Er ist in einem Ausnahmezustand. Danke, Verstand, das weiß ich wohl, nur mein Herz braucht etwas länger.

»Alles klar. Ich wünsche dir ganz viel Kraft. Mach's gut, Konstantin.«

»Kraft wünsche ich dir auch. Aber vor allem eine gute Zeit, trotz allem. Pass auf dich auf, Julia.«

Erst nachdem wir aufgelegt haben und ich noch eine Weile durch den Garten spaziere, wird mit bewusst, dass es auch Konstantin hätte sein können, der plötzlich tot umfällt. Da fange ich an zu weinen. Ich brauche ein paar Minuten, bevor ich zurück ins Haus gehen kann.

»Da bist du ja endlich! Aber Moment mal, wie siehst du denn aus? Ist das ein allergischer Schock?«

Helke mustert mich stirnrunzelnd.

Nun sehe ich im Flurspiegel, dass ich aussehe wie eine abgekämpfte Preisboxerin. Meine Augen sind geschwollen, und dazu habe ich rote Flecken im Gesicht.

»Glaub mir, eine Allergie wäre mir jetzt das Liebste.«

»Komm, trink was!«

Ich folge Helke in die Küche. Sie gießt mir Eistee in ein Glas. »Statt Schnaps. Der viele Zucker da drin wird für einen Moment deine Seele streicheln, ich weiß, wovon ich rede.«

»Danke! Du solltest Werbetexterin werden.«

Ich nehme einen Schluck von der süßen Plörre.

Helke sieht mich aufmunternd an. Ich erzähle, was passiert ist. Es fühlt sich an, als wären wir schon eine Ewigkeit befreundet. Obwohl bisher ausschließlich Tom unser Bindeglied war, fällt es mir leicht, mich ihr zu öffnen. Daran, dass sich die Abfahrtszeit durch unser Gespräch noch weiter verzögert, stören wir uns keinen Moment.

»Würdest du jetzt lieber zu Konstantin fliegen, als mit uns nach Florenz zu fahren?«

Ich nicke gedankenverloren und wische über die blitzblanke Arbeitsplatte aus Granit, als hätte ich einen Lappen in der Hand.

»Für einen Augenblick habe ich darüber nachgedacht. Aber ich käme wegen der Einreisebestimmungen doch erst viel zu spät hier weg. Außerdem ist mir die Reise mit Tom auch wichtig.« Ich seufze. »Manchmal wäre es zu schön, wenn man sich klonen könnte und Beamen Realität wäre.«

Helke nickt bedauernd.

»Genug von mir! Schließlich haben wir heute noch etwas vor.« Ich klatsche mir rechts und links auf die Wangen und trinke den Eistee aus.

»Lass uns jetzt zum Aufbruch trommeln!« Ich stelle das Glas in den Geschirrspüler.

Helke donnert gegen die Tür ihres Bruders und reißt sie im gleichen Moment auf.

»Darin bist du aber auch zu gut«, raune ich, während ich in zwei aufgeschreckte Gesichter schaue.

Helke klatscht in die Hände. »So, ihr Lieben, es geht los!« Ihr Ton signalisiert, dass jeder Widerstand zwecklos wäre.

Am frühen Nachmittag lenke ich den vollbeladenen Bus auf die Autobahn. Neben mir sitzt Helke, hinter uns auf der Rückbank Tom und Elsa. Ich kann nicht verstehen, worüber die beiden sprechen, der Motor brummt laut, und Toms Stimme ist ohnehin so leise, dass Elsa sich beinah an ihn lehnen muss, um ihn zu verstehen. Zumindest sieht das beim Blick in den Rückspiegel so aus. Im Radio spricht eine weiche Frauenstimme von einem Unfall auf der A9 bei Halle, der einen kilometerlangen Stau nach sich ziehen soll.

»Bloß gut, dass wir mit unserem Gefährt nicht schneller als hundert fahren können. Bis wir dort sind, hat sich der Stau sicher längst aufgelöst«, sage ich.

»Bestimmt«, murmelt Helke, während sie gedankenverloren aus dem Fenster schaut.

Wieder werfe ich durch den Rückspiegel einen Blick auf Tom und Elsa. Als Helke und ich vorhin ins Zimmer platzten, hatte Elsa gerade von ihrer Sucht erzählt. Was mag in den beiden vorgehen? All die Jahre zwischen ihnen, in denen jeder auf seine Weise mit dem Schicksal kämpfen musste.

Tom war anzumerken, wie er mit sich rang. Einerseits konnte ich ihm ansehen, dass er noch immer nicht fassen konnte, dass Elsa bei ihm war, und wie sehr er sich darüber freute, andererseits spürte ich aber auch seine Distanz aus Angst davor, gleich wieder enttäuscht zu werden. Aber ist das verwunderlich? Die tiefe Verletzung, die Elsa ihm einst zugefügt hat, fängt nun ganz sicher erst mal an zu eitern. Als ich mit Helke darüber sprach, meinte sie nur lapidar, das sei gut, denn Eiter sei ein biologisches Abbauprodukt des Körpers, und es sei an der Zeit, dass endlich alles rauskomme.

Als Tom den Bus vor der Tür stehen sah, konnte er es zunächst nicht glauben. Sichtlich bewegt rollten ihm Tränen über das Gesicht, der Mund stand ihm offen, und immer wieder schüttelte er stumm den Kopf.

»Genau so … hat der Bully in meinem Traum ausgesehen … Ich weiß nicht, was ich sagen soll …«, murmelte er nach langen Sekunden und suchte dabei meinen Blick.

Wie ein Funkenflug waren seine Gefühle auf mich übergesprungen. In diesem Moment waren alle anderen Sorgen ganz weit weg, da zählte nur Tom.

Doch was Elsa und er aus dem Wiedersehen machen, liegt ganz allein bei den beiden, das kann ich nicht beeinflussen. Erneut suche ich die beiden im Rückspiegel. Elsas trauriger Blick wandert ruhelos umher, während sie spricht. So viel hat sie ihm zu sagen.

»Wie sehr muss es ihr zusetzen, neben ihrer todgeweihten Liebe zu sitzen? Wie groß ist es von ihr, dass sie doch noch über ihren Schatten gesprungen ist«, raune ich dem Lenkrad zu.

Da sieht Helke mich an. »Hör doch auf mit dieser Hymne! Ohne dich wäre sie gar nicht hier, so sieht es doch aus.«

Wir schweigen und ich wünschte, wir wären wie die heiteren Protagonisten in einem Roadmovie, die voller Leichtigkeit und Abenteuerlust durch die Gegend fahren und dabei singen. Zugegeben, vielleicht habe ich mir das ein bisschen so vorgestellt, trotz allem. Doch stattdessen kriegt Tom Probleme auf den harten Sitzen, er hat starke Schmerzen. Beinah tragisch ist sein Bemühen, diese Qual herunterzuspielen. Immer wieder machen wir Pausen. Erst nach knapp sieben Stunden Fahrt erreichen wir Nürnberg, unser erstes Etappenziel.

Als wir die Sachen ausladen, die Tom allein für eine Nacht benötigt, wirkt es, als wollten wir in dieses Hotel unweit der Autobahn mit dem Charme der 1980er-Jahre einziehen.

Wir stehen an der Rezeption.

»Bist du damit einverstanden, dass ich das Zimmer mit Tom teile?«

Helke ist sichtlich überrascht von Elsas Frage. »Aber du weißt doch gar nicht, worauf du achten musst!«

Unsicher blickt sie zu Tom herab, der neben ihr in seinem Rollstuhl sitzt.

»Bitte, lass sie«, sagt er nur.

»Traust du dir das wirklich zu, Elsa?« Helkes prüfender Blick wirkt wie ein Scanner.

»Sicher, sonst würde ich nicht fragen. Du kannst mir ja noch eine Unterweisung geben.«

Verblüfft sehe ich von Elsa zu Helke und wieder zurück. Wie selbstbewusst sie auf einmal wirkt!

»Das kann ich auch.« Toms Stimme ist noch schwächer geworden. Der Tag hat ihm sichtlich zugesetzt.

»Ich weiß nicht.«

»Bitte … lass es uns versuchen.« Tom keucht leise. »So oft … habe ich nicht mehr … die Gelegenheit dazu.«

»Aber du musst schlafen!«

»Sehe ich … so aus, als … würde … ich durchmachen?«

Ein Lächeln huscht über Elsas Gesicht. Die beiden sind einander schneller nähergekommen, als ich es für möglich gehalten hatte. Innerlich atme ich auf.

Helke zuckt mit den Schultern. »Na gut, wenn ihr unbedingt wollt.« Sie sieht ihrem Bruder in die Augen. »Aber auf eure Verantwortung. Elsa, wir richten zusammen das Zimmer ein, und ich sage dir, worauf du achten musst. Aber erst mal muss ich etwas essen, sonst komme ich um vor Hunger.«

Wir checken ein und bringen das Gepäck aufs Zimmer. Dann lassen Helke und ich Tom und Elsa allein.

»Dass Tom gleich diese Nähe zulässt, habe ich nicht erwartet. Anscheinend war die alte Vertrautheit sofort wieder da«, sage ich, als ich mit Helke über den Gang zu unseren Zimmern laufe. Die beiden Einzelzimmer liegen nebeneinander.

»Glaub mir, ich bin auch mehr als verwundert. Ich kann nur hoffen, dass das gutgeht.«

Wir stehen vor unseren Zimmertüren.

»Wenn nicht, werden wir auch eine Lösung finden.«

»Verliere bloß nie deinen Optimismus!«

»Ich gebe mir Mühe. Bis gleich.«

Helke nickt. »In zehn Minuten zum Dinner bei Tom.«

Sie hatte ursprünglich vor, Tom unter vier Augen abzufüttern, wie sie es nannte. Doch da war noch nicht klar, dass ihr Bruder sofort mit Elsa eine Symbiose bilden würde.

Elsa betonte immer wieder, dass sie unbedingt Toms Alltag kennenlernen wolle und nicht vorhabe, die Augen davor zu verschließen, sonst hätte sie schließlich gar nicht erst zu kommen brauchen.

Nun sitzen wir aus Mangel an Alternativen zu viert in diesem ungemütlichen Zimmer und warten darauf, dass der Zimmerservice unsere Bestellung bringt. Der bunte, groß gemusterte Teppich hat seine besten Jahre längst hinter sich, der kleine Tisch mit den zwei rostbraun gepolsterten Stühlen ebenfalls. An den vergilbten Wänden hängen gerahmte Schwarzweißdrucke mit sakraler Architektur, flankiert von Überresten erschlagener Mücken. Ich frage mich, wie heiter ein Gemüt sein muss, um hier keiner depressiven Verstimmung zu erliegen. So eindringlich weist das Interieur daraufhin hin, wie vergänglich alles ist.

»Es kommt nur darauf an, was wir daraus machen«, nuschle ich.

»Hast du was gesagt?«, fragt Helke in die beklemmende Stille. Sie sitzt mit ihrem Bruder am Tisch, Elsa und ich haben das Bett okkupiert.

»Wir sollten noch ein wenig an der Wohlfühlatmosphäre hier im Raum arbeiten.«

»Stimmt … Musik wäre gut«, sagt Tom.

»Aber dann verstehen wir dich nicht«, erwidert Helke.

Ein Zischen kommt aus Tom, dazu hebt er die Finger, das ist seine Form des Abwinkens.

»Was wollt ihr hören?« Elsa zückt ihr Telefon.

»Weißt … du noch, damals … Paolo … Conte?«

Tom richtet seinen Blick voller Melancholie auf Elsa.

»Natürlich weiß ich das noch, er hat uns fast überallhin begleitet. Wie habe ich es geliebt, mit dir durch die Toskana zu fahren und dabei seine Musik zu hören. Warte, ich suche deinen Lieblingssong heraus. Zumindest glaube ich, dass er es war!« Elsa tippt auf ihrem Telefon herum.

Tom krächzt heiser, als hätte er all seine Worte verloren. Da ist sie wieder, die Trauer um das, was einmal war.

Beklommen knete ich an meinen Fingern herum. Was könnte ich dazu schon sagen?

»Ach, Kinder, das wird mir hier eine Spur zu schwermütig mit euch. Wollt ihr euch das wirklich antun?«, fragt Helke da.

»Ja. Unbedingt«, erwidert Tom, wieder Herr seiner schweren Zunge.

Nun erklingt auch schon die unverwechselbare, raue Stimme des italienischen Multitalents.

»*Come mi vuoi*«, wispert Tom. Auf seinem Gesicht liegt ein versonnenes Lächeln.

»Ja, come mi vuoi – wie willst du mich? So wie du bist, hast du dann immer zu mir gesagt …« Elsa lächelt wehmütig.

»Und … jetzt bin … ich so … weit weg von dem, was … ich einmal war … Jetzt … würde ich … diese Frage nicht mehr stellen …«

Keiner von uns sagt mehr etwas, bis der Song vorbei ist.

Helke rückt mit ihrem Stuhl näher an Tom heran. »So, geliebter Bruder, das ist mir jetzt doch eine Spur zu jammerig hier. Ich bin dafür, dass wir uns der Reihe nach einen Song wünschen dürfen. Als Nächste bin ich dran.«

Ohne eine Antwort abzuwarten, spielt Helke den nächsten Song ab, Roberto Blanco mit *Ein bisschen Spaß muss sein.*

»Was ist das denn? Helke! Du bist so schlecht!«, rufe ich.

»Gern geschehen.« Sie dreht die Musik lauter. Das ist dermaßen absurd, dass wir nun lachen müssen.

Helke hat es mit ihrer eigentümlichen Art wieder einmal geschafft, die Situation aufzulockern, zumindest für einen kurzen Augenblick. Denn als sie nun ihrem Bruder ein Lätzchen umbindet, während Roberto singt »Ein bisschen Spaß muss sein, dann kommt das Glück von ganz allein«, da bleibt mir jedes Lachen im Halse stecken. Das ist nur noch grotesk. Helke scheint gänzlich vergessen zu haben, wie wichtig Tom seine Würde ist. Als sie ihm die mitgebrachten Häppchen und die hochkalorische Trinknahrung reicht, die sie dutzendfach für die Reise eingepackt hat, weigert er sich, etwas davon zu sich zu nehmen.

»Mach bitte die Musik aus!«, ruft Elsa.

Sie wirkt ebenso irritiert wie ich.

»Meine Güte, seid ihr verbissen!«

Da ist der Song auch schon vorbei.

»Lassen wir das mit der Musik besser«, sage ich.

Helke zuckt mit den Schultern. »Wenn ihr meint.«

Endlich bringt der Zimmerservice unsere Bestellung. Es gab nur eine kleine Auswahl an Snacks, die nun den weiten Weg aus der Mikrowelle zu uns gefunden haben, zumindest schmeckt meine Pizzazunge mit Tomate und Salami so. Lustlos kaue ich auf ihr herum, während Helke erneut versucht, ihren Bruder zum Essen zu bewegen. Diesmal gelingt es ihr.

Anders als ich wirkt Elsa erstaunlich gelassen, als sie Tom zum ersten Mal essen sieht. Sie knabbert an ihrem Clubsandwich herum und verliert ihn dabei nicht aus den Augen.

Nach einigen Häppchen, die für Tom wieder eine wahre Pein waren, hält Helke ihm die Flasche mit der Zusatznahrung und einem Trinkhalm vor den Mund. Sie möchte nur das Beste für ihren Bruder, und doch signalisiert Tom mit seiner Mimik, wie bevormundet er sich fühlt, und dass er es lieber allein schaffen möchte. Auch Helke entgeht das nicht. Sie lässt ihn machen, dabei ist es ein wahrer Kraftakt für ihren Bruder, die Flasche selber zu halten.

»Es ist schwer, den richtigen Weg zu finden«, sagt Helke.

»Das glaube ich«, murmelt Elsa.

Zunächst trinken wir aus Rücksichtnahme auf Elsa nur Wasser, doch als sie uns sagt, dass es ihr nichts ausmachen würde, wenn wir die Minibar plündern, machen wir uns darüber her. Elsa legt im Laufe des Abends ein schier unbändiges Temperament an den Tag. Sie erzählt Anekdoten aus ihrer Zeit in Wien und dass ihr Yoga ein Stück weit geholfen habe, in der Zeit des Entzugs Kraft zu tanken. Dazu zeigt sie uns ihre liebsten Asanas und singt mit einer hauchzarten Stimme Mantras. Damit überrascht sie mich schon wieder. Dabei kann man ihr Verhalten nicht auf den Alkohol schieben, denn sie trinkt ja keinen Schluck.

»Ich bewundere dich. An deiner Stelle wäre ich spätestens

heute rückfällig geworden«, sagt Helke irgendwann und nimmt einen Schluck aus der Piccolo-Flasche.

Da schlägt die Stimmung um. Elsa zappelt herum und kneift die Augen zusammen. »Das ist nicht witzig. Aber womöglich hätte ich das auch leicht gesagt, wenn ich nie Alkoholikerin gewesen wäre. Es ist ja immer alles so lustig und die Welt gar nicht so schlimm mit ein paar Promille. Aber die Kontrolle darüber zu verlieren, das ist kein Spaß! Ich würde heute hier nicht sitzen, wenn mich meine damalige Mitbewohnerin nicht gezwungen hätte, zum Arzt zu gehen. Meine Leber hätte versagt, wenn ich nicht sofort mit der Therapie begonnen hätte. Und ich bin froh, dass ich nun so stabil bin, dass es mir nichts mehr ausmacht, anderen beim Trinken zuzusehen. Danke für euer Verständnis!« Sie ist laut geworden.

Helke hebt kapitulierend die Hände. »Schon gut, schon gut. Entschuldige, ich wollte da nichts aufrütteln oder dich provozieren.«

»Da bin ich aber froh. Übrigens hätte ich ja nicht zu träumen gewagt, dass du dich bei mir einmal für irgendetwas entschuldigen würdest. Den Tag muss ich mir im Kalender anstreichen.«

Ich wechsele abrupt das Thema. »Wusstet ihr, dass es in Florenz eine der ältesten Apotheken Europas gibt? Sie existiert seit dem 13. Jahrhundert. Das muss man sich mal vorstellen! Die möchte ich unbedingt besuchen.«

»Die Farmacia di Santa Maria Novella. Wir haben dort öfter eingekauft. Weißt du noch, Tom?«, fragt Elsa.

Er nickt. »Unser Bad … all die Seifen …«

Geschafft, das Raumklima ist fürs Erste wiederhergestellt. Ich schraube die letzte Mini-Weinflasche auf, es ist ein roter, und teile ihn zwischen Helke und mir auf. Tom trinkt Bier aus einem Strohhalm und Elsa Apfelschorle. Wir stoßen auf unsere Reise an.

»Fällt euch auf, dass ich jetzt viel besser sprechen kann? Das Bier entspannt meine Muskulatur.«

Tatsächlich kommen die Worte flüssiger über Toms Lippen. Oder bilde ich mir das nur ein?

»Das ist aber kein Freibrief dafür, jetzt zum Alkoholiker zu werden«, mahnt Elsa.

»Wenn ich so recht darüber nachdenke, was spricht denn dagegen? Meine Gesundheit?« Tom lacht gespenstisch auf. Ein intensiver Hustenanfall folgt darauf. Helke springt auf und tupft ihm den Schleim ab. Es dauert diesmal etwas länger, bis Tom die Attacke überwunden hat.

»Es … tut mir leid, Elsa, dass … du das miterleben musst, ich wünschte, du könntest mich noch … sexy finden.«

»Hey! Untersteh dich! Ich war noch nie so oberflächlich, dass ich dich nur auf deinen Körper reduziert habe.«

»Das kam mir früher aber anders vor.«

Ein Schmunzeln geht durch unsere Runde.

»Als es damals losging mit … meiner schweren Zunge … und den körperlichen Einschränkungen …« Tom zieht einen Schluck Bier durch den Strohhalm. »Da habe ich den Menschen immer direkt in die Augen geschaut. Es war mir wichtig, dass sie meinen klaren, nüchternen Blick sehen. Wie oft wurde ich aufgrund meiner Physis für betrunken gehalten! Das war so … erniedrigend. Auch du hast das gedacht, obwohl ich stocknüchtern war. Kurz danach … bist du gegangen.« Toms Blick geht ins Leere.

Elsa nestelt am Bettbezug herum. »Bitte lass uns nicht wieder damit anfangen. Darüber haben wir doch heute schon hinlänglich gesprochen.«

»Hinlänglich … was ist das für ein Wort? Hinlänglich ist gar nichts.«

Abrupt springt Elsa auf. »Ich muss noch mal raus!« Eilig läuft sie aus dem Zimmer.

Ein Ruck geht durch Tom, er hat den Rollstuhl in Bewegung gesetzt.

»Lass sie! Sie kommt sicher gleich zurück.« Helke fasst beide Griffe, der Rollstuhl bleibt stehen.

»Du kannst sie doch sowieso nicht leiden!«

»Tom! Ich bin ja wohl sehr nett zu ihr.«

»Sehr nett, ja.«

»Bitte, ihr beiden, der Tag hat uns allen einiges abverlangt. Hört auf zu streiten!«

Helke lässt den Rollstuhl los, Tom bleibt trotzdem, wo er ist. »Keine Sorge, ich fahre ihr nicht hinterher.«

»Gut.« Helke kippt ein Fenster. »Frieden, Bruder?«

»Hm.«

»So, ihr Lieben, ich ziehe mich zurück. Wir wollen morgen früh los«, sage ich.

»Ja, lasst uns die Nachtruhe einläuten. Tom, willst du wirklich, dass Elsa heute Nacht bei dir ist?«

Er schweigt und schaut demonstrativ weg.

»Tom?«

»Frag besser Elsa! Ich … habe doch … sowieso nichts mehr in der Hand. Ha! Im wahrsten Sinne des Wortes …«

»Ich rede mit ihr«, sage ich.

Er nickt mir schwach zu. »Danke. Bis morgen, Julia.«

17

Ich finde Elsa leise weinend in einem der durchgesessenen Lederclubsessel auf dem Gang.

»Hey!« Ich gehe vor ihr in die Hocke. »Sieh ihm das nach. Heute Morgen hat er noch nicht einmal geahnt, dass er dich sehen wird. Er muss das alles erst mal begreifen.«

Mit ihren verweinten Augen sieht sie mich an. »Es geht nicht darum, was er gesagt hat. Ich … ich … ach, Mist!«

Sie vergräbt das Gesicht in den Händen.

»Weißt du was? Du gehst großartig mit der Situation um. Und dass es nicht einfach werden wird, war klar … solche Momente gehören dazu.«

Elsa zieht die Nase hoch und wischt sich über das Gesicht. »Das brauchst du mir nicht zu sagen, das weiß ich! Aber normalerweise könnte ich das nicht ertragen, normalerweise wäre ich längst weggelaufen. So wie ich es in vermeintlich ausweglosen Situationen immer getan habe, weil es am einfachsten ist. Aber nun ist nichts mehr normal. Ich kann nicht gehen, ich weiß jetzt, dass es meine Aufgabe ist, mich alldem hier zu stellen. Aber es zermürbt mich, Tom so zu sehen. All meine Gefühle, die ich in den letzten Jahren verdrängt habe … Ich … ich habe ihn so sehr geliebt und … und das hat nie aufgehört.« Sie schluchzt laut auf. »Ich wollte es nur nicht wahrhaben. Ich war feige damals – und eine Egoistin … Vielleicht hätten wir noch eine gute Zeit zusammen haben können, anders als meine Eltern.«

»Hör auf zurückzuschauen! Jetzt bist du hier, und nur das zählt. Abgesehen davon zwingt dich niemand dazu.«

Elsa reißt an ihren Locken. »Doch! Ich zwinge mich! Das

bin ich Tom schuldig. Ich kann noch immer nicht glauben, dass er so qualvoll sterben wird, dass es keinen Ausweg gibt. Es heißt doch immer, die Hoffnung würde zuletzt sterben. Daraus lässt sich Kraft schöpfen. Aber das ist Bullshit! Das habe ich schon bei meiner Mutter erlebt. Es gab keine Hoffnung. Das alles macht mich fertig!«

Ich nehme Elsas Hand und drücke sie.

»Aber Tom soll nicht merken, wie sehr mir das alles zusetzt. Pah! Aber jetzt geht es ja ausnahmsweise mal nicht um mich. Allein das ist schwer genug …«

Unwillkürlich schmunzele ich über ihre Reflektion.

»Du kannst ihm noch so viel geben, Elsa. Es ist gut, dass du nicht weggerannt bist. Auch für dich. Du hattest euer Kapitel doch ebenso wie Tom noch nicht abgeschlossen.«

Sie seufzt. »Meine Eskapaden in den letzten Jahren sprechen wohl eindeutig dafür. Es ist alles nur furchtbar … Aber was kann ich ihm denn jetzt noch geben?«

Elsa entzieht mir ihre Hand und ballt sie zur Faust. All ihre Vorwürfe gegen sich selbst scheinen darin zu liegen.

»Deine Aufmerksamkeit, deine Zeit, deine Anteilnahme, dein Verständnis. Es ist so viel. Gehen wir ein paar Schritte zusammen?«

»Das ist eine gute Idee.« Elsa wischt sich mit dem Ärmel über das Gesicht und steigt aus dem Sessel. Wir fahren mit dem Fahrstuhl in die Lobby und treten hinaus in den dämmrigen Abend. Der schwere, süßlich-pudrige Duft von Flieder steigt mir in die Nase. Seine Büsche wachsen direkt vor dem Hotel.

»Riechst du den Sommer?«

Elsa wirft ihren Kopf zurück und schaut in den immer dunkler werdenden Himmel. Die Spuren des Tages hat er gleich vollends geschluckt. »Ja, und hören kann ich ihn auch. Die Amseln zwitschern so vertraut, als wäre die Welt ein heiler Ort, als würde doch noch alles gut werden. Wie kann das sein?« Elsa stöhnt auf und liefert die Antwort gleich selber. »Jedes Wesen lebt in seinem eigenen Universum. So einfach ist das wohl.«

Es sind nur ein paar Meter, die wir über den tristen Parkplatz gehen müssen, bevor wir entlang einer kaum befahrenen Straße spazieren. Ein Sportplatz und Einfamilienhäuser säumen die linke Seite, auf der rechten liegt dunkel ein Wald. In der Ferne bellt ein Hund.

»Die Luft tut gut.« Elsa schüttelt den Kopf. »Es ist schon ein Phänomen, wie wir Menschen funktionieren können. Helke hat mir vorhin erklärt, worauf ich im Umgang mit Tom achten soll. Ich werde das schaffen, auch wenn ich das bis gestern noch für unmöglich hielt.«

»Daran habe ich keinen Zweifel. Bleibt es dabei, dass du heute Nacht bei Tom schläfst? Er war sich nicht mehr sicher, nachdem du gegangen bist.«

»Es bleibt dabei! Kann ich zu dir kommen, wenn ich Hilfe brauche? Helke möchte ich nicht fragen.«

»Aber natürlich! Jederzeit.«

Eine Katze huscht vor uns über die Straße und bleibt vor einem Zaun sitzen. Als wir näher kommen, springt sie auf einen Pfosten und verschwindet im Dickicht eines verwilderten Gartens.

»Warum tust du das alles für Tom? Und warum hat er nie etwas von dir erzählt, als ich mit ihm zusammen war? Immerhin kennt ihr euch doch seit über zwanzig Jahren.«

»In dem Teil seines Lebens kam ich längst nicht mehr vor. Aber als er mir dann diesen Brief geschrieben hat und wir uns nach all den Jahren getroffen haben, da wurde mir klar, dass er zu meinem Leben gehört. Tom hat mir in den letzten Wochen gezeigt, was zählt im Leben …« Mir steigen Tränen in die Augen. »… und wie schnell alles vorbei sein kann.«

Am Firmament zieht ein Lichtpunkt dahin. Wo mag das Flugzeug wohl hinfliegen? Meine Gedanken springen zu Konstantin. Ob er gerade mit Ryans Sarg im Flieger nach New York sitzt? Ja, was, wenn es umgekehrt gewesen wäre? Wenn ich jetzt die Frau wäre, die auf den Sarg wartet. Meine Tränen laufen.

»Julia? Was ist los mit dir?«

»Ach, es geht gleich wieder.« Ich kicke einen Stein weg.

»Komm schon! Ich war zu lange in Therapie, als dass ich dir das abnehmen könnte.«

Lügen ist eindeutig nicht deine Stärke! Aber ich möchte nicht bei Elsa meine schweren Gedanken abladen. Sie hat selber genug davon.

»Wir sollten umkehren, nicht, dass die anderen sich Sorgen machen.«

»Du hast recht. Aber glaub mir, es hilft dir nicht, wenn du *nicht* darüber sprichst.«

Wie drehen um und laufen den gleichen Weg zurück. Inzwischen ist es stockdunkel geworden. Es gibt keine Straßenlaternen, und so orientieren wir uns an den Lichtern der Häuser.

Ich wische mir die Tränen vom Gesicht, und dann erzähle ich Elsa von Konstantin.

»Was für eine Geschichte, dass ausgerechnet jetzt sein Kollege stirbt! Zieh dich nicht zurück. Signalisiere ihm, dass du da bist für ihn, jederzeit. Was er daraus macht, ist eine andere Sache.«

Wir erreichen das Hotel. Nur vereinzelt brennt in den Zimmern Licht.

»Aber er hat doch gesagt, dass er Zeit braucht.«

»Weißt du, was ich inzwischen gelernt habe? Interpretation ist ein irre weites Feld. Hör auf dein Bauchgefühl, nicht auf irgendwelche Worte!«

Wir betreten die Lobby. Der Mann hinter dem Rezeptionstresen nickt uns müde zu.

»Danke, Elsa.«

»Gern. Und jetzt bin ich gespannt auf diese Nacht nach all den Jahren. Tom war ein fantastischer Liebhaber.« Elsa lächelt gequält.

Schweigend steigen wir in den Fahrstuhl und verabschieden uns in die Nacht.

Trotz meiner Erschöpfung kann ich nicht einschlafen. Ich wälze mich von einer Seite auf die andere. Elsas Worte hallen in mir nach. Konstantin soll seinen Raum haben, ich werde nichts fordern, aber er soll wissen, dass ich an seiner Seite bin, egal wo er ist. Irgendwann stehe ich auf und schreibe ihm eine Nachricht.

> Bestimmt sitzt du gerade im Flieger. Du sollst nur wissen, dass ich immer für dich da bin und dich ganz fest umarme, wenn im Moment auch nur in Gedanken.
> Deine Jule, derzeit in einem Hotelzimmer in Nürnberg
> PS: Fühl dich bitte nicht dazu verpflichtet, mir zu antworten. Wirklich nicht!

Abgeschickt. Endlich fallen mir die Augen zu.

Die Morgenroutine von Tom hat so viel Zeit in Anspruch genommen, dass wir erst um halb zehn losgefahren sind. Die Nacht von Tom und Elsa war anstrengend, zumindest für Elsa. Sie hat kaum geschlafen, weil sie auf jedes Geräusch von Tom geachtet hat.

Die Fahrt bleibt strapaziös, für uns alle. Das habe ich komplett unterschätzt. Irgendwas am Bus klappert die ganze Zeit, dazu das eintönige Tempo und die unbequemen, harten Sitze, die mich meinen Hintern und die Verspannungen im Rücken umso mehr spüren lassen, setzen mir zu. Das sage ich aber nicht laut, weil es ein Witz wäre gegen das, was Tom empfinden mag. Und selbst der jammert kaum. Als Helke mich am

Steuer ablöste, dachte sie, dass sie ordentlich etwas herausholen kann, wenn sie nur das Gaspedal richtig durchdrückt und den Verkehr um uns herum ignoriert. Das machte die Fahrt nicht entspannter. Wir tauschten alsbald wieder.

Nach der zweiten Zwischenübernachtung kurz vorm Brenner, in der Elsa und Tom sich ebenfalls das Zimmer teilten, erreichen wir Florenz.

In den letzten Tagen sind schwere Unwetter über Italien niedergegangen. Starkregen und Sturm haben Verwüstungen angerichtet, auch in der Toskana. Umso schöner ist es, dass uns Florenz nun am späten Nachmittag bei Sonnenschein empfängt. Es wirkt, als hätte die Stadt nur auf uns gewartet. Nach einer Odyssee durchs Zentrum erreichen wir endlich unser Hotel, das sich in einem alten Palazzo befindet. Es liegt zwischen der Kathedrale und dem Palazzo Vecchio, zentraler geht es nicht. Tom hatte es vorgeschlagen, und nachdem klar war, dass es für Menschen mit Handicap geeignet ist, haben wir gebucht.

»Na, Bruderherz, bist du froh, jetzt hier zu sein?«

Tom nickt überwältigt. Seine Augen leuchten regelrecht.

»Ich ... kann ... nicht fassen, dass wir jetzt wirklich hier sind. Es ist wie ... nach Hause kommen!«

Ein Mitarbeiter des Hotels nimmt mir den Autoschlüssel ab, es gibt hier keine Parkplätze. Der Bus wird nach dem Ausräumen in ein weiter entfernt gelegenes Parkhaus gebracht.

Ganz selbstverständlich nehmen auch diesmal Elsa und Tom zusammen ein Zimmer, während sich Helke und ich wieder auf zwei Einzelzimmer verteilen.

Langsam gehen wir durch die weiträumige Lobby in Richtung Fahrstuhl.

»Was für ein Genuss nach den abgewirtschafteten Herbergen der letzten beiden Tage«, sage ich und lasse meinen Blick durch den hallenartigen, von Säulen getragenen Raum streifen. Ein riesiger ovaler Spiegel, eingefasst in einen opulent verspielten Messingrahmen, prangt über einer ausladenden Couch, die in einem dunklen Grün changiert und von braunen Ledersesseln flankiert wird. An den meterhohen Wänden hängen alte Gemälde, die Decken sind stuckverziert. Immer wieder bleiben wir stehen, weil es etwas zu bestaunen gibt.

»Es ist phänomenal, wie man hier sofort die jahrhundertealte Geschichte dieses Hauses spürt. Tom und ich waren früher manchmal hier. Es gibt eine Dachterrasse mit einem sensationellen Blick über die Stadt. Dort haben wir gern einen Sundowner genommen. Weißt du noch, Tom?«

»Wie … könnte ich … das vergessen?«

Elsa schüttelt den Kopf, ihr Blick verklärt sich. »Auf der Terrasse hast du mir gestanden, dass du dich in mich verliebt hast.«

Tom sagt nichts, seine Augen schimmern feucht.

»Da war ich die glücklichste Frau der Welt, denn ich war doch auch längst in dich verliebt und wusste bis dahin nicht, wie du fühlst.« Gedankenverloren streichelt Elsa Toms Schulter.

Na, herzlichen Glückwunsch, besser hätten wir es nicht treffen können.

»Davon hat Tom nichts erzählt«, sage ich.

»Mir auch nicht. Wäre es besser, wir würden woanders wohnen?«, fragt Helke.

Elsa sieht zu Tom. Beide schütteln den Kopf. »Außerdem haben wir hier noch nie übernachtet«, sagt Elsa.

»Aber ihr meldet euch bitte, wenn es unerträglich wird, ja?«, sage ich.

Doch die beiden scheinen ganz versunken zu sein in die Erinnerungen an die gute Zeit, die sie hier einst hatten.

Helke und ich lassen uns zurückfallen.

»Wir brauchen auch ein bisschen Ablenkung. Hier, schau mal, wie hübsch der Kerl ist.«

Helke ist vor einem der Gemälde stehen geblieben. Ein

nackter Adonis ist darauf zu sehen, um sein Geschlechtsteil ranken sich Blätter.

Sie grinst. »Warum trägt so was heute keiner mehr?«

Doch ich kann mich nicht so leicht ablenken. »Was für eine Krux! Ich weiß nicht, ob es nun gut ist oder schlecht, dass wir dieses Hotel gebucht haben, in dem die beiden so glücklich waren. Das ist doch die brutalste Form von Sentimentalität, die damit gefördert wird.«

Helke wendet ihren Blick ab von dem Mann in Öl und läuft langsam weiter. »Ich glaube, dass es in dieser Stadt wohl kaum einen Ort gibt, der die beiden nicht miteinander verbindet. Also mach dich locker, Julia! Sie wussten sicher besser als wir, was hier auf sie zukommen wird.«

»Wenn du meinst.«

Wir beziehen unsere Zimmer. Meins ist klein und geht zum engen, düsteren Innenhof hinaus. Als ich das Fenster aufreiße, schlägt mir das Brummen der Klimaanlagen entgegen. Ich schließe es wieder und verstaue meine Sachen in einem antiken Holzschrank. Dann werfe ich einen Blick auf mein Telefon. Noch keine blauen Häkchen neben meinen Zeilen, Konstantin hat meine Nachricht noch nicht gelesen.

Da kann ich mir noch so mantramäßig sagen, dass ich nichts erwarte, es ist nicht wahr.

Später treffen wir uns alle vier bei Elsa und Tom. Wir wollen uns zusammen den Sonnenuntergang auf der Dachterrasse anschauen. Doch Tom ist noch nicht zu sehen, er ist im Bad, wie ich den Geräuschen nach urteile.

Das Zimmer ist wesentlich geräumiger als meins, es liegt zu einer ruhigen Nebenstraße. Rollstuhlgerecht ist es, da hat der freundliche Herr bei der Buchung nicht zu viel versprochen.

Ein Fenster steht weit offen, warme Luft strömt herein. Da wird die Ruhe jäh von Glockenläuten unterbrochen.

»Das ist der Dom«, sagt Elsa und deutet auf ein violettes

Sofa. »Setz dich doch bitte, wir brauchen noch ein paar Minuten.« Geschäftig verschwindet sie im Bad und schließt die Tür hinter sich.

Erstaunt blicke ich zu Helke. »Respekt! Sie scheint sich um Tom zu kümmern, als würde sie schon lange nichts anderes machen.«

Helke berührt mit den Fingern ihren Mund. »Ich muss zugeben, dass mich das auch überrascht.«

Elsas Stimme und gurgelnde Geräusche dringen aus dem Bad, ich höre die Toilettenspülung. Tom schafft es nicht mehr, allein auf das WC zu gehen.

»Sie macht das wirklich richtig gut. Vor allem hat sie viel mehr Kraft, als ich vermutet hätte. Diese kleine Person kann mal eben meinen Bruder schultern«, flüstert sie.

»Hast du ihr das auch schon gesagt? Immerhin war das wohl so etwas wie ein Kompliment.«

Nun lasse ich mich auf das weiche Sofa fallen. Vis-à-vis steht ein breites Boxspringbett mit einem cremefarbenen, hohen Rückenteil.

Helke rückt neben mich. »Na ja, ich muss es ja nicht gleich übertreiben.«

»Das hätte mich auch überrascht!«

Die Tür zum Badezimmer wird geöffnet. Gestützt auf seinen Rollator kommt Tom als Erster heraus. Er ächzt immer wieder. Die enorme Anstrengung, die ihm dieser Gang abverlangt, ist eine Tortur. Elsa folgt ihm mit dem Rollstuhl.

»Etwas Training zwischendurch kann nicht schaden«, sagt sie bemüht fröhlich, aber ich höre mit jeder Silbe die Sorge in ihrer Stimme.

»Sie … ist … ein harter … Coach. Wenn … das so … weitergeht, dann … laufe ich bestimmt … bald meinen ersten Marathon.« Tom ringt nach Luft, er ist völlig außer Atem.

Niemand lacht, zu sehr schmerzt es, ihn so zu sehen.

»So, das reicht für heute!«, sagt Helke bestimmt.

Tom wechselt nach nicht einmal zwei Metern in den Rollstuhl. Es geht einfach nicht mehr. Dagegen war er noch richtig gut in Form, als ich ihn im März zum ersten Mal traf, inzwischen haben wir Juni, und der körperliche Verfall kennt keine Gnade. Zu gern würde ich es leugnen, aber es wird immer auffälliger, wie schwer ihm auch das Sprechen inzwischen fällt. Wo er vor ein paar Wochen noch in Absätzen sprechen konnte, sind es heute nur wenige Sätze.

»Und … jetzt lasst uns … endlich hochgehen … auf die Dachterrasse«, sagt er.

Unsere kleine Gruppe setzt sich in Bewegung. Ich laufe hinter Tom, der seinen Rollstuhl über den blau gemusterten Teppich im Gang in Richtung Fahrstuhl lenkt. Meine Gedanken schweifen ab. Lange wird es nun nicht mehr dauern, bis Tom an dem Punkt angelangt ist, wo er nichts mehr allein schafft. Dann ist er komplett gelähmt und muss rund um die Uhr beatmet werden. Alles in mir krampft sich zusammen, wenn ich daran denke.

Pling! Die sich öffnende Fahrstuhltür holt mich zurück aus meinen schweren Gedanken. Wir fahren hinauf in den sechsten Stock und treten hinaus auf die Dachterrasse. Nach meinem gedanklichen Exkurs und der klimatisierten Luft im Hotel, fühlt es sich nun an, als wäre ich aus dem tristen November direkt in den Hochsommer katapultiert worden.

»Oh mein Gott! Wie schön es hier ist. Wir sind ja wirklich mittendrin!«, rufe ich, und mein Blick gleitet über all die berühmten Bauwerke.

»Sag ich doch«, murmelt Tom.

Elsa lächelt und streichelt Tom über den Kopf.

Leider haben wir die Terrasse nicht komplett für uns. Pärchen schlürfen Cocktails oder trinken Wein, eine kleine Reisegruppe steht an der Brüstung und diskutiert auf Englisch über Architektur. Auch Tom und Elsa suchen sich einen Platz am

Rand und lassen ihre Blicke schweifen, zurück in der Zeit, die sie hier miteinander hatten.

Helke und ich lassen die beiden allein und stellen uns ans andere Ende. Plötzlich übermannt mich die Sehnsucht nach Konstantin. Wie sehr ich mir wünsche, dass er jetzt mit mir hier wäre! Wenn ich zaubern könnte, dann wäre der Tod von Ryan ungeschehen, und Tom wäre gesund und würde noch immer mit Elsa hier leben. Meine Kehle wird immer enger.

Helke wirft mir einen besorgten Blick zu.

»Julia, geht's dir nicht gut?«

Ich kann nur seufzen.

»Komm, wir setzen uns.« Sie führt mich zu einem der Tische neben der Bar.

»Ach, Helke, da sind so viele Gefühle in mir … Aber es geht gleich wieder.«

Sie runzelt die Stirn und sagt nichts.

Ich kaue auf meiner Unterlippe herum. »Konstantin fehlt mir.«

»Es hat durchaus ein paar Vorteile, Single zu sein. Tut mir leid, dass du die Sorge um Konstantin auch noch mit auf die Reise nehmen musstest«, sagt Helke.

Ich nicke und beobachte Tom und Elsa. Sie hockt neben seinem Rollstuhl, hält seine Hand und schaut zu ihm auf, während sie ihm etwas erzählt. Es sieht intim und liebevoll aus.

»Worüber die beiden wohl gerade sprechen?«

»Keine Ahnung. Aber sicher liegt es länger zurück. Tom scheint wirklich noch einmal glücklich zu sein. Oje, jetzt werde ich auch noch rührselig.« Helke springt von ihrem Platz auf und macht aus der Entfernung ein Foto von den beiden.

»Ich mag es, wenn du so bist.«

Nun mache ich ebenfalls Fotos, allerdings von den Dächern der Stadt und dem imposanten Dom, der zum Greifen nah zu sein scheint. Jedes Gebäude hier erzählt seine eigene Geschichte.

»Schau dir nur all die alten Antennen auf den Dächern an. Sie stehen für eine Ära, die es schon lange nicht mehr gibt«, sage ich.

»Nicht nur die Antennen … Ich brauche jetzt dringend etwas zum Trinken.« Helke geht an die Bar, ich stelle mich neben sie.

Da winkt Elsa uns und kommt mit Tom dazu.

»Ihr müsst euch nicht verpflichtet fühlen, bleibt doch unter euch«, sage ich.

»Tun wir auch nicht, wir haben nur Durst«, erwidert Elsa.

Der Barkeeper fragt nach unseren Wünschen.

»Wie wäre es denn mal mit einem toskanischen Rosé?«, fragt Helke in die Runde.

»Ja … Da kenne … ich einen … richtig guten …« Tom wendet sich an den Barkeeper, doch der sieht ihn nur fragend an, zu schwach und flatterig ist seine Stimme.

»Das … war … italienisch«, sagt Tom, bemüht um seine Würde. Es klang wie in der Sendung mit der Maus. Ihm ist anzusehen, wie nahe ihm diese vermeintliche Niederlage geht. Elsa übernimmt. Auch sie spricht gut italienisch. Der Barkeeper nickt, wendet sich ab und zeigt uns eine Flasche Rosé. Tom studiert das Etikett und nickt. Zumindest das hat der Barkeeper verstanden. Er öffnet die Flasche, füllt einen Schluck des blassrosa Weins in ein Glas und fragt, wer probieren möchte. Helke nimmt es ihm aus der Hand und lässt ihren Bruder daran nippen.

»Molto bene«, haucht er.

Das haben wir alle verstanden. Tom nickt zufrieden.

Nachdem Elsa ihr Wasser bestellt hat, suchen wir uns einen Platz an der Brüstung und warten auf den Sonnenuntergang. Der Himmel hat sich orange gefärbt, und ein laues Lüftchen weht. Noch ist die Sonne ein roter Ball. Gleich wird sie hinter den Dächern verschwinden. Stumm beobachten wir das Schauspiel. Eine andächtige Stimmung hüllt mich ein wie eine flauschige Decke. Sie nimmt mir für den Moment meine Erschöpfung und die Angst vor dem, was noch kommen mag.

Erst ist es nur ein kleiner Teil dieses roten Balls, der verschwindet, dann versinkt er wie im Zeitraffer ganz.

»Wie schnell das geht«, murmelt Tom.

Die flauschige Decke wurde mir abrupt entrissen.

»Aber dafür geht die Sonne nun woanders wieder auf«, sage ich.

»Diese … Kalendersprüche … kenne ich zur Genüge.«

»Tom, so ist es aber nun mal«, sagt Elsa und streicht wieder zärtlich über seinen Kopf.

Allein mit dieser Geste scheint sie ihm neue Energie geschenkt zu haben. Tom wirft Elsa nun immer wieder Wörter zu, die sie zu Geschichten formt. Sie erzählen von der großen Liebe der beiden. Tom lacht zwischendurch und steckt uns damit an. Helke hat recht, er scheint wirklich glücklich zu sein.

»Wie habt ihr euch überhaupt kennengelernt?«, frage ich irgendwann.

Wir räumen unseren Stehplatz und setzen uns hin.

»Soll ich das übernehmen?«, fragt Elsa.

Tom nickt.

»Wir waren so groß zusammen! Unser Ende passt nicht dazu. Ich … ich habe einfach komplett versagt …«

»Das war aber nicht die Frage. Vor allem wissen wir das längst! Du sollst erzählen, wie es begonnen hat«, sagt Helke streng wie eine Lehrerin. Ich werfe ihr einen mahnenden Blick zu.

Elsa nickt und schaut nach unten. Es bleibt schwer für sie.

»Das war alles andere als romantisch. Wollt ihr das wirklich hören?«

»Ja!«, sage ich.

»Na gut. Ich war nach dem Studium für ein Praktikum im Kunsthistorischen Institut hier in Florenz. An einem Nachmittag saß ich über eine Künstlermonographie gebeugt in der Bibliothek des Instituts. Mir gegenüber nahm ein junger Mann Platz, und plötzlich konnte ich mich nicht mehr konzentrieren. Mir fiel sofort auf, wie gut er aussah … und ich weiß noch, wie sexy ich es fand, dass er ganz vertieft war in eine antike Quellschrift. Er schien mich überhaupt nicht zu registrieren.« Elsa macht eine Pause und lächelt gequält.

»Wenn das nicht romantisch ist!«, sage ich.

Ein Lächeln umspielt Toms Lippen.

»Unfreiwillig habe ich also harte Geschütze auffahren müssen, um seine Aufmerksamkeit zu erregen. Als ich aufgestanden bin, um das Buch zurück ins Regal zu stellen, wurde mir auf einmal schwindelig und schlecht noch dazu. Es ging ganz schnell … Ich habe das Buch fallen lassen und schaffte noch zwei Schritte, bevor ich mich übergeben musste. Tom war sofort an meiner Seite. Als Erstes fragte er mich, ob ich schwanger sei.« Elsa grinst. »Und, findest du das noch immer romantisch, Julia?«

»Auf jeden Fall besonders.«

»Das war es«, sagt Tom.

»Stimmt. Immerhin waren wir nun im Gespräch. Du hast mir wieder auf die Beine geholfen und dir nicht anmerken lassen, wie sehr du dich geekelt haben musst.«

»Das fiel mir nicht leicht … Zum Glück kam ja gleich eine Mitarbeiterin und … hat die größte Sauerei beseitigt.« Tom macht eine seiner Atempausen, bevor er fortfährt: »Ich … hatte doch … irgendwie … ein wunderbares Leben.«

Der Satz katapultiert uns zurück in die Gegenwart. Es ist dunkel geworden. Der Mond ist eine gelbe Sichel.

»Kinder, ich bin hundemüde. Lasst uns jetzt mal besser ins Bett gehen«, sagt Helke da.

Ich trinke den letzten Schluck Wein aus, dann gehen wir zusammen rein und verabschieden uns in die Nacht.

18

Endlich habe ich eine Nachricht von Konstantin.

Bin in New York. Gleich ist die Beerdigung. Alles surreal. Ich habe keine Worte. Bitte sieh mir das nach. Viel Spaß in Florenz!

Wie schlecht muss es Konstantin gehen? Und ich bin so weit weg und kann ihm nicht beistehen. Ich lasse mich aufs Bett fallen und schließe die Augen, Ruhe finde ich nicht. Ein paar Tränen winden sich unter meinen Lidern hervor. Warm spüre ich sie auf meinen Wangen. Immer wieder höre ich Konstantins Stimme in mir. Er braucht Zeit, hat er gesagt, und er weiß nicht, wie es weitergehen wird. Wird er auch mich hinterfragen – uns? Und was passiert dann? Ich konzentriere mich auf das Brummen der Klimaanlage. Gebt meinen Kopf wieder frei, ihr quälenden Gedanken! Doch die interessiert das nicht mal mäßig, sie foltern mich immer weiter. Abführen sollte man sie. Sofort! Ich wünschte, es gäbe ein Sondereinsatzkommando, das in jeder Nacht bereitstünde, in der wir klein und ängstlich sind, in der unsere Welt so schwarz ist wie die Tiefsee und wir grübeln, als gäbe es kein morgen. Irgendwann schlafe ich ein und werde erst wach, als es laut gegen meine Zimmertür hämmert. Wie spät ist es? Schlaftrunken schaue ich auf die Uhr. Schon halb neun! Wann habe ich zum letzten Mal so lange geschlafen? Ich reibe mir die Augen und gehe zur Tür. Es ist Helke.

»Du bist nicht ans Telefon gegangen!«

»Ich habe nichts gehört.«

»Egal. Du bist da. Ich bin leider so veranlagt, dass ich mir sofort Gedanken mache, wenn ich jemanden nicht erreiche.«

»Das geht mir ähnlich. Ist etwas passiert?« Mein Herz schlägt für einen bangen Moment schneller.

»Wir hatten nur eine anstrengende Nacht. Elsa hat mich geweckt, weil sie nicht wusste, was sie machen sollte. Tom hat extrem geschwitzt, und er litt unter Albträumen. Und für einen Moment hatte ich Angst, dass er stirbt.« Helkes Stimme bricht. »Ja, ich dachte wirklich, er schafft es nicht mehr ... Aber was ich eigentlich nur sagen wollte, mir geht's nicht so gut.«

»Komm rein!« Ich fasse Helke am Arm und ziehe sie ins Zimmer.

Auf dem Bett beginnt sie herzergreifend zu weinen.

»Jetzt geht es Tom wieder den Umständen entsprechend ... Was für ein euphemistischer Satz!« Helke schnieft. »Aber ... aber ... Ich weiß nicht, wie lange noch ... Ich habe solche Angst.«

Tröstend lege ich meinen Arm um sie, kann aber selber meine Tränen nicht zurückhalten.

Helke lehnt sich an mich. »Ich ... ich fürchte mich so vor dem, was noch auf uns zukommen wird. Immer wieder versuche ich, es zu verdrängen, aber ich weiß, dass das nicht die Lösung sein kann. Manchmal halte ich es kaum aus, weil ich solche Angst davor habe, Tom zu verlieren. Wir müssen dabei zusehen, wie er immer weniger wird ... und von Tag zu Tag mehr verschwindet ... Es ist die Hölle für mich, ihn so leiden zu sehen.« Sie schüttelt sich. »Und irgendwann wird er weg sein, dann ist da nichts mehr, nichts ... diese Vorstellung macht mir am meisten Angst.«

»Redest du mit ihm darüber?«

»Es fällt mir schwer, aber es gab schon Momente, in denen ich es geschafft habe. Da hat Tom mich getröstet, stell dir das mal vor, ausgerechnet *er*. Als es mich neulich wieder gepackt

hat, da hat er gesagt, dass wir für immer verbunden sein werden … also … auch wenn er nicht mehr bei mir sein wird …«
Helke schluchzt auf.

Nun halten wir uns fest in den Armen. Dabei geht es mir so, wie Konstantin es mir geschrieben hat: Ich habe keine Worte. Aber manchmal ist eine stille Umarmung mehr als jeder Satz.

Nach ein paar Minuten kehrt die *alte* Helke zurück, die mit der Schale. »So, genug ausgeheult! Gehen wir frühstücken?«

»Gern, treffen wir uns in zehn Minuten unten?«

Helke nickt und streckt sich.

»Was machen die anderen?«

»Tom ist schon abgefüttert. Und Elsa hat sich Frühstück aufs Zimmer bestellt. Die beiden haben Besuch von Giovanni, einem alten Freund von Tom. Später wollen Elsa und Tom etwas allein unternehmen.«

»Traust du das Elsa zu nach der Nacht?«

»Julia! Bedenken in Bezug auf diese Frau wären doch eher mein Part. Und ich gebe mich optimistisch. Ansonsten sind wir ja nicht aus der Welt.« Helke nickt mir zu und verlässt das Zimmer.

Nach dem Frühstück gehen wir hinaus in den Tag. Warme Luft umfängt uns, heute wird es richtig heiß werden. Es ist zehn Uhr, noch sind die Gassen nicht überflutet von Touristenscharen.

»Los! Wir tun so, als wären wir nur zum Spaß in Florenz«, sagt Helke, dreht sich einmal in ihrem bunten Sommerkleid und sprüht sich Sonnenschutz auf die nackten Arme. »Willst du auch was?«

»Nein, danke, das habe ich vorhin schon erledigt. Wir sind also nur zum Spaß hier, ja, schön wär's. Meinetwegen, probieren wir es!«

»Ja, wir sind auf einem unbeschwerten Mädelstrip!«

Nur Helkes müdes, abgekämpftes Gesicht mit den traurigen Augen verrät trotz Schminke, wie es wirklich um sie steht.

»Strip? Ohne mich! Hab nur einen hässlichen Baumwoll-BH drunter.«

Helke grinst. »Danke, Julia! Dafür, dass ich dich an meiner Seite habe. Weißt du, ich möchte nur sehen, ob das überhaupt möglich wäre, ein unbeschwerter Mädel*strip*.«

Wir kichern. Helke setzt sich ihre große Designer-Sonnenbrille auf. »So, jetzt dürfte nicht mehr so viel auf die wahren Gründe für unseren Aufenthalt hier hindeuten.«

»Kannst du Gedanken lesen?«

»Deinen Blick hätte jeder Schimpanse deuten können.«

Ich schmunzle und setze ebenfalls meine Sonnenbrille auf. Dann hake ich mich wie selbstverständlich bei Helke unter. »Na, dann mal los, Mädel! Auf ins Abenteuer! Lass uns die Wiege der Renaissance entdecken.«

Motiviert und mit schnellen Schritten haken wir Sehenswürdigkeiten ab wie den Palazzo Vecchio, die Franziskanerkirche Santa Croce, in der sich das Grabmal für Michelangelo befindet, und die Basilica di San Lorenzo, eine der größten Kirchen von Florenz. Immer wieder fotografieren wir uns vor den Bauwerken, als müssten wir den anderen beweisen, dass wir wirklich hier waren.

Wir albern dabei herum und posieren so übertrieben, als würden wir bei Instagram damit Geld verdienen.

»Ja, Julia, es geht für den Moment. Wir haben Spaß und feiern das Leben! Und überhaupt habe ich noch nie so viele Penisse gesehen wie vor dem Palazzo Vecchio.«

»Ich auch nicht, glaub mir. Das waren doch mehr als ein Dutzend.« Ich reiße die Arme nach oben. »Danke, Michelangelo, Herkules, Cacus und wie ihr alle heißt.«

Wir gackern wie Zwölfjährige.

Am Nachmittag sitzen wir bei hausgemachter Pasta und

einem Glas Weißwein erschöpft vom Sightseeing und geschützt vor der sengenden Sonne unter der grünen, ausgeblichenen Markise einer kleinen Trattoria.

»Das war wirklich eine wunderbare Idee, Helke. Der Tag hat mir gutgetan.«

»Meine Ideen sind grundsätzlich gut. Du kannst mich jederzeit fragen, wenn du mal eine brauchst.«

»Darauf komme ich gern zurück.«

Ich nippe an dem kühlen Weißwein. Wir haben Eiswürfel dazu bestellt, ich lasse einen davon unter mein T-Shirt gleiten. Es ist herrlich erfrischend.

Helke nimmt ihr Telefon in die Hand und starrt auf das Display, sie wirkt plötzlich unruhig.

»Komisch, dass Elsa sich nach all den Stunden noch nicht gemeldet hat.«

»Die beiden haben viel vor, das wissen wir doch. Also ist es ein gutes Zeichen.«

»Ich weiß nicht.«

»Helke! Vertrau Elsa!«

»Wie lautet dieser alte Spruch: Vertrauen ist gut, aber Kontrolle ist besser.« Sie hält sich das Telefon ans Ohr.

»Elsa? Hier ist Helke. Ist alles in Ordnung bei euch? Was macht ihr?«

Helke nickt, schiebt sich die Sonnenbrille ins Haar und kneift die Augen zusammen. »Hast du die Trinknahrung mitgenommen?« Sie nickt wieder. »Hm. Setz ihm sein Basecap auf, wenn ihr in der Sonne seid, und creme sein Gesicht regelmäßig ein.« Helke verzieht den Mund. »Ja, ich weiß, dass du das weißt. Aber er muss trinken! Zwinge ihn notfalls dazu! Hast du Feuchttücher dabei? Ja, ich weiß, dass du nicht blöd bist. Gut, dann wünsche ich euch noch viel Spaß. Bis nachher.« Helke legt das Telefon auf den Tisch. »Elsa scheint alles im Griff zu haben.«

»Na siehst du.«

»Es ist fast rührend, wie Elsa versucht, etwas wiedergutzumachen, was doch ein Ding der Unmöglichkeit ist.« Helke lässt die Gabel fallen, mit der sie einen Rest Pasta zusammengeschoben hat. Sie nimmt einen Eiswürfel und reibt ihn entlang der Schläfen. Ihre Haut glänzt.

»Für Tom ist es trotzdem wichtig«, sage ich.

»Das weiß ich!«

Tauben picken gierig Brotkrumen, die ihnen ein junges Paar zwei Tische weiter auf den Boden geworfen hat.

»Wie schaffst du es, immer wieder Kraft zu schöpfen, Helke?«

Sie lacht schwach auf. »Aha. Jetzt sind wir also schon wieder zurück von unserem lustigen Trip. Schade.« Helke zieht sich ihre Sonnenbrille wieder über die Augen. »Es ist schwer. Weißt du, ich unterscheide zwischen der Zeit, die ich als Schwester mit Tom verbringe, und meiner therapeutischen Arbeit mit ihm. Letztere folgt einem strengen Plan. Ich weiß, wofür ich arbeite, und ich liebe all die Gespräche, die ich noch mit ihm führen kann, auch wenn wir uns öfter reiben, das gehört dazu.« Helke stockt und trinkt einen Schluck. »Die Vorstellung, dass das bald nicht mehr möglich sein wird, die halte ich nicht aus. Aber noch gibt Tom mir immer wieder die Kraft weiterzumachen.«

Ich seufze. »Du bist wirklich ein Segen für ihn.«

»Nein, ich bin nur seine Schwester.« Helke winkt den Kellner heran und bestellt eine Flasche Wasser. »Hui! Hast du seine Augen gesehen? Der ist sicher ein feuriger Liebhaber.« Sie verdreht schmachtend die Augen.

Ich grinse. »So genau habe ich nicht hingeschaut. Was ist mit diesem Mann, den du ein paarmal getroffen hast? Er war dein Patient, richtig?«

»Das stimmt nicht ganz. Er hat nur seine kleine Tochter begleitet, die hatte einen S-Fehler. Konnte ich aber gut behandeln. Wir sind in Kontakt.«

»Autsch! Er hat Familie?«

»Da ist alles geklärt. Schon seit drei Jahren lebt er nicht mehr mit der Mutter seines Kindes zusammen, aber er kümmert sich rührend. Er heißt übrigens Henry Daniels. Was für ein Name, oder? Klingt wie ein Whisky.« Helke lächelt breit, und ihre Augen leuchten.

»Solange ihr euren Sohn nicht Jack nennt.«

»Sehr witzig! Henry ist ein wundervoller Mann, auch wenn ich das erst gar nicht sehen wollte.«

»Warum nicht? Wovor hattest du Angst? Bist du so enttäuscht worden?«

Helke spielt an ihrer Kette. »Meine Güte, du willst es aber wissen. Das sind ja gleich drei Fragen auf einmal! Aber ja, das kann man so sagen. Es fällt mir nicht leicht, Vertrauen zu Männern aufzubauen. Besser gesagt, ich habe es seit meiner Trennung nicht mehr versucht. Ich konnte ja immer Tom vorschieben. Der war eine gute Ausrede für meine Angst vor Enttäuschung, da kam mir niemand zu nah. Henry ist der erste Mann, bei dem das anders werden könnte.«

Der Kellner bringt das Wasser.

»Grazie«, sagt Helke und erntet ein Lächeln, das eine Zahnlücke neben dem linken Frontzahn freilegt.

»Con piacere.«

»Allein wie er ›gerne‹ sagt. Hach! Ich liebe diese Sprache, auch wenn ich kaum etwas verstehe. Bestimmt heißt er Francesco.« Helke setzt das Glas an und leert es in einem Zug. »Die Italiener haben es einfach drauf, da toleriere ich sogar den einen oder anderen geschwänzten Zahnarztbesuch.«

Wir kichern, und Helke dreht sich noch einmal zu ihm um. Er räumt am Nachbartisch Teller ab und zwinkert ihr zu.

»Ach, Francesco«, säuselt Helke.

Da müssen wir wieder kichern.

»Wenn ich dich so beobachte, dann kann ich gar nicht

glauben, dass du der Männerwelt entsagen wolltest. Was ist damals passiert mit deinem Mann?«

Ich wickele die letzten Spaghetti um meine Gabel und schiebe sie mir in den Mund. Sie sind bereits kalt, aber dafür ist mein Teller nun leer, und Francesco kann kommen, um ihn abzuräumen.

»Was mein Ex sich geleistet hat, das war allerunterste Schublade. Mehr Klischee geht nicht. Trotzdem war es für mich die Hölle.«

Helke schüttelt den Kopf, als könnte sie noch immer nicht glauben, was ihr widerfahren ist.

»Aber ich bin längst drüber hinweg!«

»Ja, das sehe ich.«

»Wirklich! Für kein Geld der Welt würde ich mein altes Leben mit ihm zurückhaben wollen.«

»Du machst es aber auch spannend. Nun erzähl bitte endlich, was passiert ist.«

Helke füllt unsere Wassergläser nach und erzählt vom Ende ihrer Ehe. »Wir haben schon länger mehr oder weniger nebeneinanderher gelebt, wie es immer so schön heißt. Aber das fühlte sich für mich nicht bedrohlich an. Ich dachte, das sei normal nach all den gemeinsamen Jahren, da hat man ohnehin keine Schmetterlinge oder ähnliches Gedöns mehr im Bauch. Ich habe nicht gewusst, was er vermisst, wir hatten diesbezüglich keine Gesprächskultur. Wie wichtig die gewesen wäre, hat sich dann erst später herausgestellt, als er mir erzählt hat, was ihm in unserer Beziehung alles gefehlt hat – aber da war es zu spät.« Helke legt ihre Ellenbogen auf den Tisch. »Jedenfalls hatte er eines Tages sein Telefon in der Küche liegen lassen. Das passierte ihm normalerweise nie. Aber das hat mich nicht stutzig gemacht. Ich habe ihm vertraut, warum, weiß ich nicht mehr. Wahrscheinlich, weil er mir nie einen Grund gegeben hat, eifersüchtig zu sein. Oder weil ich es nicht gemerkt habe, egal! Jedenfalls poppte eine Nachricht auf, während ich daneben die Geschirrspülmaschine ausgeräumt habe. Beiläufig habe ich einen Blick auf das Display geworfen. Da leuchtete ›Autowerkstatt‹ auf, und ich konnte die erste Zeile lesen: Ich vermisse dich so sehr. Etwas pathetisch für eine Autowerkstatt, was? Ich kürze an der Stelle ab. Die Affäre hatte er seit über einem Jahr. Vielleicht hätte ich ihm sogar verzeihen können. Doch wir hatten keine Chance zu einer Aufarbeitung, geschweige denn zu einem gemeinsamen Neustart. Er wollte nicht! Letztlich war diese Frau nicht der Grund für unsere Trennung, er wollte nur ein anderes Leben. So einfach war das. Frei wollte er sein und sich ausprobieren.«

Ich schüttele den Kopf. »Männer können ja so feige sein! Er wäre womöglich noch jahrelang bei dir geblieben, wenn er besser auf sein Telefon aufgepasst hätte.«

»Diese Vorstellung ist grauenhaft. Irgendwann war ich wirklich dankbar für die Trennung! Stell dir vor, er hörte nur noch Deep House, fuhr auf Festivals und ging in einschlägigen Clubs ein und aus. Es war unfassbar! Da war nichts mehr von dem Mann, mit dem ich über zehn Jahre verheiratet war. Ach ja, seit zwei Jahren lebt er übrigens mit einer wesentlich jüngeren Frau zusammen. Ich warte nur darauf, dass sie schwanger wird.« Helke presst die Lippen aufeinander, es klingt bitter.

»Warum habt ihr keine Kinder?«

Helke starrt reglos auf die Tischplatte.

»Entschuldige bitte, das geht mich nichts an.«

»Schon gut! Wenn du es genau wissen willst: Ich hatte eine Eileiterschwangerschaft und zwei Fehlgeburten. Es sollte nicht sein. Und das habe ich irgendwann akzeptiert.«

»Das tut mir so leid!«

»Schon okay. Als ich neulich mit einer Freundin darüber gesprochen habe, meinte sie nur, dass ich ja erst vierzig sei und nicht wissen könne, was noch kommen werde. Ich hasse solche unbedacht dahingesagten Sätze.«

»Das glaube ich. Die Hauptsache ist, dass du nie den Glauben an die Liebe verlierst.«

Helke faltet ihre Hände und blickt zum Himmel. »Ich danke der Liebesgöttin Julia für diese Weisheit. Hast du noch mehr davon auf Lager?«

Ich schmunzele und strecke Helke die Zunge raus.

»Was ist denn jetzt mit deinem Konstantin? Hast du inzwischen mit ihm gesprochen?«

»Nein. Gestern war die Beerdigung von Ryan. Der Tag muss noch mal richtig schlimm gewesen sein.«

Helke nickt und legt den Kopf schief. »Glaubst du, dass er dich wirklich liebt?«

»Was soll denn diese Frage?«

»Bei allem, was ich bisher über euch weiß, da kommt mir der Gedanke, dass er seinen Job über alles stellt, weil er Angst hat vor zu viel Nähe, oder weil ihm nicht reicht, was er mit dir hat.«

»Aber warum sollte er dann mit mir zusammen sein?« *Weil es bequem ist.* Ich fahre mit der Zunge über meine Zähne und weiche Helkes eindringlichem Blick aus.

»Mach nicht den gleichen Fehler wie ich. Sei wachsam, redet miteinander, und lass dir nicht deine Lebenszeit stehlen.«

»Helke, wirklich, das fehlt mir jetzt noch!«

Der Kellner kommt und räumt die Teller ab. Helke hat diesmal keinen Blick für ihn übrig.

»Bestimmt liebt er dich, es ist mir nur wichtig, dich für das Thema zu sensibilisieren.«

»Herzlichen Dank auch, das ist dir prima gelungen. Komm, lass uns zahlen.«

In der Hoffnung, dass der Kellner es sieht, wedele ich mit meinem Portemonnaie herum.

»Bist du jetzt sauer?«

»Nein, nur nicht schlauer. Ha! Das reimt sich sogar. Mist, Helke! Warum muss das alles so kompliziert sein?«

»Ist es doch gar nicht. Wir machen es uns meist nur selber schwer. Reden hilft!«

»Omm …«, knurre ich.

Der mutmaßliche Francesco kassiert uns ab. Seine italienischen Wortsalven sind ein Genuss, auch wenn ich kein Wort verstehe. Helke ist wieder in Flirtlaune. Allein die beiden bei ihren Mienenspielen zu beobachten, amüsiert mich.

»Willst du ihn noch nach seiner Telefonnummer fragen?«

Helke grinst. »Ach lass mal. Fernbeziehungen sind nicht mein Ding. So war das jetzt doch noch ein schöner Abschluss hier.«

Wir stürzen uns wieder in den Strom der Touristen und schauen noch in der alten Apotheke vorbei, die ich unbedingt besuchen wollte, bevor wir zurück ins Hotel laufen.

19

Helke und ich sind auf dem Weg zu Tom und Elsa.

»Das war ein schöner Tag heute! Danke dafür, Julia.«

»Das kann ich nur zurückgeben. Schade, dass ich meinen Schrittzähler nicht dabei hatte. Was wir heute erlaufen haben, war sicher der Rekord des Jahres.«

Helke bleibt stehen, macht ein paar Stretching-Übungen und berührt mit den Fingerspitzen den Boden.

»Respekt! Ab in den Fitnessbereich mit dir. Unser Programm scheint dir ja nicht gereicht zu haben«, sage ich lachend.

Helke winkt ab und sprintet wie aus dem Nichts zum Ziel: Toms und Elsas Zimmer.

Die beiden blicken ebenfalls auf einen erlebnisreichen Tag zurück.

»Wir waren an Toms alter Wirkungsstätte und haben Kollegen getroffen. Ich glaube, es war gut für ihn, auch wenn es teilweise sehr emotional war, nicht nur für Tom.«

Während Elsa erzählt, schaut sie immer wieder zu ihm. Dass Tom dieser Exkurs in sein altes Leben naheging, kann ich auch jetzt noch sehen. Zu sehr spiegelt sich bei Elsas Sätzen Wehmut in seinen Augen. Immer wieder zerreißt es mir das Herz, ihn so hilflos zu sehen in seiner ausweglosen Lage, wohlwissend, dass in seinem Kopf noch das gleiche Tempo herrscht wie früher.

Tom gelingt es diesmal nicht, seinen Gemütszustand mit flotten Sprüchen zu überspielen, er versucht es erst gar nicht.

»Er kann sich nicht eingestehen, dass inzwischen vieles schlicht zu anstrengend für ihn ist«, sagt Helke, als sie seine abendliche Ration an Medikamenten serviert. »Und dieser Tag heute war ganz sicher zu anstrengend. Macht besser nur halblang!«

»Wir machen hier, was Tom sich wünscht«, sagt Elsa resolut, und ich stimme ihr zu.

Da klopft es. Elsa öffnet die Tür. Ein Mann tritt ein, er lächelt einnehmend, was sich auch in seinen espressobraunen Augen unter buschigen Brauen widerspiegelt.

»Buona sera, Giovanni.«

Er erwidert etwas, das ich nicht verstehe und stellt ein kleines Päckchen auf dem Tisch neben Tom ab. Dazu sagt er etwas, was Tom grinsen lässt. »Mille grazie«, wispert er.

Dann blickt Giovanni interessiert in die Runde. Elsa stellt uns einander vor, wir plaudern einen Moment auf Englisch. Das ist also Toms alter Freund, der bereits heute Morgen hier vorbeigeschaut hat. Er wirkt sehr sympathisch. Vom Typ her erinnert er mich an Eros Ramazotti, nur dass Giovanni mehr Haare hat als der kahlrasierte Sänger. Gern hätte ich mich länger mit ihm unterhalten, doch er hat es eilig. Beinah konspirativ beugt sich Giovanni zu Tom herunter und raunt ihm etwas ins Ohr, dann verabschiedet er sich.

Später, in meinem Zimmer, spreche ich länger mit Sebastian über meine Reise und Konstantin. Neue Informationen kann er mir nicht liefern, da er selber seit Tagen nicht mit seinem Cousin gesprochen hat. Zumindest geht es ihm und Lea auf Ibiza richtig gut. Die beiden genießen ihre Zweisamkeit ohne Alltag und hören nicht auf, das Leben und ihre Liebe lobzupreisen, wie Sebastian es salbungsvoll formulierte.

Ich liege im Bett und starre an die gelbweiße Decke. Das Fenster steht einen Spalt weit offen, draußen schlagen die Glocken zehn Mal, in New York ist es vier Uhr nachmittags. Ob Konstantin gerade bei Ryans Familie ist? Wie muss sich seine Frau fühlen? Daran darf ich nicht denken.

Meine Augen fallen zu. Die körperliche Anstrengung des Tages hat mich so müde und schwer gemacht, dass ich diesmal keine Probleme habe einzuschlafen.

Toms großer Wunsch ist es, auch in den folgenden Tagen gemeinsam mit Elsa dem alten Leben in seiner Lieblingsstadt nachzuspüren. Für Helke und mich bedeutet das, dass wir weiter unser »Mädelstrip-Spiel« spielen können. In den Kategorien Kultur und Shopping sind wir schon ganz weit vorn. Wir pilgern durch die zahlreichen Läden, kaufen Schuhe und Kleider, durchstöbern Galerien und kehren in Restaurants und Cafés ein. Uns beide eint, dass wir dieser Form von Müßiggang in unserem Leben bisher viel zu wenig Platz eingeräumt haben. Längst ist Helke für mich eine Freundin geworden, und wir beschließen, auch in Berlin einmal im Quartal einen solchen »Mädchentag« einzuführen.

Nach vier Tagen hat sich so bereits eine Art von Routine entwickelt. Am späten Nachmittag treffen wir uns alle wieder, nehmen einen Drink auf der Dachterrasse, werten den Tag aus und essen zusammen mit Tom auf dem Zimmer zu Abend. Obwohl dieses vielbeschworene »Hier und Jetzt« für mich nichts als eine abgedroschene Phrase war, schaffe ich es tatsächlich, in Momenten darin zu leben. Da zählt nicht, was war oder was kommt, sondern allein der Augenblick. Zu sehr schätze ich die kostbare Zeit, die wir hier in dieser Konstellation miteinander verbringen, so zerrissen ich auch zwischendurch wegen Konstantin sein mag. Er hat mir geschrieben, dass er am Wochenende zurück nach Berlin kommt. Ich kann kaum erwarten, ihn endlich wiederzusehen, aber zugleich muss ich mir eingestehen, dass ich Angst davor habe. Helkes Worte trage ich stets bei mir: Sei wachsam und lass dir nicht deine Lebenszeit stehlen. Gar nicht gut.

Viel zu schnell ist er da, unser letzter Tag in Florenz. Schon morgen werden wir wieder die lange Reise nach Hause antreten. Wie Tom es sich gewünscht hat, verbringen wir den Tag zu viert und unternehmen einen kleinen Stadtbummel, der zur Alten Brücke führt, dem Ponte Vecchio.

Als wir am späten Mittag dort ankommen, geht es dicht gedrängt zu.

»Wofür demonstrieren all die Menschen hier?«, witzelt Helke, als wir uns durch die Touristenhorden kämpfen.

»Für autofreie Innenstädte?«, erwidere ich.

»Klappt ... doch gut ...«, nuschelt Tom.

Wir müssen uns zu ihm herunterbeugen und die Ohren extrem spitzen, um ihn zu verstehen.

»Immerhin hat es Vorteile, im Rollstuhl ... zu sitzen, die Leute ... machen einem manchmal Platz ... Da habt ihr auch was davon.«

Tom wirkt heute regelrecht aufgeblüht und strotzt vor Unternehmungslust. Da kommt der Rollstuhl schon wieder zum Stehen, weil mitten im Gewimmel ein asiatisches Paar ein Selfie macht. Wir lachen, weil der Hintergrund nur aus Menschen besteht und die beiden auch am Berliner Hauptbahnhof sein könnten.

»Wenigstens haben wir keine Eile«, sagt Helke.

»Mädels, wie wäre es ... mit Shopping? Hier gibt es ... interessante Schmuckläden.«

Es ist rührend, wie Tom sich zwischendurch immer wieder um ein Stück touristische Normalität bemüht und streng darauf achtet, dass wir nicht zu kurz kommen.

Entlang der Brücke reihen sich jede Menge Shops aneinander, darunter viele Juweliergeschäfte.

Wir sind stehen geblieben, um Tom besser zuhören zu können. Es ist schwierig, weil das Stimmgewirr um uns herum seine schwachen Töne verschlingt wie ein ausgehungertes Krokodil.

»Könnt ihr ... euch vorstellen, dass es die kleinen Läden

auf der Brücke …« Er schnappt nach Luft. »Es ist übrigens tatsächlich die älteste, die hier über den Arno führt …« Wieder eine Atempause. »Schon seit … 1345 gibt? Früher waren hier hauptsächlich Schlachter und Gerber …« Tom schnauft. Elsa springt ein, immerhin ist auch sie mit der Stadtgeschichte vertraut. »Das muss unglaublich gestunken haben, und sie haben alle Abfälle in den Arno geworfen.«

Tom signalisiert mit einer schwachen Kopfbewegung, dass er das Gespräch gern weiterführen würde. Wir geben ihm all die Zeit, die er dafür braucht.

»Deswegen wurde … im 16. Jahrhundert beschlossen … dass hier nur … noch Goldschmiede arbeiten … Die produzieren keinen Abfall … Davon sollt ihr heute noch etwas haben!«

Toms Kopf senkt sich Richtung Brust. Langsam laufen wir weiter.

»Ja, lasst uns doch mal schauen, ob wir was Hübsches finden!«, ruft Helke.

Zwar ist mir gerade nicht danach zumute, und ich schätze, den anderen beiden geht es ähnlich, aber dennoch machen wir mit und steigern uns in eine eigentümliche Ausgelassenheit. Um uns herum sieht es aus, als hätte es die Frage »Können Sie bitte ein Foto von uns/mir machen?« nie gegeben.

»Aber erst mal müssen wir auch ein Selfie machen!«, rufe ich.

»Stimmt! Sonst müssen wir hier womöglich noch Strafe zahlen«, scherzt Helke und zückt ihr Telefon. Es hat angeblich die beste Kamera. Wir wechseln immer wieder unsere Position, albern herum und versuchen, die zahlreichen Asiaten nachzuahmen.

»Stellen wir uns vor, wir wären auf einer dieser In-fünf-Tagen-durch-Europa-Touren. Und jetzt sagen wir alle ›Kimchi‹!«, ruft Helke und formt stumm dieses Wort, das ein fremdes, maskenhaftes Lächeln auf ihr Gesicht legt.

Tom lächelt, ganz ohne »Kimchi«.

Tatsächlich gelingen ein paar großartige Aufnahmen, die uns ausgelassen zeigen, so als würden wir nichts feiern als das leichte Leben.

»Schick mir unbedingt alle Fotos!«, sage ich und weiß schon in diesem Moment, dass sie zu den großen Schätzen meines Lebens gehören werden.

Wir schlagen uns durch bis zu den kleinen Läden. Nach einem prüfenden Blick in die Auslage winkt uns Elsa in einen der Shops. »Sieht vielversprechend aus, und hier ist nichts los«, ruft sie.

Gerade so passt Toms Rollstuhl durch den Eingang. Dann ist der winzige Verkaufsraum auch schon voll.

Elsa spricht italienisch mit einer properen Verkäuferin, die die Siebzig schon überschritten haben dürfte, dabei aber eine Lebensfreude ausstrahlt, wie sie manch Dreißigjährige nicht besitzt. Sie nimmt einen silbernen Armreif aus der Auslage und reicht ihn Elsa.

»Schaut euch den an! Die sieben Edelsteine auf dem Reif stehen jeweils für ein Chakra«, sagt Elsa und streift ihn sich über das Handgelenk.

»Sieht gut aus«, sage ich.

»Finde ich auch«, pflichtet mir Helke bei.

»Für jedes Energiezentrum ein Stein. Es wäre doch genial, wenn ich all meine Blockaden damit auflösen könnte. Was brauche ich denn mehr zum Glück?«, fragt Elsa und dreht das Schmuckstück hin und her.

»Mich?«

So viel Sehnsucht liegt in diesem leisen, kleinen Wort.

Elsa küsst ihn sanft auf die mit Schweißperlen besprenkelte Stirn. »Und dich! Ganz genau. Mehr brauche ich wirklich nicht!«

Helke und ich nicken uns zu, einvernehmlich froh darüber, dass Elsa es wieder einmal schafft, die richtigen Töne zu treffen.

Wie Tom sie ansieht! So viel Liebe liegt in diesem Blick. Ich schlucke schwer und fächere mir Luft zu. Stickig und heiß ist es hier drinnen. Ein Mini-Ventilator auf einem der Regale wälzt kaum Luft um.

»Ich brauche definitiv auch so einen Armreif. Was ist mit dir, Julia?«, fragt Helke da.

»Okay, ich gebe es zu, ich ebenfalls.«

»Ja, ja, wir Frauen immer mit unseren Blockaden. Da hast du wirklich Glück, Tom«, sagt Elsa.

»Ja, dieses … harte Schicksal ist mir erspart geblieben …« Er schnappt nach Luft. »Ich … kann mir nicht ansatzweise vorstellen … was ihr Armen immer wieder durchmachen müsst.«

Wir lachen bemüht. Elsa tupft ihm den Schweiß von der Stirn und wischt ihm über die Mundwinkel.

»Ich schenke … jeder von … euch einen Armreif.«

»Tom! Der ist viel zu teuer!«, sage ich.

»Na und? Dass wir … hier nicht auf Schnäppchenjagd sind, ist doch klar … Los, nehmt mein Geschenk an, sonst … suche ich euch ein Schmuckstück aus … und das wird garantiert nicht besser.« Wieder kämpft er um Luft.

»Nehmt Toms Drohung ernst! Im Schmuckverschenken war er tatsächlich, hm, wie soll ich sagen?« Lächelnd blickt sie zu Tom.

»Eine Niete, ja … das war … ich wohl.«

Elsa nickt. »Da kann ich nichts Schönreden. Erinnerst du dich noch an den hässlichen goldenen Ring mit den vielen Strass-Steinen, den du mir zu meinem Dreißigsten geschenkt hast?«

Tom verzieht den Mund. »Natürlich, du … hast mich angesehen, als wäre ich nicht zurechnungsfähig … Und dann mussten wir lachen.«

Elsa schmunzelt. »Stimmt. Gut, dass ich ihn umtauschen konnte.«

»Was hast du dir stattdessen ausgesucht?«, frage ich.

Elsa fasst sich in den Ausschnitt und zieht unter ihrem weißen T-Shirt eine filigrane silberne Kette mit einem kleinen Herz-Anker-Kreuz-Anhänger hervor.

»Glaube, Liebe, Hoffnung. Ich habe sie immer getragen, all die Jahre. Eigenartig, oder? Als ich sie ausgesucht habe, da konnte ich noch nicht ahnen, was mit uns passieren würde. Wenn ich diese Kette nicht trage, dann fühle ich mich wie amputiert.« Elsa küsst den Anhänger. »Schon zwei Mal dachte ich, ich hätte sie verloren. Doch auf wundersame Weise kam sie immer wieder zu mir zurück. Sie hat mich durch schwerste Zeiten begleitet.«

In meinem Hals setzt sich ein Kloß fest. Ich wende mich der Auslage mit den Ringen zu und versuche, die aufsteigenden Tränen wegzublinzeln. Elsa sagt etwas, auch Helkes Stimme nehme ich wahr, aber ich folge ihrem Gespräch nicht. Das fehlt jetzt noch, dass ich die Stimmung hier mit meinen Tränen befeuere!

Als ich mich wieder den anderen zuwende, sieht Tom aus wie eine Wachsfigur, keine Regung ist zu sehen. Offensichtlich wusste er nicht, was Elsa diese Kette bedeutet. Dann, von einer Sekunde zur anderen, ist es, als würde er aus einer Trance erwachen.

»Also … zögert nicht länger mit … den Chakra-Reifen!«

Elsa setzt den Armreif ab, Helke nimmt ihn ihr aus der Hand und bewegt ihn hin und her.

»Hübsch ist er wirklich. Vielen Dank, kleiner Bruder!«

»Ja, tausend Dank, Tom. Er wird mich immer an diese Reise erinnern«, sage ich.

»Mich auch. Danke! Da beweist du wirklich Geschmack.«

Kaum gesagt, wendet sich Elsa abrupt ab. Sie verschränkt die Arme und bohrt ihre Fingernägel tief in die Haut ihrer

Oberarme. So hat jeder sein ganz eigenes Rezept, wenn einen die Gefühle zu übermannen drohen.

Tom bittet Helke darum, mit seiner Kreditkarte zu zahlen. Dann verlassen wir das kleine Geschäft, jede von uns mit einem Armreif am Handgelenk.

In der Mitte der Brücke geben drei Arkadenbögen den Blick auf den Arno frei. Wir bahnen uns einen Weg bis zum Geländer. Von hier aus haben wir freie Sicht auf den Fluss und die Altstadt.

Doch Tom scheint all das nicht zu sehen. Sein Blick verliert sich im Nirgendwo. »Gebt ihr … mir hier … bitte einen … Moment? Allein?«

Elsa wirft ihre Lockenmähne zurück. »Hier an dieser Stelle, gegenüber der Büste von Benvenuto Cellini, er war hier übrigens im 16. Jahrhundert der berühmteste Goldschmied, haben wir uns zum ersten Mal geküsst. Es war Nacht, wir waren fast allein hier und so verliebt, dass die Zeit stillgestanden hat – jetzt tut sie es in gewisser Weise wieder, aber anders …«

Elsas Stimme flattert. Wieder sehe ich, dass sie mit den Tränen kämpft.

Tom hebt den Kopf leicht an und bewegt die Finger seiner rechten Hand. Vielleicht möchte er jetzt nach Elsas Hand greifen, doch die ist viel zu weit weg, die Lage ist aussichtslos.

»Setzt … du mir bitte … die Kopfhörer auf, Helke? Und dann gib … mir Luciano Pavarotti … *Caruso.*«

»Das war unsere Arie! Die haben wir bei unserem ersten Abendessen zusammen gehört. Das … wird mir zu viel … Ich … ich halte das nicht aus … Entschuldigt mich!«

Elsas Lippen zittern. Eilig wendet sie sich ab und läuft ein paar Schritte weiter. Dort beugt sie sich über das Geländer.

Wortlos steckt Helke ihrem Bruder die Kopfhörer in die Ohren. Wie er da sitzt mit seinem dunkelblauen Basecap, *Champion*, steht darauf.

»Ja, das bist du! Ein Champion«, murmele ich.

Tom scheint ganz weit weg zu sein. Was er in Gedanken wohl in diesem Moment durchlebt? Diese Szene zerreißt mir das Herz. Tom hat die Augen geschlossen. Seine Mundwinkel zucken. Ist das ein Lächeln? Oder all der Schmerz? Da laufen Tränen über seine eingefallenen Wangen, und auch bei mir brechen die Dämme. Mein verschwommener Blick gleitet über das grünlich schimmernde Wasser des Arno, wo sich zwei Kajaks ein Wettrennen liefern. Menschen um uns herum lachen und reden in verschiedenen Sprachen, Straßenverkäufer preisen lautstark ihren billigen Ramsch an – und niemand nimmt wahr, dass hier ein Mann im Rollstuhl ganz still um sein Leben trauert.

»Kommt, lasst uns weitergehen«, sagt Helke irgendwann.

Ich weiß nicht, wie lange wir hier gestanden haben. Helke hat Tom die Kopfhörer abgenommen. Er ist trotzdem noch nicht wieder bei uns. Zusammengesunken sitzt er da und starrt in seinen Schoß.

Elsa schließt sich uns an. Ihre Mascara ist verwischt und das Gesicht rot vom Weinen.

Niemand von uns sagt etwas, bis wir das Getümmel hinter uns gelassen haben und uns in einer ruhigen, schattigen Gasse wiederfinden.

»Das auf der Brücke war eine harte Nummer«, sagt Helke.

Tom keucht. »Warum? Weil ich … einen … sentimentalen Moment hatte?«

»Nimm dir diese Momente, wann immer dir danach ist«, sage ich.

Elsa greift nach Toms Hand. »Gibt es noch etwas, was du machen möchtest, bevor wir morgen abreisen?«

Er stoppt den Rollstuhl vor einer kleinen Pizzeria. Wilder Wein und Jasmin ranken sich über ihr Vordach. Der warme Duft nach geschmolzenem Käse und Oregano steigt mir in die Nase. Aber er löst in mir nichts aus, ich bin nicht hungrig.

»Da … gibt es … noch etwas …«

»Raus damit!«, sagt Elsa.

»Ich … möchte heute Abend … in unsere Osteria …«

»Wie bitte? Du willst freiwillig in ein Restaurant?«, fragt Helke mit großen Augen.

Tom nickt. »Nur noch einmal. Dorthin.«

Elsa streichelt seinen Unterarm. »Unzählige Abende haben wir dort verbracht. Soweit ich mich erinnere, waren wir zuletzt dort, als wir auf deinen Ruf nach Zürich angestoßen haben.«

»Willst du dir das wirklich antun, Tom? Das wühlt doch alles nur noch mehr auf«, mahnt Helke.

»Was … glaubst du, warum … ich hier … bin? Zum … Spaß?«

»Aber du kannst die Vergangenheit nicht zurückholen!«, sagt Helke scharf.

»Lass ihn doch! Das ist ihm wohl klar«, sage ich.

»Stimmt nicht! Für kurze Momente haben wir sie uns zurückgeholt«, wirft Elsa trotzig ein.

Helke bläst die Backen auf und verdreht die Augen, aber so, dass nur ich es sehen kann.

Wir gehen zurück ins Hotel und lassen vom Concierge einen Tisch in der Osteria reservieren.

Ich kann verstehen, warum Tom dieses Restaurant mit den Fresken an der Decke und den hohen Weinregalen an den Wänden so sehr mag. Es hat eine ganz besonders Atmosphäre.

Wir sitzen an einem ruhigen Tisch in der Ecke.

»Der Laden gefällt mir«, sagt Helke.

»Du … weißt doch, dass … ich Geschmack … habe.«

»O ja, Tom, das stimmt. Ich übrigens auch.« Helkes Augen sind nun offensiv auf einen schlanken Mann um die vierzig in weißem Hemd und schwarzer Hose gerichtet. Die schwarzen Locken hat er mit Gel fixiert. Sie grinst anzüglich.

»Na, Helke, die Ausbeute ist unerschöpflich, was?« Ich zwinkere ihr zu. Sie kichert.

»So kenne ich dich gar nicht«, sagt Elsa.

»Ich … schon«, murmelt Tom.

Wir lachen.

»Wetten, der heißt Angelo!«, raunt Helke, bevor sie anfängt, die Karte laut vorzulesen.

»Und, wisst ihr schon?«, fragt sie.

»Ich nehme … Tagliolini mit Trüffeln … und … danach den … frischen Fisch.«

»Tom, was ist denn mit dir los? Geschehen doch noch Wunder? Du hast Appetit, yippie!«, ruft Helke.

»Das hat er früher immer gegessen«, sagt Elsa.

»Es hätte mich auch gewundert, wenn das nichts mit eurer Geschichte zu tun gehabt hätte. Klingt aber gut, nehme ich auch«, sagt Helke.

Elsa und ich schließen uns an.

»Könnt … ihr … bitte sagen, dass mein Essen … püriert werden soll? Hier … daran zu … ersticken wäre doch … zu billig, oder?«

»Tom!«, entfährt es mir.

»Du wolltest unbedingt hierher, da wird gegessen, was auf den Tisch kommt, ich helfe dir auch«, sagt Helke bestimmt.

Angelo nimmt unsere Bestellungen auf. Er spricht ein wenig deutsch mit diesem typischen Akzent.

»Abene Sie schone gewählte?«

Jetzt möchte Tom es doch noch einmal wissen und spricht italienisch.

»Isch nichte verstehe. Wasse iste mitte seine Stimme?« Ratlos schaut der Kellner uns an.

»Oh Angelo, wie bist du einfühlsam. Das wird nichts mit uns«, murmelt Helke und übernimmt die Bestellung.

Elsa streichelt Toms Arm.

»Dass … ich … mich nicht … mehr … unterhalten kann, ist schlimm … für … mich.«

»Aber das kannst du doch! Wir verstehen dich«, sage ich.

Tom erwidert nichts.

Angelo bringt die Getränke, eine große Flasche stilles Wasser und eine Flasche Rotwein.

»Cin cin, salute«, sagt er aufgesetzt.

Helke würdigt ihn keines Blickes.

»Eine spannende Woche liegt hinter uns. Krönen wir sie mit einem wunderbaren Abend. Cin cin und salute, wie man hier sagt.« Helke hebt ihr Glas.

»Danke … für … alles.«

»Papperlapapp! Ich danke dir«, sagt Elsa.

»Kinder! Bevor das jetzt hier wieder zu gefühlsduselig wird, möchte ich festhalten, dass wir ein tolles Team sind und eine großartige Zeit hatten.«

»Da kann ich Helke nur zustimmen! Und ich glaube, dass jeder von uns von dieser Woche etwas mit nach Hause nehmen wird«, sage ich.

»Ja, Schuhe, ein Kleid und eine Tasche«, witzelt Helke.

Wie die Linse einer Kamera ist Toms Blick nun auf mich gerichtet. »Was … ist es … bei dir?«

Ich schwenke mein Weinglas. »Auf jeden Fall die Erkenntnis, dass ich mehr reisen möchte und mein Leben nicht mehr ausnahmslos meinem Job unterordnen werde. Und dass wir es so oft wie möglich feiern müssen, selbst wenn es gerade alles andere als lustig scheint. Das Leben, ja … Ich habe es viel zu lange als selbstverständlich genommen. Aber es zieht dahin wie ein Jet, und jederzeit kann er abstürzen.« Ich trinke einen Schluck. »Der Tod von Konstantins Kollegen … Es hätte auch ihn treffen können, und wir hätten keine Zeit gehabt, uns voneinander zu verabschieden. Ich werde herausfinden, ob Konstantin und ich wirklich eine Zukunft haben. So wie bisher möchte ich nicht weitermachen, das ist mir zu wenig.

Aber was rede ich, ihm womöglich auch … Ach, Mist!« Noch ein Schluck Wein.

»Du wirst das mit ihm klären!«, sagt Helke.

Ich nicke matt. »Wer weiß, was Ryans Tod in ihm auslösen wird. Ja, wenn wir uns wiedersehen, kommt alles auf den Tisch. Aber ich habe Angst davor, dass er bereits eine Entscheidung getroffen hat. Immerhin geht er nach Singapur! Besser kann man sich nicht trennen. Vielleicht hast du ja doch recht, Helke, dass er sich vor zu viel Nähe fürchtet. Du bist schließlich nicht die Erste, die das gesagt hat. Eine Freundin von mir hat diese These auch schon aufgestellt. Und ich habe womöglich einfach zu lange die Augen davor verschlossen. Ich liebe ihn doch so sehr und der Gedanke … Hach! Jetzt reicht's aber.«

Ich wedele mit der Hand vor meinem Gesicht herum.

»Meinst du, es wäre … leichter … wenn man sich voneinander … verabschiedet?« Wieder ringt Tom nach Luft, kann aber weitersprechen. »Soll … der Sterbende sagen: So, mein Schatz, ich bin dann mal weg. Mach's gut … und pass auf dich auf? Das … ist doch … Blödsinn!«

»So meine ich das doch gar nicht!«, sage ich.

»Wie … dann?«

»Tom! Was ist denn auf einmal los mit dir?«, fragt Elsa.

»Das ist … doch eine … legitime Frage!«

Ich hebe beschwichtigend die Hand. »Schon gut. Tom, ich rede nicht von jemandem, der weiß, dass er bald sterben wird!«

»Dann geht … es mal … nicht … um mich.«

»Nimm dich nicht immer so wichtig!«

»Keine Sorge … Schwester.«

Düsternis zieht plötzlich über unseren Tisch. Der Schlagabtausch der Geschwister trägt diesmal nicht zur Auflockerung bei. Schnell nehme ich den Faden wieder auf.

»Also, was ich sagen wollte, ist, dass ich es wichtig finde, sich klarzumachen, was man aneinander hat, und dankbar dafür zu sein. Wenn jemand todkrank ist, dann kann man über längere Zeit bewusst Abschied nehmen.«

»Was … für … ein … Geschwafel!«

»Tom, was soll denn das?«, fragt Helke.

Doch der geht darauf nicht ein. »Und? Habt ihr … von mir … schon Abschied … genommen?«

»Bitte! Der Abend war doch so schön«, sagt Elsa.

»Darüber … müssen wir … doch mal … reden. Eins kann … ich euch sagen, ich … verabschiede mich … nicht vorher. Das tue ich ja … schon die ganze Zeit … seit Jahren, jeden Tag ein Stück mehr!«

Niemand von uns sagt etwas. Das lange Reden hat Tom zugesetzt. Er keucht, hustet, und ich höre seine Lunge rasseln.

Das Essen wird serviert. Helke hat Tom die Serviette ins T-Shirt gesteckt und zerdrückt seine Trüffel-Nudeln. Zumindest scheint ihm nun tatsächlich alles völlig egal zu sein, hatte er sich doch noch bis gestern strikt dagegen gewehrt, in der Öffentlichkeit zu speisen. Die Blicke der anderen scheinen ihm egal zu sein.

»Letztlich bedeutet das doch ein Stück mehr Freiheit, wenn man es schafft, sich von den Erwartungen anderer und überhaupt von gesellschaftlichen Normen und Zwängen freizumachen«, sage ich.

»Fangt … bloß früher … damit an!«

Helke wischt ihrem Bruder den Mund ab. »Warst du zufrieden mit dem Essen? Mir hat es jedenfalls vorzüglich geschmeckt«, sagt sie.

Tom gibt ihr keine Antwort.

»Mir auch«, sage ich und lege das Besteck ab.

»Elsa, wir … haben noch … gar nicht … darüber … gesprochen, was du … nach dieser Woche … mitnimmst«, keucht Tom da.

»Das weißt du doch, oder?«

»Nein!«

Elsa faltet ihre Hände. »Dankbarkeit. Demut. Und Liebe. Ja, Tom, Liebe! Dass ich damals gegangen bin, kann ich nicht mehr ändern, auch wenn ich es noch so gern rückgängig machen würde. Aber zu sehen, dass meine Gefühle nie weg waren, und dass ich dich mit all deinen Einschränkungen annehmen kann, das bedeutet mir ganz viel. Jetzt weiß ich, dass nicht umsonst in der Bibel steht: Die Liebe verträgt alles!«

»Prima, jetzt geht's ja wieder los hier! Noch ein bisschen dicker, bitte«, presst Helke hervor.

Tatsächlich haben sich unser aller Augen mit Tränen gefüllt.

»Zu … schade, dass die … Erkenntnis … zu spät kommt.«

Sowohl Helke als auch Elsa wollen etwas sagen, doch Tom deutet mit einem Kopfschütteln an, dass er noch nicht fertig ist.

»Und … jetzt kommt … mir nicht … mit dieser … beschissenen Phrase, dass es nie … zu spät … für irgendetwas sei. Doch! Ist es!«

Mit gesenkten Blicken sitzen wir da und schweigen. Elsa durchbricht als Erste die Stille am Tisch.

»Vielleicht bin ich damals auch ein Stück weit vor mir selber weggerannt, vor meiner Angst, vor der Krankheit, die in meinen Genen schlummert, und die mich irgendwann heimsuchen wird. Tja, wenn auch zeitversetzt, irgendwie scheint Tom und mich ein ähnliches Schicksal zu einen.«

Sie rückt näher an ihn heran, lehnt ihren Kopf an seine Schulter und schließt die Augen. Tränen winden sich unter ihren Lidern hervor.

»Dann … feiern … wir … irgendwann … da oben … eine große Party«, sagt Tom.

Ich presse die Lippen aufeinander, Worte habe ich nicht.

Ein Kollege von Angelo kommt zum Abräumen. Er wirft

einen angewiderten Blick auf die Sauerei vor Tom, dabei hat Helke mit der Serviette das meiste schon entfernt.

»Lasst uns bitte gehen!«, sagt Helke und ordert die Rechnung.

»Der kleine … Tom muss … ins Bettchen. Aber … seid euch gewiss, es … hätte … keinen … besseren Abschluss … geben können … als hier … mit euch. Danke … für alles!«

Toms Worte machen mir eine Gänsehaut.

»Bitte nicht so feierlich! Immerhin müssen wir erst wieder nach Hause kommen, zwei Tage bleiben uns also noch«, sage ich und denke kurz mit Grauen an die strapaziöse Fahrt.

»Oder wollt ihr doch besser fliegen, und ich fahre allein?«

»Meinetwegen gern. Was meinst du, Tom?«, fragt Helke.

»Nein!«

»In gewisser Weise hat doch allein diese Tour ihre ganz eigene Romantik«, sagt Elsa.

»Na, wenn ihr meint.«

»Kann ich allein fliegen?«

»Vergiss es, Helke!«, sage ich und stupse sie in die Seite.

Sie zuckt mit den Schultern. »Einen Versuch war es wert. Henry freut sich schon so auf mich.«

»Und … du dich … auf ihn?«, fragt Tom.

»Ja, auch das. Sehr sogar.«

»Weißt du, wie … froh mich … das macht, Schwester?«

Helke schüttelt den Kopf.

»Dich endlich wieder liebend zu wissen … macht mich … frei.«

Sichtlich irritiert mustert Helke ihren Bruder. »Macht das der Wein mit dir?«

»Ich freue … mich … nur für dich. Dass da … jemand ist. Nimm dir … ab sofort mehr Zeit … für die Liebe!«

»Ja, Tom, es ist gut jetzt!« Helke rutscht unruhig auf ihrem Stuhl umher. »Wo bleibt denn nur die Rechnung?«

»Wir haben doch keinen Stress«, sagt Elsa.

»Wollt … ihr denn gar … nicht wissen, was ich … von dieser Reise … mitnehme?«

Angelo kommt, kassiert ab und bietet uns Espresso oder selbstgemachten Limoncello aufs Haus an. Wir lehnen ab, bleiben aber noch sitzen. Ich nehme den Faden wieder auf.

»Sag, Tom, was nimmst du von dieser Reise mit?«

»Ein Gefühl von … innerem Frieden. Meine tiefe Wunde …« Er nimmt ein paar Atemzüge und sieht Elsa nahezu hypnotisch an. »… ist endlich versorgt worden. Es ist … nichts mehr … offen und … ich habe … keine Verpflichtungen mir selbst gegenüber … und auch keine Wünsche … die noch erfüllbar wären.«

»Ich kann dir gar nicht sagen, wie sehr ich mich darüber freue, dass dir die Reise so viel gebracht hat.« Helke strahlt ihren Bruder an. Auch Elsa lächelt.

»Sie haben … Ihr Ziel … erreicht.« Tom klingt wie ein defektes Navigationsgerät.

»Auf dich und deine Idee, diese Reise zu unternehmen, liebe Julia.« Helke prostet mir mit einem imaginären Glas zu. Ihr Blick ist voller Dankbarkeit.

»Gern geschehen.«

»Gehen wir … jetzt?«, fragt Tom da, nun gänzlich entkräftet. Seine Mundwinkel hängen herunter wie verwelkte Blumen. Wir brechen auf.

20

Am nächsten Morgen sitzen Helke und ich zusammen beim Frühstück. Wir haben beschlossen, uns nicht unter Zeitdruck zu setzen. Unser Etappenziel werden wir heute gut erreichen, auch wenn wir erst am späteren Vormittag aufbrechen werden. »Guten Morgen. Habt ihr noch einen Platz für mich frei?«

Elsa steht mit einem Cappuccino und einem vollgeladenen Obstteller an unseren Tisch.

»Das ist ja eine Überraschung! Na klar, setz dich. Wo hast du meinen Lieblingsbruder gelassen?«

Elsa sieht müde aus. Darüber täuscht auch nicht das zu dick aufgetragene Rouge hinweg. Sie sieht ein bisschen aus, als hätte sie einen Saunagang hinter sich.

Elsa setzt sich neben mich. »Tom schaut Rai 1, das war immer sein Lieblingssender. Da läuft gerade eine Dokumentation über die Geschichte von Rom. Er wollte unbedingt, dass ich zum Abschluss wenigstens einmal hier unten mit euch frühstücke. Und es lohnt sich!« Elsa pickt genussvoll mit der Gabel eine Weintraube auf und steckt sie sich in den Mund. Ihr Blick gleitet durch den hohen Raum mit seinen Säulen und den rostroten Wänden. Er streift das Sidebord mit den zwei riesigen Glasvasen, in denen frische Gladiolen stehen, und wandert weiter zum gut besuchten Büfett.

»Wie geht es Tom heute Morgen?«, frage ich.

Helke steckt sich ein Stück Käse in den Mund. »Er scheint sich gut von dem anstrengenden Tag gestern erholt zu haben. Als ich vorhin zur Fütterung bei ihm war, da hat er mir richtig gut gefallen.«

»*Zur Fütterung!* Du nun wieder, Helke.« Ich schüttele den Kopf. »Und wie war die Nacht, Elsa?«

Sie lächelt mit verklärtem Blick. »Unsere letzte Nacht in Florenz! Schön war sie. Zu schade, dass wir heute schon wieder abreisen müssen.«

»Du glaubst gar nicht, wie glücklich mich das macht, dass ihr euch aussöhnen konntet«, sage ich.

»Ja, das bedeutet mir auch alles. Nach dem, was ich hier erlebt habe, wird es mir schwerfallen, wieder zurückzugehen in meinen Alltag.«

»Du kannst Tom jederzeit besuchen«, sagt Helke.

Elsa nickt. »Es ist, als hätte ich endlich eine Mauer überwunden, die mich jahrelang von der Welt abgeschirmt hat. Meine Therapeutin wird stolz auf mich sein.« Sie nippt an ihrem Cappuccino.

»Schön, dass diese Reise wirklich jedem von uns etwas gebracht hat.« Helke lächelt vielsagend.

»Ich dachte mir schon, dass es nicht nur die neuen Klamotten sein werden, die du von hier mitnehmen wirst. Na, was ist es?« Ich grinse sie vielsagend an.

»Verlangen. Und wahre Sehnsucht, so wie ich sie schon sehr lange nicht mehr empfunden habe. Das ist ein kolossales Gefühl.«

»Henry?«, frage ich überflüssigerweise.

Helkes Strahlen sagt mehr als jedes Wort. Es überdeckt ihre müden Gesichtszüge und lässt sie wunderschön aussehen.

»Das ist wunderbar. Ich freue mich für dich«, sagt Elsa.

»Danke. Aber warten wir erst mal ab, wie sich das mit uns entwickeln wird.«

»Da bin ich auch gespannt. Diese Salami ist übrigens hervorragend, die müsst ihr probieren.« Ich nehme eine Scheibe von meinem Teller und schiebe sie mir in den Mund.

»Enthält italienische Salami Nitritpökelsalz?«, fragt Elsa und schneidet sich eine Kiwi auf.

»Das kann ich dir nicht sagen, und ehrlich gesagt interessiert es mich auch nicht. Hauptsache, es schmeckt. Achtest du darauf?«, frage ich.

»Seit meinem Entzug lege ich auf gesunde Ernährung wert. Nitritpökelsalz ist ein absolutes No-Go!«

»Das ist nicht euer Ernst! Wir sprechen an unserem letzten Morgen in dieser wunderschönen Stadt über Nitritpökelsalz?« Helke steckt sich ein Stück Kuchen in den Mund und fährt mit vollen Backen fort: »Lasst uns stattdessen lieber über Zucker reden. Der ist sicher viel gefährlicher.«

Wir lachen, plaudern über unsere kulinarischen Lieblingssünden und lassen noch einmal die letzten Tage Revue passieren.

Der Frühstücksraum hat sich inzwischen merklich geleert. Nur noch vier Tische sind besetzt.

»Wir sollten aufbrechen«, sagt Helke da.

»Bitte, keinen Stress!«, erwidere ich.

»Jedenfalls war das hier ein richtig schöner Abschluss mit euch«, sagt Elsa.

»Ich freue mich schon wieder auf das Nobel-Etablissement, das uns nachher hinter der Grenze erwartet«, sagt Helke.

Lebhaft schwatzend gehen wir zu unseren Zimmern.

»Bis gleich«, sagt Elsa und biegt in den Gang nach links ab. Helke und ich laufen weiter zu unseren Zimmern.

»Meine Sachen sind schnell gepackt, ich komme dann gleich rüber zu Tom und helfe dort mit«, sage ich.

»Gut, ich brauche auch nicht lange.«

Plötzlich ertönt ein spitzer Schrei. Das muss Elsa gewesen sein! Helke und ich gucken uns erschrocken an. Schon im nächsten Moment kommt sie aufgelöst um die Ecke gerannt. In der Hand hält sie ein Blatt Papier.

»Da … da … muss … muss … etwas passiert sein! Das …

das lag auf dem Gang … und ich kriege die verdammte Tür nicht auf.«

Ihre Hand zittert, als sie uns die A4-Seite zeigt. In großen, computergeschriebenen Lettern steht da:

> Bitte lasst das Zimmer vom Personal öffnen und haltet euch fern.
> BITTE!
> Auf meinem Laptop ist Post für euch.
> Tom

»Nein … nein …«, stammle ich, und in meinen Ohren beginnt es zu rauschen. *Du weißt doch, dass es nur eine Frage der Zeit war. Er hat es dir doch selber gesagt.* Nein! »Das ist sicher nur ein Missverständnis!«

Elsa lässt ihren Arm mit dem Papier sinken. Sie wirkt wie eingefroren. Helke ist kreidebleich geworden, sie lehnt sich an die Wand und gleitet wimmernd daran herunter.

»Er hat es getan …«

»Nein! Ich geh runter an die Rezeption und hole jemanden«, rufe ich.

Da erwacht Elsa aus der Schockstarre. »Wir müssen die verdammte Tür öffnen! Wir brauchen einen Arzt!«, kreischt sie und rennt vor mir los.

»Ja, ja …«, schluchzt Helke und streckt mir ihre Hand entgegen. Ich helfe ihr auf.

Jede von uns weiß, dass kein Arzt der Welt Tom retten kann. *Du weißt es, Julia, er hat sich auf seine Weise gerettet.* Ruhe im Kopf! Lass das alles nur ein Missverständnis sein!

The Person you've called is temporarily not available, please try again later. Konstantin! Wo bist du nur? Verheult sitze ich nach anstrengenden Stunden, in denen wir unter anderem zwei Carabinieri Rede und Antwort stehen mussten, in einer

Ecke der Lobby und spreche ihm auf die Mailbox: »Hier … hier ist Julia. Tom ist … ist tot, er hat sich das Leben genommen, hier in Florenz, in seinem Zimmer, als wir beim Frühstück waren …« Die Tränen laufen mir über das Gesicht. »Jetzt … haben wir beide innerhalb von wenigen Tagen einen Freund verloren.« Kurz kann ich nicht weitersprechen, zu sehr werde ich von einem Weinkrampf geschüttelt. »Und … und was ist mit uns? Haben wir uns auch verloren? Mir geht's schlecht, und ich schätze, dir geht's genauso. Ich … ich hätte dich jetzt so gern an meiner Seite. Du fehlst mir!« Wieder schluchze ich auf. »Ich weiß noch nicht, wann wir uns wiedersehen. Ich bleibe bis zur Beerdigung in Florenz. Tom möchte … hierbleiben. Wie du neulich gesagt hast, es … es ist alles so surreal. Ach, Konstantin …« Jetzt kann ich wirklich nicht mehr weitersprechen. Ich lege auf und bleibe in dem weichen Sessel sitzen. Durch den Tränenfilm sehe ich, wie mich Hotelgäste im Vorbeigehen mustern. Sicher rätseln sie, was mein Problem sein könnte. Eine vornehm aussehende ältere Dame fragt in gebrochenem Englisch, ob sie mir irgendwie helfen könne. Wenn ich doch nur *Ja* sagen könnte!

Als das Personal es geschafft hatte, die Tür zu Toms Zimmer zu öffnen, lebte er nicht mehr. Tom hatte sie mit seinem Rollstuhl verbarrikadiert und sich offensichtlich mit einer Dosis Gift umgebracht.

Er hat seinen Tod innerhalb kurzer Zeit perfekt geplant. In gewisser Weise war das eine logistische Meisterleistung. Wie er das alles geschafft hat, werden wir nie erfahren. Drei Abschiedsbriefe hat er auf seinem Laptop geschrieben. Er helfe einem ehemaligen Kollegen bei einer Expertise, hat er zu Elsa gesagt.

Ich wische mir über das Gesicht und löse mich aus meinen Gedanken. Dann rufe ich meine Eltern an. Ich bin ein kleines Mädchen, das von ihnen hören möchte, alles würde wieder gut werden. Sie haben es kommen sehen, sagt meine Mutter, und im Hintergrund höre ich, wie mein Vater ihr beipflichtet. »Meistens belehrt erst der Verlust uns über den Wert der Dinge«, sagt sie und fährt nach einer kurzen Pause fort: »Das ist von Schopenhauer. Tom hat dir so viel gegeben in den letzten Wochen, vielleicht sogar einen neuen Blick auf dein Leben. Dafür kannst du ihm sehr dankbar sein. Er wiederum hat sich nach einer guten und wichtigen Zeit, die er nicht zuletzt dank dir hatte, seinen letzten Wunsch erfüllt, selbstbestimmt zu gehen.« Die Stimme meiner Mutter ist klar und fest, und sie schafft es, mir wieder etwas mehr Kraft zu geben. »Danke. Ich liebe euch«, sage ich, und stelle dabei fest, dass ich das so vorher noch nie gesagt habe, obwohl es nie anders war.

Elsa und Helke warten auf mich, wir haben uns zu einem Spaziergang verabredet. Der Aufenthalt im Hotel ist bereits verlängert. Elsa hat ein anderes Zimmer bezogen. Es liegt direkt neben meinem.

Inzwischen ist es Abend geworden. Wir drei halten uns an den Händen und laufen ohne Ziel durch die Stadt, immer weiter und weiter, bis es dunkel wird und wir wieder umkehren. Dabei reden wir kaum, und wenn, dann dreht sich unser Gespräch immer wieder um die Worte, die Tom gestern Abend im Restaurant gesagt hat.

»Hätten wir es da schon ahnen müssen?«, fragt Helke.

»Es ist Fluch und Segen zugleich, dass wir Menschen die Fähigkeit besitzen, sich ankündigende Katastrophen zu ignorieren«, murmle ich.

Das Loch, das Toms Tod gerissen hat, ist riesig und noch viel zu frisch. Vor allem ist es kein Loch, sondern ein Krater, wie Helke anmerkt – und wir laufen mitten hindurch.

Später, im Zimmer, lese ich noch einmal Toms Zeilen, die er mir hinterlassen hat. Ich habe sie mir an der Rezeption ausdrucken lassen.

Liebe Julia,

wieder ein Brief von mir, der zweite und letzte. Sieh es mir nach, dass ich so feige war und mich vorher nicht persönlich verabschiedet habe. Ihr hättet versucht, mich von diesem Schritt abzuhalten, obwohl ihr gewusst habt, dass es keinen Ausweg gibt. Die Gewissheit, eines Tages selbstbestimmt gehen zu können, hat mir dabei geholfen, mit dieser Krankheit zu leben. Nun habe ich losgelassen. Wenn wir das tun, sind wir frei – nicht nur in Bezug auf unser Lebensende wohlgemerkt! Wir müssen niemandes Erwartungen erfüllen, nur unsere eigenen.
Ich kann Dir gar nicht genug danken für all das, was Du in den letzten Monaten für mich getan hast. Dass Du diese Reise nach Florenz möglich gemacht hast, werde ich Dir nie vergessen. Zugegeben, das mag jetzt, wo Du diese Zeilen liest, unsinnig klingen. Aber wer weiß?
Wenn ich an den Tod denke, dann kommt das dem Beginn eines schmerzfreien neuen Lebens gleich. Der große Stephen Hawking, der jahrzehntelang mit ALS lebte, konnte nicht an ein Leben nach dem Tod glauben. Er sah das Gehirn als einen Computer, der aufhört zu arbeiten, wenn seine Einzelteile nicht mehr funktionieren. »Es gibt kein Leben für kaputte Computer; das ist ein Märchen für Leute, die Angst im Dunkeln haben«, hat er gesagt. Ich habe keine Angst im Dunkeln, und ich sehe es trotzdem nicht so verbissen. Im Gegenteil, ich bin gespannt, wohin mich meine letzte Reise führen wird. Sei Dir gewiss, dass es mir jetzt besser geht! Die Krankheit hat keine Macht mehr über mich; vielleicht war ich ja doch nicht so feige. So schön, wie es in Florenz in den letzten Tagen mit euch war, wäre es niemals wieder geworden. Mir ging es immer schlechter, das dürfte dir

nicht verborgen geblieben sein. Womöglich wäre ich schon nächste Woche nicht mehr in der Lage gewesen, diesen Schritt zu gehen – und mit der Bitte um Sterbehilfe wollte ich nun wirklich keinen von euch behelligen. Hier in Florenz bin ich nach Hause gekommen, und ich möchte nie wieder weg. Die schönste Zeit meines Lebens habe ich in dieser Stadt verbracht, und hier soll sich der Kreis schließen. Vielleicht kommst Du mich eines Tages mit Deinem Mann besuchen. Ob es wohl Konstantin sein wird? Julia, Du bist ein wundervoller Mensch! Du hast es mehr als verdient, mit Haut und Haar geliebt zu werden, jeden Tag. Es hat mich glücklich gemacht, dass aus meiner Bitte um ein Treffen nach all den Jahren eine Freundschaft wurde.
Falls Du Dich manchmal fragen solltest, was fair oder unfair ist, lass es! Dinge sind nicht fair oder unfair, das Leben ist einfach so. Dinge geschehen – oder nicht. Wir nutzen Chancen – oder wir lassen es. Denk mal darüber nach! Und vor allem mach Dir immer wieder bewusst, wie glücklich Du an jedem einzelnen gesunden Tag sein solltest. Nichts ist selbstverständlich. Feiere das Leben und umarme es immer wieder aufs Neue.

Dein Tom

PS: Ich konnte mich nicht kürzer fassen.

Tränen rollen über meine Wangen. Sie scheinen das Einzige zu sein, was niemals knapp wird. Für seine Zeilen bin ich Tom zutiefst dankbar, viel schlimmer wäre es gewesen, wenn er ohne ein Wort gegangen wäre.

Mit dem Brief in der Hand trete ich ans weit geöffnete Fenster. Die noch warme Luft strömt aus dem Hinterhof ins Zimmer. Irgendwo hupt ein Auto, und Vögel zwitschern mit ihrem Abendkonzert gegen das Brummen der Klimaanlage an. Das kleine Stück Himmel, das ich von meinem Zimmer aus sehen kann, ist von Wolken bedeckt. Wie viele Menschen hat dieser Tag heute glücklich gemacht? Und wie viele traurig? Wie vielen Menschen wurde etwas Wichtiges genommen?

Ich weiß nicht, wie lange ich in den Himmel starre, aber plötzlich reißt er auf. Ein paar Sterne funkeln mir entgegen, und ich spüre für einen kurzen Moment einen tiefen Frieden.

»Tom, du hast dir wirklich einen schönen Ort zum Bleiben ausgesucht«, murmele ich. Dann schließe ich das Fenster, falte den Brief und lege ihn auf den Nachttisch. Ich lösche das Licht und gleite in einen traumlosen Schlaf.

Nun ist Tom seit zwei Tagen nicht mehr bei uns. Er hat sich eine Erdbestattung gewünscht und dafür bereits vorgesorgt. Sowohl seinen Wunsch-Friedhof als auch die Kontaktdaten von Giovanni, der Helke in allen Belangen helfen wird, hat er seiner Schwester hinterlassen. Als Elsa davon erfuhr, fügte sich ein neues Puzzleteil in Toms Freitod ein, denn bei einem der Treffen mit Giovanni haben die beiden Männer Elsa ermuntert, sich allein eine Ausstellung anzusehen, während sie »Männergespräche« führen wollten. Es gab sicher viel zu besprechen, wie wir nun wissen. Giovanni dürfte der Einzige gewesen sein, der in Toms Plan eingeweiht war.

Nachdem wir gestern wegen der Formalitäten Stunden im Deutschen Konsulat verbracht haben, konnten wir heute mit Giovannis Hilfe noch ein paar Hürden nehmen, um Toms letzten Wunsch zu erfüllen, die Beerdigung in Florenz. Über Beziehungen hat Giovanni für Tom einen Platz auf seinem Wunsch-Friedhof etwas außerhalb der Stadt organisieren können.

Helke geht es sehr schlecht, zu sehr hat sie mit dem Verlust zu kämpfen. Giovanni bemüht sich sehr, ihr und uns beizustehen. Ich weiß nicht, was wir ohne ihn machen würden.

»Tom konnte sich glücklich schätzen, einen Freund wie dich zu haben«, sagte Helke unter Tränen, und Giovanni drückte sie wortlos an seine breite Brust.

Heute haben wir den Friedhof besucht und uns die Grabstelle angesehen. Es ist ein malerischer Ort auf einer kleinen Anhöhe, von der aus man einen weiten Blick auf Zypressen und die sanften Hügel der Toskana hat.

»Tom würde diesen Platz lieben«, sagte Elsa und wir weinten wieder. Sie hat einen Großteil der Gespräche mit dem lokalen Bestatter geführt, den Giovanni uns vermittelt hat. Gemeinsam haben wir einen Sarg ausgewählt und die Blumen, haben die Todesanzeige formuliert und Freunde informiert. Es ist bemerkenswert, in welchen Modus der Körper nach einem solchen Einschnitt schaltet: funktionieren. Ich habe keine Sekunde meine Entscheidung infrage gestellt, mit Helke und Elsa bis zur Beerdigung in Florenz zu bleiben. Die Apotheke ist ganz weit weg für mich. Nur ein Telefonat habe ich gebraucht, um mir von Frau Wenzel sagen zu lassen, dass sie noch mehr Sonderschichten schieben wird. Kurz übernahm Karin den Hörer und versicherte mir, dass ich mir keine Sorgen zu machen bräuchte. Es ist noch neu für mich, loszulassen und Verantwortung abzugeben, aber es fühlt sich gut an. Vertrauen zu haben ist ein unschlagbares Gefühl.

Schon übermorgen wird die Beerdigung stattfinden.

Erschöpft liege ich am Nachmittag auf dem Bett und lasse meine Gedanken kreisen. Konstantin wird heute in Berlin landen. Wir haben mehrmals aneinander vorbeitelefoniert, und meine letzte Nachricht hat er noch nicht gelesen. Wahrscheinlich sitzt er im Flieger.

»Ach, Konstatin!«, stöhne ich. Die zwei Wochen, in denen wir uns nicht gesehen haben, erscheinen mir wie eine Ewigkeit. Als wir uns trennten, war nicht daran zu denken, dass Ryan sterben würde und kurz danach Tom.

Ich wühle mich durch die Kissen, aber trotz der Erschöpfung kann ich nicht einschlafen. Zur Zerstreuung schalte ich den Fernseher ein und bleibe bei einer stark geschminkten, blondierten Frau in einem weißen Walle-Walle-Kleid hängen, die auf einem Pferd am Strand entlangreitet und dabei einen schmalzigen Song über »Amore« singt. Schlimmer geht es nicht. Da klopft es.

»Komme«, rufe ich, rolle vom Bett und schlüpfe in die weißen Frotteelatschen mit dem Hotellogo. Bestimmt können Helke oder Elsa auch keinen Nachmittagsschlaf halten, und es gibt einen neuen Plan. Gähnend öffne ich die Tür.

»Konstantin?!« Völlig perplex stehe ich meinem Freund und seinem dunklen Rollkoffer gegenüber.

»Julia!«

»Bist du echt? Bist du wirklich hier?« Ich taste nach ihm, um mich davon zu überzeugen, dass ich keinem Trugbild aufsitze.

»Soweit ich weiß, ja.«

Ein Zimmermädchen schiebt eilig seinen Wagen an uns vorbei und grüßt beflissen.

Immer wieder schüttle ich den Kopf, weil ich nicht fassen kann, dass er hier wirklich vor mir steht. Müde und abgekämpft sieht er aus, als ob er tagelang nicht geschlafen hätte.

»Darf ich reinkommen? Hier auf dem Gang ist es nicht sonderlich gemütlich.«

»Entschuldige, natürlich!«

Als sich die Tür hinter uns schließt, fallen wir uns in die Arme. Ich rieche Konstantins Schweiß, es ist nur eine Nuance, die sich mit dem Duft seines Eau de Toilette mischt. Welche Strapazen er in Kauf genommen hat, nur um jetzt bei mir zu sein! Überwältigt presse ich meine Nase an ihn, um einen noch tieferen Atemzug zu nehmen. Wie sehr ich seinen Geruch liebe – und wie gut es tut, ihn zu spüren. Im Fernsehen singt die Frau auf dem Pferd noch immer. Es wäre schön, wenn auch im echten Leben immer die Liebe siegen würde.

Irgendwann lassen wir voneinander ab, und ich finde meine Sprache wieder.

»Wie um alles in der Welt kommst du hierher? Du wusstest doch gar nicht, in welchem Hotel ich wohne!«

»Aber Sebastian wusste es. Ich dachte, du brauchst mich vielleicht.«

Da fangen die Tränen bei mir an zu laufen, und auch Konstantins Augen schimmern feucht. Wir setzen uns aufs Bett und umarmen uns wieder, ganz fest drücke ich ihn an mich. »Ich kann es immer noch nicht glauben!«

Konstantin küsst mich auf die Schläfe und streicht mir zärtlich durchs Haar.

»Ich musste dich sehen. Ohne dich in Berlin zu sein, das … das hätte ich nicht ausgehalten. Oh Julia, was ist das nur für eine Zeit?« Wieder küsst er mich.

In all meine Trauer mischt sich plötzlich das Glück. Als wäre ein großer Magier am Werk gewesen, legt sich ein seliges Lächeln auf meine Lippen. Ich fasse Konstantins Kopf, küsse ihn sanft auf die Augen und schmecke das Salz seiner Tränen.

»Das werde ich dir nie vergessen! Ich … ich konnte nicht für dich da sein, als Ryan gestorben ist. Dabei wäre ich es gern gewesen.«

»Das weiß ich doch. Es tut mir leid, dass ich so abweisend war, aber … aber …«

Ich lege Konstantin einen Finger auf den Mund. »Du musst dazu nichts sagen, du bist hier, nur das zählt!«

Konstantin sinkt nach hinten in die Kissen. Ich beuge mich über ihn und streiche ihm eine Haarsträhne aus der Stirn. Aus jeder Pore springt mir seine Erschöpfung entgegen. »Abgenommen hast du.«

»Die letzten Tage waren das perfekte Diätprogramm«, murmelt er, bevor ihm die Augen zufallen.

Ich schmiege mich an ihn. »Wann hast du das letzte Mal geschlafen? Du musst doch völlig fertig sein!«

»Wer und wo bin ich?« Konstantin gähnt.

Ich küsse ihn auf die Wange. Er zuckt kurz, dann ist er eingeschlafen. Behutsam ziehe ich ihm die Schuhe aus.

Ich kann nicht aufhören, ihn anzusehen. Er ist unrasiert, der Dreitagebart steht ihm. Ein paar graue Stoppeln sind dabei, das ist mir bisher nie aufgefallen. Sanft berühre ich seine Kinnpartie und fahre mit dem Finger über seine trockenen Lippen. Nachher werde ich sie mit meinem Lippenbalsam therapieren, denke ich, bevor ich in einen leichten Schlummer gleite. Ein kräftiges Klopfen lässt mich hochschrecken. Was, so spät ist es schon? Vor zehn Minuten war ich unten in der Lobby mit Helke und Elsa zum Abendessen verabredet. Konstantin hat nichts gehört, er schläft tief und fest. Ich gehe zur Tür.

»Wo bleibst du denn?«, fragt Helke.

Ich reibe mir die Augen. »Entschuldigt! Ich habe unerwarteten Besuch bekommen.«

Helke und Elsa lugen ins Zimmer. Dabei haben sie freie Sicht auf den Mann in meinem Bett – und ein paar Fragezeichen im Gesicht.

»Das ist Konstantin. Keine Sorge, es geht ihm gut. Er ist nur völlig übermüdet.«

»Zumindest wissen wir jetzt, dass er Jeans trägt und trotz der Temperaturen graue Socken«, sagt Helke.

»Ich stelle euch später einander vor, ja?«

»Nur keine Eile. Sollen wir ohne dich essen gehen?«, fragt Helke.

Ich drehe mich zu Konstantin um und überlege kurz. »Nein, ich komme mit. Er soll sich ausschlafen. Ich lasse ihm einen Zettel da. Wartet einen Moment draußen.«

In Windeseile schreibe ich Konstantin ein paar Zeilen, dann schlüpfe ich in meine Sandalen, verschwinde im Bad, wo ich mir kaltes Wasser ins Gesicht spritze, und schnappe meine Handtasche.

»Los geht's!« Ich ziehe die Tür hinter mir zu.

»Aha. Das verstehst du also unter ›nur keine Eile‹. Soll mir recht sein, ich habe Hunger. Zum ersten Mal seit …« Helke hält inne und schüttelt den Kopf. »Es ist verrückt, gerade waren wir doch noch mit Tom hier auf diesem Gang unterwegs!« Ich lege meinen Arm um ihre Schulter, wohlwissend um den schmalen Grat der Gefühle, auf dem sie balanciert, auf dem wir alle balancieren. Schweigend gehen wir hinaus in den dritten Abend ohne Tom.

21

Elsa hat einen Tisch in einer kleinen Trattoria reserviert. In einem winzigen Innenhof sitzen wir bei Weißwein und Wasser und haben uns noch immer nicht für ein Gericht entschieden. Keine von uns ist bei der Sache, schon zwei Mal mussten wir den Kellner wieder wegschicken.

»Letztlich bin ich nicht zum Genießen hier, nur zum satt werden. Wir hätten auch in irgendeine billige Pizza-Bude gehen können«, sagt Helke.

Alle Tische um uns herum sind besetzt, das Restaurant gilt als Geheimtipp, wie wir von Elsa wissen. In den berankten historischen Mauern um uns herum staut sich die Hitze des Tages, kein Lüftchen weht.

»Was willst du mir damit sagen? Dass du es pietätlos findest, zwei Tage vor Toms Beerdigung stilvoll essen zu gehen?«, fragt Elsa scharf.

Ich fächere mir mit der Serviette Luft zu und versuche zu schlichten. »So hat sie das doch nicht gemeint.« Mein Blick geht zu Helke, die an ihren Fingernägeln knabbert.

»Wie hat sie es denn gemeint?«

Helke zuckt mit den Schultern. »Keine Ahnung.« Sie greift nach ihrem beschlagenen Weinglas und nimmt einen Schluck. »Im Moment fühle ich mich so verloren, da ist das Leben nicht schön. Und hier an einem so malerischen Ort zu sein, das … na ja … das passt nicht.«

Elsa zieht ihre Stirn kraus. »Aber an einem hässlichen Platz wäre es das oder wie? Meinst du, damit würdest du Tom gerechter werden?« Ihre Stimme überschlägt sich fast.

Helke schlägt mit der Faust auf den Tisch. »Hör auf! Natürlich nicht.« Dann, milder: »Ich kann Tom verstehen, wahrscheinlich hätte ich es an seiner Stelle genauso gemacht. Wir müssen nicht darüber reden, wie qualvoll er gestorben wäre, wenn er nicht nachgeholfen hätte. Aber andererseits fehlt er mir so sehr.« Helke stützt ihren Kopf auf.

»Er war entschlossen, er wusste, was ihm bevorstand. Hättest du dir vorstellen können, Sterbehilfe zu leisten? Aus Liebe? Das wäre bestimmt irgendwann ein großes Thema geworden. Damit wollte er uns nicht belasten«, sagt Elsa und verscheucht eine Fliege vom Tisch. Energisch spricht sie weiter: »Tom war sich bewusst darüber, dass wir drei zusammen irgendwie mit der Situation fertig werden würden, da bin ich mir ganz sicher. Er ist davon ausgegangen, dass wir uns gegenseitig stützen würden. Hätte er es zu Hause in seinem Zimmer getan und dich damit allein gelassen, Helke, dann wäre es doch noch viel schlimmer für dich gewesen.« Elsa gießt sich Wasser nach.

»Ja, da hast du wohl recht. So traurig mich sein Tod auch macht, so sehr tröstet es mich, dass er sich seinen großen Wunsch erfüllt hat, selbstbestimmt und in Würde zu gehen«, sagt Helke mit starrem Blick.

Da surrt mein Telefon. Sebastian schreibt, dass Lea und er zurück sind in Berlin, und er möchte wissen, wie es mir geht. Ich werde ihm später antworten.

»Ist dein Konstantin schon aufgewacht?«, fragt Helke.

»Ich weiß es nicht. Die Nachricht kam nicht von ihm.«

Unruhig schaue ich auf die Uhr. Am liebsten würde ich sofort zu ihm gehen. Aber was, wenn er tatsächlich noch schläft? Ich möchte ihn nicht aufwecken, so fertig wie er war.

Zum dritten Mal fragt nun der Kellner nach unseren Wünschen. Wir nehmen alle das Gleiche: hausgemachte Pasta mit frischer Tomaten-Basilikum-Sauce.

»Stimmt schon, das Essen ist heute Abend tatsächlich eher zweitrangig«, murmelt Elsa.

Eine Stunde später sind unsere Teller leer gegessen. Bis gestern noch wäre das undenkbar gewesen, da war ich satt von all meinen Gefühlen. Doch die erfordern eben irgendwann auch Energie.

Als wir zurück zum Hotel laufen, macht Elsa uns auf die berühmte Fontana del Porcellino aufmerksam. Dabei handelt es sich um die Skulptur eines bronzenen Ebers, aus dessen leicht geöffnetem Maul ein Rinnsal Wasser läuft.

»Hier steht also dieses blöde Schwein! Von dem hat Tom mir schon vor Jahren erzählt, aber ich war noch nie hier«, sagt Helke.

»Berühre es an der Nase, das soll Glück bringen«, sagt Elsa und streicht ihm darüber.

Helke lacht schrill auf. »Ja, das hat mir Tom auch erzählt. Er meinte, ich müsse das unbedingt einmal tun, denn bei ihm habe es funktioniert. Er hatte seinen Traumjob bekommen, Elsa kennengelernt … und … er war glücklich, während das Schicksal hinter seinem Rücken schon höhnisch gelacht hat.«

Unvermittelt schlägt sie dem Eber mit der Faust gegen seine glänzende Schnauze. »Nichts hast du ihm gebracht außer dem Tod! Du dämliches Mistvieh!«

Laut schluchzend haut sie immer wieder dagegen. Menschen bleiben in sicherem Abstand stehen und mustern die Szene kritisch. »Kümmert sich mal jemand um diese Verrückte?«, ruft einer.

»Was wisst ihr denn? Sie ist nicht verrückt!«, brülle ich und fasse Helke am Arm. »Bitte! Das bringt doch nichts, lass uns weitergehen.«

Doch sie ist völlig aufgelöst, sträubt sich und schlägt erneut gegen den unerschütterlichen Eber. Endlich gelingt es mir, Helke zum Weitergehen zu bewegen. Ich hake mich bei ihr ein, nach und nach beruhigt sie sich.

»Keine Ahnung, wo ich meine Aggressionen rausgelassen hätte, wenn wir nicht an diesem Brunnen-Schwein vorbeigekommen wären. Wisst ihr, ich habe solche Angst davor, nach Hause zu kommen. Überall sind da seine Spuren, überall ist er. Und ich muss das alles ausräumen! Wie soll ich das nur schaffen?« Helke stöhnt laut auf.

»Du musst doch nichts überstürzen. Nimm dir alle Zeit, die du brauchst. Und wir lassen dich nicht allein damit. Wir helfen dir«, sage ich.

Elsa wirft Helke einen unsicheren Blick zu. »Ja, wenn dir das recht ist, bin ich dabei.«

Wieder kommen Helke die Tränen, ihre Stimme bricht. »Danke, ich weiß das wirklich zu schätzen.« Sie bleibt stehen. »Elsa, es … es tut mir leid, dass ich anfangs nicht so nett zu dir war. Du warst wirklich groß in den letzten Tagen, und du bist mir eine große Stütze.«

Helke befreit sich aus meinem Griff und geht mit zügigen Schritten voraus. Elsa und ich kommen kaum hinterher, so schnell ist sie.

Als ich zurück ins Zimmer komme, schläft Konstantin noch immer. Ich lege mich neben ihn. Sein Atem geht ruhig und gleichmäßig, sanft küsse ich ihn auf die Lippen und greife nach seiner Hand. So dauert es nicht lange, bis ich ebenfalls einschlafe.

Als ich nachts von einem Geräusch geweckt werde, brauche ich einen kurzen Moment, um zu realisieren, dass es von Konstantin kommt, der die Toilettenspülung gedrückt hat. Als er sich wieder neben mich legt, kuschle ich mich selig an ihn, wir schlafen sofort weiter.

Als Konstantin am Morgen aus der Dusche kommt, wirkt er wieder viel frischer, sein Teint sieht längst nicht mehr so fade aus wie gestern Nachmittag. Er hat sich ein Handtuch um die Hüften gewickelt und streckt sich. Ein paar Wassertropfen perlen an seinem Oberkörper ab, Sehnen und Muskeln treten hervor. Wie sexy er aussieht! Doch ich bin unsicher und dünnhäutig, verschwende keinen Gedanken daran, jetzt über ihn herzufallen. Und er anscheinend auch nicht.

»Danke, dass ich mich bei dir ausschlafen durfte. Wie viele Stunden waren das?«

»Sechzehn? Das schafft kein Baby! Ich hoffe nur, es wird nicht zur Gewohnheit, dass ich deine Schlaftablette bin.«

Konstantin frottiert sich die Haare. Ich streife ihn auf dem Weg ins Bad. Was sind wir? Ich weiß es nicht. Das macht mich unsicher. Während ich den warmen Strahl der Dusche auf meiner Haut spüre, überfällt mich mal wieder meine Gedankenarmee. Was, wenn er nur als Freund gekommen ist? Gerade in Bezug auf seinen Karrieresprung in Asien wäre ich ihm doch nur ein Klotz am Bein. Wie von Sinnen schäume ich meinen Körper ein. Es zerreißt mich, wenn ich mir vorstelle, ihn nie wieder körperlich zu lieben. Doch selbst wenn Konstantin nicht vorhat, unsere Beziehung zu beenden, ich muss ihm sagen, dass sich mein Fokus verändert hat und ich mich nicht länger nur seinem Job unterordnen werde. Aber kann das überhaupt zusammengehen? Was, wenn er nichts ändern würde? Wie denn auch, Singapur ist doch längst eine beschlossene Sache, die wird selbst Ryans Tod nicht auf den Prüfstand stellen. Verdammt! Mein Bauch ist voller Wackersteine. Ich halte mein Gesicht unters Wasser, um meine Tränen abzuspülen. Ich weine um Konstantin – und um Tom, der mir gezeigt hat, wie vergänglich unser Leben ist und wie wertvoll gemeinsame Zeit. Warum schaffe ich es nicht, diese schweren Gedanken einfach abzuspülen?

Konstantin zeigt sich von seiner besten Seite, als ich ihn beim Frühstück mit Helke und Elsa bekannt mache. Er spricht Helke sein Beileid aus, hört ihr interessiert zu, als sie über die letzten Monate und Tage von Tom spricht.

Ich sitze wie eine stille Beobachterin am Rand, wohlwissend, warum ich diesen Mann so sehr liebe. Doch was uns betrifft, bin ich noch genauso unsicher wie am frühen Morgen.

Zwischendurch muntert Konstantin die Runde mit Anekdoten auf, spricht aber auch über den Tod von Ryan und die schwere Zeit.

»Daumen hoch! Er ist wirklich ein besonderer Mann«, flüstert mir Helke in einem unbeobachteten Moment zu.

Der Tag verlangt uns noch einmal einiges ab. Wir bleiben alle vier zusammen, zu wichtig ist der Zusammenhalt vor Toms morgigem Begräbnis.

Obwohl Konstantin so mitgenommen ist von Ryans Tod, schafft er es, uns drei Frauen Kraft zu geben. Die Konstellation passt wohl gerade deswegen so gut, weil er auf Platituden oder Floskeln à la »die Zeit heilt alle Wunden« verzichtet.

Die Anteilnahme an Toms Tod ist enorm. Seine engsten Weggefährten, die von Helke informiert wurden, haben die traurige Nachricht weitergetragen. Immer wieder klingelt ihr Telefon, weil jemand sein Beileid bekunden möchte. Zur Beerdigung werden neben Freunden und Kollegen aus Florenz auch eine Vielzahl aus Deutschland und der Schweiz anreisen. »Dass sie wirklich alle kommen! Tom, sie lassen dich nicht allein«, sagt Helke überwältigt.

Für das Beisammensein nach der Beerdigung haben wir in Toms Lieblingsrestaurant reserviert, dort, wo wir an seinem letzten Abend mit ihm gegessen haben.

»Und jetzt gehen wir zum Leichenschmaus dorthin. Ich kann das immer noch nicht glauben«, murmelt Elsa.

»Grauenvoll, ein Leichenschmaus! Was hat sich der Wortschöpfer nur dabei gedacht? Ein Schmaus ist eine besonders genussvolle Mahlzeit, da hat doch die Trauer nichts verloren«, sinniert Helke.

Als wir zusammen mit dem Restaurantleiter an einem Tisch sitzen, wird sie noch einmal heftig von ihren Gefühlen übermannt, und auch Elsa und ich können unsere Tränen nicht zurückhalten. Konstantin drückt die ganze Zeit still meine Hand. Er ist der größte Trost, den ich mir nur wünschen kann.

Während des vollgepackten Tages kommen Konstantin und ich nicht dazu, über uns zu sprechen. Darüber bin ich nicht unglücklich, weil so der Anschein gewahrt bleibt, dass wir alle noch so diffizilen Situationen zusammen meistern können. *Julia, ihr müsst endlich reden! Schieb es nicht zu lange auf.* Ruhe! Unsanft schlage ich mir mit der flachen Hand gegen den Kopf und ernte irritierte Blicke von den anderen.

»Nur eine kleine Erziehungsmaßnahme«, murmle ich.

Erst am Abend bin ich mit Konstantin allein. Elsa meinte, wir sollten uns unbedingt den Sonnenuntergang vom Piazzale Michelangelo aus anschauen.

»Von diesem Platz aus habt ihr eine fantastische Sicht über die ganze Stadt. Ist zwar kein Geheimtipp, lohnt sich aber trotzdem«, sagte sie.

Nun sind wir zu Fuß auf dem Weg dorthin. In einem kleinen Laden am Fuße des Hügels kaufen wir zwei Gläser und eine Flasche Wein.

»Unsere Zielprämie!«, sagt Konstantin.

Zügig machen wir uns über Hunderte Treppenstufen an den Aufstieg.

»Na, wenn das kein ordentliches Workout ist«, schnaufe ich und wische mir den Schweiß von der Stirn.

Konstantin grinst und fächert mir Luft zu. »Besser?«

»O ja, das tut gut.«

Wir gehen etwas langsamer. Am Himmel zieht ein Flugzeug einen mächtigen Kondensstreifen hinter sich her. Es erinnert mich daran, dass ich hier nicht ewig mit Konstantin zusammen sein werde.

»Wann geht dein Rückflug?«

Konstantin zuckt mit den Schultern. »Ich habe keinen gebucht.« Er sieht mich von der Seite an. »Ehrlich gesagt spekuliere ich darauf, dass im Bully ein Platz für mich frei ist.«

Überrascht bleibe ich stehen. »Wirklich? Wir brauchen aber zwei Tage, bis wir zurück in Berlin sind.«

»Kein Problem.«

»Damit habe ich nicht gerechnet! Aber für mich ist es auch kein Problem. Dann können wir uns mit dem Fahren abwechseln.«

»Genau darauf habe ich spekuliert.«

Eine Horde Skandinavier zieht ausgelassen singend an uns vorbei. Ein großer, blonder Mittzwanziger mit glänzendem rotem Gesicht filmt den Aufstieg mit seinem Smartphone. Wir geben der Gruppe einen Vorsprung.

»Wann musst du wieder arbeiten?«

Konstantin knautscht den Beutel mit den Gläsern und der Weinflasche. »Glaubst du wirklich, dass ich einfach so weitermachen kann wie bisher?«

Unsicher schaue ich ihn an. »Ich weiß es nicht. Kannst du es?«

»Ehrlich gesagt habe ich keinen Plan.«

»Hast du das jetzt wirklich gesagt?«

»Ja!«

Gleich haben wir es bis nach oben geschafft, nur noch ein Absatz.

»In all den Jahren ist es das erste Mal, dass ich das von dir höre. Wenn du das doch nur unter anderen Umständen sagen könntest! Es ist verrückt, welche Geschütze das Leben auffahren muss, um seinem viel zu schnellen Rhythmus einmal Einhalt zu gebieten.«

»Der Rhythmus *meines* Lebens …« Konstantin seufzt. »So habe ich das noch gar nicht gesehen, aber ja, da ist sicher was dran.«

Kurz bin ich enttäuscht, als wir den Piazzale Michelangelo erreicht haben. Er ist nichts anderes als ein weitläufiger Parkplatz mit Souvenir- und Snackständen und einem großen Denkmal in der Mitte. Doch schon im nächsten Augenblick habe ich gar keinen Blick mehr dafür, weil mich die Aussicht verzaubert.

»Schau dir das an! Von hier oben erscheint Florenz wie ein Modell. Wie klein die Domkuppel wirkt und der Ponte Vecchio!«

Der Arno funkelt im goldenen Licht der Abendsonne, und am Horizont zeichnen sich die Hügel der Toskana ab.

»Die Stadt liegt uns zu Füßen. Ja, es ist wunderschön hier. Lass uns eine guten Stelle finden.«

Ein lauer Wind bläst, als wir über den gut besuchten Platz schlendern. Die Skandinavier stehen vor einem Kiosk und singen noch immer. Dass wir nicht die einzigen Sonnenuntergangsanbeter sein werden, wussten wir ja bereits, und so störe ich mich nicht daran. Konstantin und ich mögen es, Menschen zu beobachten.

»Schau dir nur an, wie viele Selfiestangen hier im Einsatz sind«, sage ich.

»Irgendwie ist es armselig, dass es den meisten nur noch darum geht, das schönste Foto zu posten. Von all der Schönheit um sie herum kriegen sie doch gar nichts mit.«

»Da sind wir anders«, sage ich und mache ebenfalls ein Selfie von uns. Man sieht nur unsere Köpfe.

»Nur gut, dass nun jeder erkennen kann, dass wir hier waren«, witzelt Konstantin.

Für den Moment ist die Schwere in mir einer verhaltenen Leichtigkeit gewichen.

Wir setzen uns auf eine der vielen Stufen. Von hier aus haben wir einen guten Blick über die Stadt. Noch immer fasziniert von dem Panorama mache ich eifrig Fotos. Währenddessen öffnet Konstantin den Wein. »Elsa hatte recht, es ist wirklich eine besondere Atmosphäre hier«, sagt er und schenkt ein.

Fetzen von Livemusik wehen zu uns herüber, wir stoßen an. »Auf das Leben! Es ist bitter, dass wir beide jetzt nur an diesem wunderschönen Ort sind, weil Menschen gestorben sind«, sage ich.

»Ja, das ist wirklich tragisch. Warum haben wir es so selten geschafft, zusammen wegzufahren?« Konstantin lässt seinen Blick in die Ferne schweifen.

»Du erwartest darauf keine Antwort, oder?«

Er schüttelt stumm den Kopf.

Der Himmel hat sich orangerot gefärbt, die Sonne versinkt hinter einem der Hügel. In dem besonderen Licht sieht diese Silhouette wie ein Scherenschnitt aus.

»Das ist wirklich beeindruckend«, murmle ich.

»Ja, das ist es. Aber du wirkst nicht so, als würdest du den Sonnenuntergang wirklich genießen.«

Ich kaue auf meiner Unterlippe herum. »Mir geht so viel durch den Kopf. Ach du!« Da schießen mir die Tränen in die Augen, ich kann dagegen nichts tun. Konstantin legt seinen Arm um mich.

»Hey! Julia!«

»Ich … ich habe solche Angst davor, dich zu verlieren. Das Leben ist so kostbar … und so flüchtig. Wir wissen nicht, wann es vorbei ist … Aber ich weiß jetzt, dass ich mein Leben viel mehr als bisher mit dem Menschen teilen möchte, den ich liebe.« Ich blinzele wie wild. »Vielleicht ist es wirklich so, dass du Angst hast vor zu viel Nähe und deswegen fast zu hundert Prozent für deinen Job lebst. Aber wenn das so ist, dann … dann bin ich nicht die richtige Frau für dich … weil … Ach Mist, ich weiß nicht, wie ich das sagen soll.«

Ich wische mir übers Gesicht und trinke einen großen Schluck Wein.

»Julia! Was denkst du denn? Wir beide sind doch …« Konstantin sucht nach Worten.

»Was sind wir?«

»Ich nehme jetzt auch noch einen Schluck.«

Er gießt uns Wein nach und trinkt.

»Als ich in New York bei Amy und den Jungs war … das war so schlimm. Sie hat ihren Mann verloren, die Kinder ihren Vater. Amy weiß nicht, wie es weitergehen soll. Und ich habe uns immer für unsterblich gehalten.« Konstantin lacht müde auf. »Der Gedanke, dass es mich genauso hätte treffen können! Ich habe mich in den letzten Tagen oft gefragt, wem oder was wir da permanent hinterhergejagt sind und vor allem, um welchen Preis wir das getan haben.« Er macht eine kurze Pause. »Wenigstens ist Ryans Familie finanziell abgesichert. Aber wiegt es den Verlust auf? Natürlich nicht! Ryan hatte sich das alles anders vorgestellt.« Da ist Wut in Konstantins Stimme. Er sieht mich mit seinen traurigen Augen an. »Du hast schon recht, Julia, wir fliegen mit Lichtgeschwindigkeit durch unser Leben und vergessen dabei, wie vergänglich es ist und was wirklich zählt.«

Grillen zirpen, als würden sie unser Gespräch mit Musik unterlegen wollen. Ich lehne meinen Kopf an Konstantins Schulter. »Was zählt denn deiner Meinung nach wirklich?«

Er lacht auf. »Weißt du, was ich in den letzten Wochen vermisst habe?«

»Sag es mir!«

»Unsere herrlich alberne, pathetische Abschiedszeremonie. Ausgerechnet! Aber das waren doch wir, Julia! Das hat uns ausgemacht. Wir haben es einschlafen lassen. Dabei habe ich alles so gemeint, wie ich es gesagt habe. Nur habe ich anscheinend vergessen, es auch zu leben. Du hast mir gefehlt!«

»Ach, Konstantin!« Ich schmiege mich enger an ihn und schließe die Augen. »Und ich dachte, du ziehst dich immer mehr von mir zurück.«

»Vielleicht habe ich das auch getan, aber ohne es wahrzunehmen. Wir waren in letzter Zeit nicht nur räumlich auf Distanz. Jeder hatte seinen eigenen Kosmos. Du hast dich aufopfernd um Tom gekümmert, und bei mir war es neben dem Job die Vorbereitung auf den Umzug nach Singapur. Was hatten wir denn noch gemeinsam?«

Ich öffne die Augen und löse den Kopf von Konstantins Schulter. »Dass wir nie darüber gesprochen haben!«

»Wann denn? Ist es uns überhaupt aufgefallen? Wir waren doch ständig beschäftigt.«

»Ja, anscheinend war unser Leben eben so.«

Wir schweigen einen Moment. Mücken attackieren mich, ich scheuche sie weg.

»Weißt du, dass Ryan Amy noch eine Woche vor seinem Tod versprochen hat kürzerzutreten? Er wollte endlich mehr Zeit mit der Familie verbringen. Wie makaber, oder?«

Ich seufze. »Dafür gibt es gar keinen Ausdruck.«

Ein kühler Windhauch streift mich, ich erschauere.

»Ist dir kalt?«

»Nein, nein, es geht schon.« Mit gekreuzten Armen umfasse ich meine Schultern.

»Nimm besser mich, ich bin ein Ofen.« Konstantin umschlingt mich mit seinen starken Armen, ich spüre seine Wärme, sein Leben.

»Es ist verrückt, aber Ryans Tod hat mich in einem unvorstellbaren Tempo zu einem neuen Blick auf mein Leben gebracht. Mir ging auf den langen Flügen so viel durch den Kopf. Es stimmt, ich habe gar nicht wahrgenommen, wie verbissen ich war, wenn es um meine Arbeit ging. Es konnte leicht der Eindruck entstehen, dass ich vor etwas flüchtete. Aber ich kannte es nicht anders. Ja, Julia, womöglich hätten wir uns wirklich auf Dauer verloren.« Sanft massiert Konstantin meinen Nacken. »Ich bin mir über einiges klar geworden.«

»Worüber denn zum Beispiel?«

»Über dich.« Konstantin schweigt bedeutungsschwer.

»Jetzt machst du mir Angst! Sprich weiter.«

Doch er reagiert nicht, er nimmt mich nur noch fester in

den Arm. Mein Herzschlag beschleunigt sich. Was kommt jetzt? Ist doch alles anders?

Es ist dunkel geworden. Unter uns strahlen die Lichter der Stadt, als wäre alles gut.

»Weißt du, dass ich dir trotz deiner ständigen Abwesenheit immer vertraut habe?«

»Ich dir übrigens auch. Das ist für mich die Grundvoraussetzung für eine Beziehung.«

Konstantin streckt seine Hand nach mir aus. Ich fasse sie erleichtert.

»Weißt du, ich hatte kurz die Befürchtung, dass du mir nach allem, was war, erklären wirst, dass du frei sein willst für die Zukunft. Damit du besser durchstarten kannst.«

Konstantin atmet hörbar aus. »Oh Julia! Das wird ja immer besser!«

»Meinst du, wir haben wirklich noch eine echte Chance? Auf einen Alltag?« Ich senke den Blick.

Stille. Ein Felsbrocken rauscht in meinen Magen. Habe ich alles missverstanden, was Konstantin mir gerade gesagt hat? Ist es nicht das, was er sich wünscht? Verkrampft streift mein Blick über das Lichtermeer im Tal. Keine Musik mehr! Wo sind die Grillen? Nur noch vereinzeltes Stimmgewirr ist zu hören, und in einiger Entfernung flackert der Blitz einer Kamera auf.

Da räuspert sich Konstantin und fasst auch noch nach meiner anderen Hand. Dabei sieht er mich eindringlich an, doch dann flackert sein Blick und wandert auf den Boden.

»Mach mir keine Angst! Was ist los?«

»Na ja, ich bin … aufgeregt, wenn du es genau wissen willst. Hier, fühl mal!« Er legt meine rechte Hand an sein Herz. Ich spüre seinen Schlag. Wieder räuspert Konstantin sich.

»Julia, ich liebe dich. Willst du meine Frau werden? So, jetzt ist es raus!«

Mein Herz droht sich zu überschlagen, und ich verschlucke mich beinah. »Wie bitte?«

Konstantin geht feierlich vor mir auf die Knie. »Möchtest du mich heiraten?«

»Mit dieser Frage habe ich in meinen kühnsten Träumen nicht gerechnet, das muss ein Missverständnis sein«, murmele ich völlig perplex und starre ungläubig auf den Mann vor mir.

»Julia? Ich bin's doch nur!«

»Meinst du das wirklich ernst?«

»Nein, das war nur ein Witz ... Natürlich meine ich das ernst! Bitte gib mir eine Antwort, bevor mir die Beine einschlafen! Und entschuldige bitte, ich kann dir keinen Ring anstecken, den konnte ich noch nicht besorgen.«

»Hast du gesagt, dass du mich heiraten willst?«

Konstantin schmunzelt. »Ja! Mir war nicht klar, dass ich so undeutlich spreche.« Endlich kommt das alles bei mir an, und da kommen mir auch schon die Tränen, diesmal vor Glück. Ich helfe Konstantin wieder auf die Beine und falle ihm um den Hals.

»Ja! Ja! Ja! Und das mit dem Ring macht gar nichts!« Ich weine und lache so befreit wie lange nicht mehr.

»Jetzt bin ich aber erleichtert!«

»Wie sehr ich dich liebe! Und deine Spontaneität!« Für einen kurzen Moment schiebt sich der Schatten des Zweifels vor mein Glücksgefühl. »Oder ist das nur eine Kurzschlussreaktion, die du gleich morgen wieder bereuen wirst? Hast du mich nur gefragt, weil es hier so schön ist und wir beide in einer Ausnahmesituation sind?«

»Ich bitte dich! Wofür hältst du mich? Ich bin doch Chefstratege durch und durch.«

»Wie konnte ich das nur vergessen. Mein Deal-Retter!«

Wir versinken in einem langen Kuss, bevor wir mit dem letzten Tropfen Wein auf unsere Zukunft anstoßen.

Nie zuvor habe ich intensiver gespürt, wie nah Glück und

Leid beieinanderliegen. Ich schaue in den Nachthimmel, an dem die funkelnden Sterne in diesem Augenblick zu tanzen scheinen.

»Hey Tom, hast du da etwa nachgeholfen? Was du mir gewünscht hast, scheint sich schneller zu erfüllen, als ich es je für möglich gehalten hätte«, raune ich.

Eine laue Brise streichelt meinen Körper, mir wird ganz warm. Beseelt lächelnd schmiege ich mich an Konstantin, und ich weiß in diesem Augenblick, solange wir lieben, werden wir alle Höhen und Tiefen des Lebens zusammen meistern – und immer weiter daran wachsen.

»Danke für alles, Tom«, hauche ich und werfe einen Luftkuss zu den Sternen.

Epilog

Mit klopfendem Herzen stehe ich im Badezimmer. Wie können zwei Minuten nur so lang sein? Nur noch nicht draufschauen! Ich schließe die Augen und fühle das weiße Plastikteil in meiner rechten Hand. Jetzt reicht es aber! Ich schiele auf die Anzeige. Ein großes Plus-Zeichen springt mir entgegen. Positiv! Mein Herz rast. Ist das zu fassen? Immer wieder blicke ich auf die Anzeige. Es bleibt dabei: schwanger. Ich werde Mutter!

Schon bevor Konstantin und ich vor über einem Jahr geheiratet haben, war klar, dass wir uns Nachwuchs wünschen. Wir ließen es laufen, wie es so schön heißt, doch es passierte nichts. Konstantin und ich trösteten uns darüber hinweg, indem wir uns immer wieder sagten, dass wir unser Glück davon nicht abhängig machen wollten, dass wir auch ohne Kind ein schönes Leben hätten, was definitiv stimmt. Vielleicht hat es geholfen, dass wir uns den Druck genommen haben? Es hat tatsächlich noch geklappt! Ich quieke vor Freude, hole ein paarmal tief Luft und renne zu Konstantin. Er sitzt an seinem Schreibtisch und telefoniert. Erschrocken sieht er auf, als ich ungebremst auf ihn zustürme.

»Warte, Sebastian, irgendwas stimmt mit Julia nicht.«

»Du wirst Vater!«

»Was? Sebastian, hast du das gehört, angeblich werde ich Vater! Ich melde mich später bei dir!« Konstantin legt das Telefon zur Seite und sieht mich prüfend an. »Stimmt das wirklich?«

»Glaub mir, darüber mache ich keine Witze mehr. Der Test ist eindeutig, jetzt muss nur noch alles gut gehen.«

Ich drücke Konstantin so fest an mich, dass ihm fast die Luft wegbleibt.

»Lass mich leben! Das Kind braucht doch einen Vater!«

»Oh, entschuldige, das hätte ich fast vergessen.«

Ich lockere meinen Griff. Wir lachen, und nun laufen bei uns beiden die Freudentränen. Er steht auf, trägt mich auf Händen und wirbelt mich durch die Luft.

»Jule! Ich kann das gar nicht glauben. Ich werde Vater!«

»Das wird ein echtes Abenteuer! Werden wir dem gewachsen sein?«

»Wenn nicht, geben wir es zur Adoption frei.«

»Untersteh dich!« Ich kneife ihn in die Seite.

Konstantin ist aus der Puste, er setzt mich ab und zieht mich auf seinen Schoß. Ich vergrabe meinen Kopf zwischen seinem Hals und der Schulter. Könnte ich glücklicher sein? Ein halbes Jahr nach Toms Tod haben wir geheiratet. Ohne dass ich ihn dazu gedrängt habe, war Singapur kein Thema mehr. Konstantin hat nach einer Auszeit einen Job in einer Berliner Wirtschaftskanzlei übernommen. Wir leben tatsächlich einen Alltag.

Kurz vor der Hochzeit sind wir zusammengezogen. Konstantin hat es ohne großes Murren hingenommen, dass ich in seine – unsere – Wohnung eine persönlichere Note eingebracht habe.

Die Arbeit in der Apotheke macht mir noch mehr Freude als früher, denn mir ist es auf Dauer gelungen, besser zu delegieren und mehr Verantwortung abzugeben. Für mich bedeutet das viel mehr Freiheit.

»Sebastian wird Patenonkel, einverstanden?«, fragt Konstantin.

»Aber sicher! Jemand anderen könnte ich mir gar nicht vorstellen.«

Lea und Sebastian, die beiden haben gemeinsam den Atlantik überquert, aber noch immer nicht geheiratet. Dafür war schlicht keine Zeit. Die beiden sind viel gereist. Inzwischen dürften sie mehr von der Welt gesehen haben als die meisten von uns in ihrem ganzen Leben. Ich tippe darauf, dass sie irgendwann ganz intim auf einer kleinen Südseeinsel *Ja* zueinander sagen werden, barfuß.

Konstantin holt mich zurück aus meinen Gedanken.

»In einer Stunde müssen wir in der Kirche sein.«

»Oje! Und ich darf ab heute keinen Alkohol mehr trinken. Dabei gibt es doch richtig was zu feiern!«

»Helke auch nicht, und sie kommt schon länger damit klar.«

»Stimmt nicht, sie hat extra vorher abgestillt. Yippie! Babyalarm!«

Wieder fallen wir uns überwältigt in die Arme.

Helke hat tatsächlich in Henry die große Liebe gefunden. Die Krönung und größte Überraschung war allerdings Helkes Schwangerschaft. Vor sechs Monaten kam der kleine Tom auf die Welt. Er hat die Augen seines Onkels, und überhaupt ist er eins der hübschesten und liebenswertesten Babys, die ich je gesehen habe. Heute wird er getauft.

Meine Gedanken wandern zu Elsa. Sie reist aus Florenz an, wo sie seit einem Jahr lebt. Giovanni hat Elsa eine Stelle in einem Museum vermittelt. Dort fühlt sie sich mit Tom verbunden, betont aber, dass sie nun endlich bereit sei für die Zukunft. Es deutet sich an, dass Giovanni mehr sein könnte als ihr Mentor.

»Wo bist du denn mit deinen Gedanken?« Konstantin stupst mich an. »Wenn du so weitermachst, kommen wir zu spät.«

Ich küsse ihn und tänzle leichtfüßig zum Kleiderschrank.

»Ja, Tom, ich umarme das Leben jeden Tag – und bald noch ein bisschen mehr«, murmele ich, schlüpfe in ein korallenrotes Kleid und streife mir den silbernen Armreif aus Florenz über das Handgelenk.

Leseprobe

EIN AUGENBLICK FÜR IMMER

von Gabriele von Braun

1

»*Für jeden Schneckenfreund die passende Schnecke – die Schneckenwochen im Backhaus König.* Ein noch dämlicherer Claim für die Aktion ist euch wohl nicht eingefallen? Warum muss ich mich überhaupt mit diesem Mist herumärgern?«, knurre ich ins Telefon. Mein Blick wandert über den Flyer-Entwurf, hin zu einer allzu niedlichen Schnecke mit riesigen Kulleraugen und langen Wimpern, die an verschiedenen Obstsorten vorbeikriecht. »Tommi, was soll diese Grafik? Fehlen nur noch dicke Schneckenbrüste. Sexismus at its best! Was für ein Dreck!«

»Charlotte, reg dich ab! Das Briefing kam von euch, von Herrn Zimmermann«, sagt Tommi.

Tommi und ich kennen uns schon ewig. Mein Vater hat seine kleine Werbeagentur vor Jahren für unser Backhaus König engagiert.

»Der Zimmermann! Diesen Typen mit Marketingaufgaben zu betrauen, hätte ich mir besser sparen sollen. Bloß gut, dass mein Vater das nicht zu Gesicht gekriegt hat.«

»Jetzt sei nicht so hart, der arme Mann ist doch erst seit einem Monat dabei.«

»Nachsicht finde ich in diesem Fall völlig unangebracht. Er hätte es mir zeigen sollen, bevor er dir die Freigabe erteilt. Der kann was erleben!« Unruhig rutsche ich in meinem Schreibtischsessel hin und her.

»Deswegen habe ich es dir ja geschickt. Ich war mir auch nicht sicher.«

»Alles muss man alleine machen! Der Flyer geht Montag

früh in Druck. Was für ein Glück, dass du mich so gut kennst.«

»Für mich ist das nicht immer ein Glück. Aber ich schenke dir gern an einem Samstag meine wertvolle Zeit.«

Ich seufze. »Tommi, du bist nicht der Einzige, der heute arbeiten muss.«

»Schon gut, ich hätte mich sonst eh nur gelangweilt. Was willst du haben?«

»Lass mich kurz überlegen.« Ich krakele mit meinem Montblanc-Füller auf ein weißes Blatt Papier. »Der Begriff ›Schneckenwochen‹ ist leider seit Jahren gesetzt, da kommen wir nicht drum herum ...«, murmle ich. In den sogenannten ›Schneckenwochen‹ bieten wir von der Streusel- über die Heidelbeer- oder Pudding- bis zur Rhabarberschnecke alle möglichen Sorten dieses Süßkrams an. »Gut, schreibe: ›Die majestätische Schneckenparade – Schneckenwochen im Backhaus König‹. Dann muss noch mit rein, dass drei köstliche Schnecken nur 3,33 Euro kosten. Und nicht zu vergessen: ›Wir backen, was Sie begehren‹. Setz der Schnecke eine Krone auf, mach die Augen kleiner und reiß ihr die Wimpern aus.«

»Zu Befehl. Aber ich weiß nicht, ob ...«

»Tommi, so machen wir das jetzt!«

»Charlotte, du treibst mich noch in den Wahnsinn. Aber gut, bei den vielen Schneckenfreunden da draußen wird die Aktion bestimmt wieder ein Selbstläufer.«

Ich grinse. »Ja, das denke ich auch. Schnecken gehen immer.«

»Äh, und mit dem Claim bist du dir wirklich sicher, ja?«

»Keine Diskussion mehr!«

»Du bist die Chefin. Ich schicke dir den fertigen Entwurf nachher rüber.«

»Ich danke dir, bis dann.«

Ich zerknülle das vollgekrakelte Blatt Papier und pfeffere es in den Papierkorb.

Das Backhaus König wurde kurz nach dem Ersten Weltkrieg von meinem Urgroßvater eröffnet. Er hat sich damals hier in Hamburg einen Traum erfüllt, an dessen Fortbestand die nachfolgenden Generationen teilhaben dürfen. Müssen. Im Alter von siebenunddreißig Jahren stieg ich, Charlotte Hansen, geborene König, an die Spitze des Familienunternehmens auf. Das ist jetzt knapp drei Jahre her. Mein Vater hat sich damals nach einer Prostatakrebs-Erkrankung entschieden, sich zurückzuziehen. Aber das Loslassen ist nicht so seine Sache. Er mischt entweder von der fernen Insel Sylt oder auch hier von Hamburg aus rege mit. Für ihn – und zwangsläufig für mich auch – war seit meinem ersten Schrei klar, dass ich eines Tages ins Familienunternehmen einsteigen würde. So habe ich nach der Schule zunächst eine Bäckerlehre gemacht und anschließend BWL studiert.

Neben unserer Hauptfiliale, die sich seit über dreißig Jahren im gleichen Haus befindet wie die Büros, haben wir neunundvierzig Geschäfte, fünf in Hamburg und die weiteren Filialen über das nördliche Schleswig-Holstein verteilt. Mit über vierhundert Mitarbeitern und einer top ausgebauten Produktionsstätte am Rande der Hansestadt kämpfen wir jeden Tag aufs Neue gegen all die Aufbackstationen in den Discountern und Supermärkten an. Hauptsache billig, von Jahr zu Jahr wird das Geschäft schwieriger, da können wir noch so sehr auf Qualität setzen. Zudem poppen ständig interne Probleme auf. Ob ein hoher Krankenstand oder Hygienemängel – irgendwas ist immer.

Ich trinke angewidert meinen kalten Kaffee aus und überfliege den neuen Vertrag mit einem Zulieferer, unterschreibe diverse Schriftstücke und gehe dann runter ins Geschäft. Samstags haben wir bis dreizehn Uhr geöffnet. Ich schaue auf die Uhr, eine knappe Stunde bis Ladenschluss. Es herrscht noch immer reger Andrang, die vier Verkäuferinnen haben gut zu tun. Mein Blick bleibt an Frau Wildmann hängen. Sie ist Anfang sechzig und schon seit über dreißig Jahren Verkäuferin bei uns. Heute gefällt sie mir gar nicht. Kaputt sieht sie aus, ihr Teint ist so fad wie Mehl und ihr Blick grimmig. Wie ein Schatten stelle ich mich hinter sie. Sie dreht sich kurz zu mir um, während sie das letzte glutenfreie Hafer-Hirse-Walnussbrot in eine Papiertüte steckt.

»Liebe Frau Wildmann, ich weiß, dass es anstrengend ist. Geht es trotzdem ein bisschen freundlicher?«, raune ich.

»Aber … aber …«

»Nur noch eine knappe Stunde, dann haben Sie es geschafft!«

Eine Kundin reicht Frau Wildmann Kleingeld über den Tresen. Ich lächle falsch. Ich habe genug. Ich nicke den anderen Verkäuferinnen zu und mache, dass ich wegkomme.

Mein Magen knurrt vor Hunger. Ich schwinge mich auf mein Fahrrad und lege einen Zwischenstopp bei meinem Lieblings-Deli ein, wo ich eine Maishähnchen-Roulade verschlinge. Gut gesättigt radle ich entlang der Binnenalster über den Neuen Jungfernstieg bis zur Außenalster nach Harvestehude. Dort lebe ich mit Claas, meinem Mann, in einer geräumigen Fünf-Zimmer-Altbauwohnung.

Claas und ich sind seit elf Jahren verheiratet. Manchmal kann ich selber kaum glauben, wie schnell die Zeit vergangen ist. Aus einer früheren Beziehung hat er einen sechzehnjährigen Sohn, Julius. Er lebt bei seiner Mutter in Hannover, aber einmal im Monat verbringt er das Wochenende bei uns. Unser Verhältnis ist nicht gerade von Herzlichkeit geprägt. Julius ist kein Pubertier, sondern ein fieses Pubermonster. Er tyrannisiert mich, wo er nur kann. Leider ist er an diesem Wochenende wieder zu Besuch. Aber von dem Gedanken an meinen hormongesteuerten Stiefnachwuchs lasse ich mir diesen wunderschönen Frühsommertag nicht kaputt machen. Die Sonne lugt hinter ein paar friedlichen Schäfchenwolken hervor, die sicher noch nie »Eybitchbistnichtmeinemutter« genuschelt haben.

Die Vögel zwitschern ausgelassen, und die Menschen, an denen ich vorbeifahre, sind im entspannten Wochenendmodus. Die haben es gut! Ein warmer Wind fährt mir durch die Haare. Die Hansestadt zeigt sich heute wirklich von ihrer schönsten Seite. Ich merke, wie sehr mir die vergangene Woche in den Knochen steckt, es ziept überall, und ich bin völlig erschöpft. Das ist quasi ein Dauerzustand bei mir. Am liebsten würde ich gleich ein Nickerchen machen. Aber das kann ich vergessen, wenn das Pubermonster zu Besuch ist.

Zigarettenrauch schlägt mir entgegen, als ich die Wohnungstür aufschließe. Wie ich das hasse!

Ich lasse meine Sachen auf den graugrünen Vintage-Zweisitzer von Ligne Roset fallen, der rechts neben der Tür in unserem großzügigen Entree steht, und registriere das Pochen meiner Halsschlagader. *Reg dich nicht gleich wieder auf!* Das ist leicht gesagt. Ich lasse meinen Blick über die Wand gleiten. Erst letztes Wochenende habe ich die Bildersammlung neu sortiert, nun in Petersburger Hängung. Dicht an dicht drängen sich die Rahmen mit Sprüchen und Schwarz-Weiß-Fotografien. Ein Neuzugang ist die motivierende Lebensweisheit *C'est la fucking vie*, die nun neben *Happiness is the smell of a bakery* hängt, einem Geschenk von Claas anlässlich meines Aufstiegs zur Chefin. *Genug nicht aufgeregt!* Ich falle ins Wohnzimmer ein.

Claas sitzt mit einer Flasche Bier in der Hand im Sessel, seine Beine liegen auf dem Tisch. Über den Fernsehbildschirm flimmert ein Fußballspiel.

»Es ist halb drei! Was soll das hier?«, töne ich. Meine Müdigkeit ist wie weggeblasen.

»Ach, Charlotte, hallo. Schön, dass du da bist.« Unbeeindruckt hebt er seine Hand zum Gruß.

»Wenn du schon unbedingt rauchen musst, dann auf dem Balkon, verdammt! Wie oft hab ich dich darum bereits gebeten?« Demonstrativ reiße ich ein Fenster auf.

»Entspann dich, Charly! Es war nur eine, aufs Wochenende sozusagen.«

»Draußen ist so schönes Wetter, und du machst hier einen auf Couchpotato! Wo ist eigentlich Julius?« *Glaubst du, deine Schimpftirade macht irgendetwas besser?*

»Charly, es ist Wochenende! Komm, setz dich. Möchtest du was trinken? Ein Glas Wein oder Champagner? Wir haben auch noch einen Rest Crémant im Kühlschrank.«

»Was solls, dann nehme ich ein Glas von dem, was wegmuss.« Widerwillig setze ich mich auf den flauschigen Teppich.

Claas verschwindet in der Küche und bringt mir ein Gläschen von dem Schaumwein. »Danke. Auf das Wochenende!«, sage ich.

»Zum Wohl, meine Liebe!« Claas prostet mir mit seiner Bierflasche zu.

»Wo ist denn nun dein reizender Sohn?«

»Er ist mit einem Freund verabredet und kommt erst heute Abend wieder.«

»Na, da habt ihr beiden ja richtig was voneinander.« Ich trinke noch einen Schluck. Ein Sonnenstrahl fällt ins Zimmer. »Komm, lass uns doch rausgehen bei dem schönen Wetter. Das haben wir ewig nicht gemacht. Dafür verzichte ich sogar auf meinen Nachmittagsschlaf.«

»Charly, das ist ein wichtiges Spiel.«

Ich stelle mein leeres Glas auf den Tisch. »Ja, na klar. Sag Bescheid, wenn du es dir anders überlegst.«

Claas' Reaktion entgeht mir, denn es klingelt. Die Blumen! Wie jeden Samstag, pünktlich um fünfzehn Uhr, bringt mir der Lieferservice drei prächtige Sträuße vorbei. Einen platziere ich wie immer auf dem weißen Panton-Tulip-Table im Esszimmer, den zweiten auf dem Couchtisch im Wohnzimmer und den dritten auf dem Küchenboard. Ein behagliches Heim ist mir wichtig.

Ich gehe wieder zurück ins Wohnzimmer und setze mich in den neuen Designersessel, den ich erst letzten Monat gekauft habe. Von hier aus habe ich einen guten Blick auf Claas, der wie in Trance das dämliche Spiel verfolgt. Fülliger ist er geworden in letzter Zeit, aber das ist nicht verwunderlich bei seiner Lebensführung. Alkohol und Nikotin sind nun mal nicht die optimalen Fitness-Coaches.

Seine blonden Locken sind schütter geworden und verdecken nur noch ansatzweise seine Geheimratsecken. Unter seinem blauen Poloshirt zeichnet sich ein kleiner Schmerbauch ab. Er hat eine Hand darauf abgelegt. Das Bild hat kaum mehr etwas von dem des Mannes, in den ich mich vor vierzehn Jahren verliebt habe. Mit seiner Energie, dem klaren Blick, seinem Witz und Intellekt hat er mich damals sofort in seinen Bann gezogen. Noch dazu sah er aus wie ein Surferboy, so durchtrainiert und athletisch, wie er war. Inzwischen beschränken sich seine sportlichen Aktivitäten nur noch darauf, ab und zu mit Größen aus der Hamburger Gesellschaft golfen zu gehen. Claas ist Anwalt für Verkehrsrecht und hat sich einen hervorragenden Ruf in der Hansestadt aufgebaut. Ich weiß nicht, wie viele VIPs und Politiker er schon vor dem Führerscheinentzug bewahrt hat.

»Charly, hör auf, mich zu beobachten. Ich sehe das. Und ich mag es nicht.«

Ich verziehe das Gesicht. »Es gibt nun mal nichts Spannenderes für mich, als einen Bier trinkenden Mann vor dem Fernseher zu betrachten.«

Claas wirft mir ein Küsschen zu. »Ach komm, so schlimm ist es doch nun auch wieder nicht.«

Werbung flimmert über den Schirm. Claas steht auf und streckt seine Arme nach mir aus. Ich lasse mich von ihm hochziehen. *Und jetzt?* Er hebt mich hoch und wiegt mich wie ein Kind hin und her. Ich rieche das Eau de Toilette, das ich ihm zu Weihnachten geschenkt habe.

»Ich wusste gar nicht, dass du noch so viel Kraft hast«, sage ich.

»Du unterschätzt mich eben ständig.«

»Denkst du dran, dass Papa nächsten Samstag seinen Geburtstag feiert? Diesmal kommst du doch mit, oder?«

Claas setzt mich ab und streicht mir eine Haarsträhne aus dem Gesicht. »Wärst du sehr sauer, wenn ich hierbleibe?«

»Er wird fünfundsiebzig! Bitte spring doch einmal über deinen Schatten!« Ich lege meine Hände auf seine Schultern und schüttle ihn sanft.

»So einfach ist das nicht. Leif wird es verschmerzen, wenn ich nicht dabei bin.«

Leider ist das Verhältnis zwischen meinem Vater und seinem Schwiegersohn alles andere als optimal, worunter ich immer wieder leide. »Sein Name könnte nicht treffender sein. ›Your König for Leif – dein König fürs Leben‹«, sagt Claas gerne. Er wirft mir vor, dass ich mich stets und ständig meinem Vater unterordne und abrackere, um ihm alles recht zu machen.

Die Werbepause ist vorbei. Claas gibt mir einen Klaps auf den Po und kehrt auf seinen Platz zurück.

»Du kannst es dir ja noch mal überlegen«, sage ich, wohl wissend, dass das nicht passieren wird.

Ein Tor fällt. Claas jubelt. Ihm gelingt innerhalb kürzester Zeit das, was mir immer wieder schwerfällt: abschalten.

Ich tigere durch die Wohnung und lege die achtlos hingeworfenen Sachen von Julius auf einen Haufen. Da klingelt mein Telefon. Eltje ist dran, meine drei Jahre ältere Schwester. Wir telefonieren äußerst selten miteinander, es muss etwas Wichtiges sein.

»Was ist passiert?«, frage ich zur Begrüßung.

»Wie ich dich kenne, hast du doch sicher längst ein Geschenk für dein Papilein, oder?«

»Stimmt. Lass mich raten, du nicht?« Ich rücke ein gerahmtes Foto meiner Eltern im Flurregal gerade.

»Korrekt. Ich wollte ihm ein Zepter schnitzen, aber ich habe mich an der Hand verletzt, und deswegen wird nichts draus. Kann ich mich bei dir beteiligen?«

»Eltje! Was ist denn los?«

»Ich hätte besser nicht dieses japanische Kochmesser zum Schneiden von Apfelspalten verwenden sollen.«

»Autsch!«

»Danke für deine Anteilnahme. Was schenkst du ihm denn nun?«

»Eine Kiste australischen Shiraz, der gehört zu den besten Rotweinen der Welt.«

»Wie originell, Rotwein! Was kostet der?«

»Ähm …«

»Okay, ich will es gar nicht wissen. Schenk ihm deinen exquisiten Wein, Prinzessin, mir fällt schon noch was ein. Wenn ich nicht kurzfristig absage, sehen wir uns nächstes Wochenende auf der Insel.«

Blöde Kuh! »War es das jetzt?« Aber da hat Eltje bereits aufgelegt. Sie und mein Vater stehen sich nicht besonders nahe – und wir uns auch nicht. Meine Eltern haben anscheinend schon geahnt, dass wir nichts gemeinsam haben werden, als sie uns unsere Namen verpasst haben. Charlotte und Eltje harmonieren nicht miteinander, sie kommen aus völlig verschiedenen Welten. Wobei ich nur aus dem Grund nicht Stine oder Beeke heiße, weil meine Großmutter kurz vor meiner Geburt starb und es meiner Mutter gefiel, ihren Namen an mich weiterzugeben.

Im Gegensatz zu mir war Eltje ein rebellischer Teenager, der sich die Haare grün färbte und nichts sagen ließ. Ich hingegen war für sie nur die Streberin und Papileins Liebling. Mit neunzehn wurde sie das erste Mal schwanger, von einer Urlaubsbekanntschaft in Frankreich. Kind Nummer zwei folgte zwei Jahre später, diesmal gezeugt bei einem One-Night-Stand in Deutschland. Mit sechsundzwanzig heiratete sie Ferdinand, einen Obstbauern aus dem Alten Land. Sie bewirtschaften zusammen den Hof seiner Eltern. Viel kommt nicht rum dabei. Mit Ferdinand bekam sie noch zwei weitere Kinder, die heute zehn und vierzehn sind.

»Was bildet die sich ein?«, brabble ich, als ich an Claas vorbei in die Küche gehe, um mir etwas von dem Crémant nachzuschenken.

»Ist alles in Ordnung mit dir?«

»Sieht man das nicht?«

»Doch, doch.« Er mustert mich mit einem derartig ernsten Blick, dass ich lachen muss.

»Das war Eltje, oder?«

Ich nicke.

»Es wird Zeit, dass ihr euer krankes Verhältnis endlich klärt – oder euch endgültig in Ruhe lasst.«

Ich stütze meine Hände in die Hüften. »Kommst du mir jetzt etwa als Familientherapeut? Ausgerechnet du?«

»Warum nicht? Das war doch ein guter Anfang, oder?«

»Tsss … lasst mich doch alle in Ruhe!« Ich drehe mich um und stapfe in mein Zimmer. Tür zu!

Das ist wieder einer der Momente, wo ich besonders froh darüber bin, mein eigenes Reich zu haben. Da kann sich Claas noch so sehr über meine Mädchenzimmer-Macke, wie er es nennt, amüsieren. Jedes Jahr richte ich es mir neu ein. Diesen Grad an Veränderung ertrage ich gut, ansonsten habe ich es nicht so damit. Diesjähriges Motto: *Bohemian Luxury.* Seit ich für ein Wochenende in Marrakesch war, bin ich der Ethnowelle verfallen, und so kann ich meine Spontankäufe wie bunte Kelimteppiche und Kissen wenigstens noch verwerten. Ich lasse mich in den schwarzen Hängesessel fallen, den meine

Freundin Sophie geknüpft hat, und rufe sie an. Mist, nur die Mailbox. Ich schreibe ihr eine Nachricht:

Ich bezahle den Babysitter, wenn du heute Abend mit mir essen gehst. C.

Es dauert nicht lange, bis die Antwort kommt: *Ganz spontan schaffe ich es sogar ohne deine finanzielle Unterstützung. Torbens Schwester ist da!* Dahinter hat sie zwei Sektgläser und eine Flasche gesetzt.

Ich tippe zurück: *Großartig! Ich freue mich so auf dich!*

Sophies Antwort in Form von fünf hochgestreckten Daumen und einem Restaurantvorschlag erreicht mich nur wenige Sekunden später. Ich lege meine Füße auf dem goldenen Beistelltisch ab, der vollgepackt ist mit Fach- und Frauenzeitschriften und sende Sophie einen Kussmund.

Um wie viel reicher wäre unser Leben wohl ohne diese infantilen Emojis, die uns zu viele Worte abnehmen?

Ende der Leseprobe